Kurt Kusenberg, geboren am 24. Juni 1904 in Göteborg (Schweden) als Sohn eines deutschen Ingenieurs, verbrachte seine Kindheit in Lissabon, seine Jugend im Badischen, studierte in München, Freiburg und Berlin Kunstgeschichte und unternahm ausgedehnte Studienreisen nach Italien, England, Spanien und Frankreich. Er veröffentlichte kunsthistorische, essayistische und feuilletonistische Arbeiten in den führenden Zeitungen und Zeitschriften Deutschlands. Die Summe seiner Erfahrungen als Kunstkenner faßte er in seinem 1955 erschienenen Buch «Mit Bildern leben» zusammen. Schon früh trat er für die moderne Kunst ein und machte in Deutschland auch die Zeichner Raymond Peynet, James Thurber, Albert Dubout und Charles Addams mit Vorworten zu deren Bildbänden bekannt. Auch als Nachdichter hat er sich mit seinen kongenialen Übertragungen der Lieder und Chansons von Jacques Prévert ausgezeichnet.

Jahrzehntelang wirkte er als freier Schriftsteller und Lektor des Rowohlt Verlags. Kurt Kusenberg war außerdem Herausgeber der Taschenbuchreihe «rowohlts monographien». Kurt Kusenberg starb am 3. Oktober 1983 in Hamburg.

Der hier vorliegende Band enthält eine Auswahl der schönsten Erzählungen, die alle von 1940 bis 1983 im Rowohlt Verlag erschienen sind. Als erste veröffentlicht wurden die Prosabände «La Botella» (1940), «Der blaue Traum» (1942), «Die Sonnenblumen» (1951). Weiterhin erschienen «Wein auf Lebenszeit» (1955), «Im falschen Zug» (1960) und «Zwischen oben und unten» (1964), eine bacchische Anthologie «Der ehrbare Trinker» (1965) sowie die gesammelten Erzählungen «Mal was andres. Phantastische Erzählungen» (1969/1983).

Neben diesem Band ist die klinophile Anthologie «Lob des Bettes» (rororo Nr. 12687) als Taschenbuch erhältlich.

Kurt Kusenberg

Zwist unter Zauberern

Erzählungen

Herausgegeben von
Barbara Kusenberg

Mit einem Vorwort von
Peter Rühmkorf

Rowohlt

Umschlaggestaltung Susanne Heeder
Vorderseite: Kurt Kusenberg, 1956
(Foto: Herbert List, H. L.-Nachlaß, Hamburg)
Rückseite: Kurt Kusenberg als junger Mann
(Porträt von Jakob Carlo Holzer, Berlin 1931)

Redaktion Patricia Klobusiczky

Veröffentlicht im
Rowohlt Taschenbuch Verlag GmbH,
Reinbek bei Hamburg, März 1998
Copyright © 1998 by
Rowohlt Taschenbuch Verlag GmbH,
Reinbek bei Hamburg
Kurt Kusenberg,
«Mal was andres. Phantastische Erzählungen»
Copyright © 1969, 1983 by
Rowohlt Verlag GmbH,
Reinbek bei Hamburg
Alle Rechte vorbehalten
Fotohinweis siehe Seite 285
Satz Janson PostScript, QuarkXPress 3.32
Gesamtherstellung Clausen & Bosse, Leck
Printed in Germany
ISBN 3 499 22202 7

Inhalt

Anhang

Kurt Kusenberg:
Selbstzeugnisse und Bilddokumente

Kurt Kusenberg, ca. 1964

Der magische Mensch empfindet die Zeit nicht als ein Kontinuum, nicht als ein Endlos-Band, das sich abspult, sondern als eine Art von Simultanbühne. Die Zukunft ist bereits da, zum Greifen nahe, sie zeigt sich bloß noch nicht. Die Vergangenheit ist noch nicht abgetreten, sie nistet im Heute; sie wird sich ein wenig entfernen, aber nie ganz passé sein. Wenn man unbedingt will, kann man die Zukunft sehen, sie wartet ja nebenan auf ihr Stichwort. Die Toten sind nicht tot, sie spielen bloß nicht mehr mit. Aber man kann jederzeit mit ihnen Gespräche führen.

Kurt Kusenberg, 1972

Vorwort

von Peter Rühmkorf

Vierzig Jahre «rowohlts monographien», und ein Anlaß, die Gläser auf ihren Begründer, Galeristen und jahrzehntelangen Betreuer zu heben, nur über die Wahl der zur Feier des Tages auszuschenkenden Tropfen wäre vielleicht noch ein Wörtchen zu reden, und was läge da eigentlich näher, als sie aus Kurt Kusenbergs poetischer Privatdestillerie zu beziehen. Das spirituell-spirituös angehauchte Bild stellt sich mir nicht von ungefähr ein. «La Botella» heißt die erste Geschichte dieser kleinen Jubiläumsanthologie und «Wein auf Lebenszeit» eines der gehaltvollsten und geheimnisvollsten Stücke, aber darüber reden wir lieber zu fortgeschrittener Stunde, ich meine, nachdem wir zunächst einmal unser Gedächtnis entkorkt und uns erinnert haben: Kurt Kusenberg, einer der amüsantesten, betörendsten und hintersinnigsten Geschichtenerzähler der fünfziger, sechziger, siebziger Jahre, kaum zu fassen, daß sich der gute Name heute nahezu verflüchtigt hat.

Das scheint als Auftakt zu einer Würdigung nicht gerade eine Empfehlung. Aber was lange liegt, kann mit den Jahren natürlich auch beträchtlich an Charakter und Delikatesse gewinnen «Unzeitgemäß», das war so ein Attribut, das sich Kusenbergs scheinbar randständigen Miniaturen über Jahre hin ein bißchen fatal an die Fersen geheftet hat. Aber wie «Unzeitgemäße Betrachtungen» ja erfahrungsgemäß dazu neigen, zu gegebener Zeit an den Krisennerv von nachgewachsenen Generationen zu rühren, so auch unzeitgemäße Gedichte oder Geschichten, und wenn ich mich selbst mal als literarisches Aräometer in die Gehaltsdebatte mit einmischen darf, scheinen mir die Sterne für eine Neuentdeckung nicht ungünstig zu stehen. Nun hat sich das allgemeine Lachniveau mit den Jahren und dem Niederwitzbetrieb in den Medien zwar nicht unbedingt verfeinert. Andrerseits – man soll nicht zu heikel sein und bei jedem öffentlich abgesetzten Koprolithen gleich die Apokalypse beschwören – haben sich mit Woody Allens Filmen und Vicco von Bülows Bühnensketchen und dem Zugriff der «Zweiten Frankfurter Schule» auf neue Bastionen der Hochkomik doch wieder neue Arten zu lachen, zu schmunzeln, zu grinsen und hintersinnig zu feixen herangebildet, die der humoristisch grotesken Literatur auch wieder zugute kommen können. Kurz, die Zeit für Wiedergeburt und Apotheose scheint mir reif, und weil sich mir auch nach dem fünften oder sechsten Durchgang nicht der mindeste Abrieb bei diesem Autor bemerkbar machen will, steh ich nicht an, hier den Vortrompeter zu machen.

Ich selbst kannte Kusenberg seit den frühen fünfziger Jahren – wenn auch noch nicht als lebendige Person und schon gar nicht als bedeutenden Geschichtenerzähler, sondern als einen irgendwie einflußreichen Namen im Rowohlt Verlag – nur daß die Götter vor eine mögliche Befreundung zunächst einmal ein leidiges Befremden gesetzt hatten. Eine studentische Hilfskraft (weiblich) hatte dem Rowohlt-Lektor Wolfgang Weyrauch meine Jünglingsgedichte zugespielt, Weyrauch auch gleich den genügenden Gefallen daran gefunden, um ein positives Gutachten zu verfassen und das Konvolütchen zum Gegenlesen an Kusenberg weiterzureichen. Das Resultat, mit dem ich schneller als postwendend bekanntgemacht wurde, war dann freilich von jener niederschmetternden Art, daß wir Kusenberg in unserem kleinen «Pestbeulen»-Zirkel (so der Name unseres literarischen Studentenkabaretts) hinfort nur noch Musenzwerg nannten: «Auch Rühmkorf ist – wie Celan – ein Halbdichter, bei dem es nicht ganz zulangt. Ab und zu ein gelungener Vers, eine gute Metapher oder gar eine gelungene Strophe, aber davor und dahinter steht Schwächeres, und nie wird der geistige Bogen eines Gedichtes ganz ausgewölbt. Der Mann ist nicht begabt und nicht diszipliniert genug, als daß man ihn einen Lyriker von Rang nennen könnte. Gedichte, die man drucken muß, sehen anders aus.»

Mit dieser unvorteilhaften Einschätzung einerseits und der

klüglich geheim gehaltenen Kenntnis zum andern begegneten wir uns Ende der Fünfziger dann im Rowohlt Verlag als Kollegen, und wann immer sich unsere Pfade in dem verwinkelten Gängesystem des Hauses schnitten oder berührten, neigten sich unsere Köpfe mit einer gewissen vergifteten Höflichkeit wider einander, und schon war jeder für sich in seinem Arbeitskabuff verschwunden.

Der Rowohlt Verlag war ein lauter Verlag, auch ein durch sämtliche Abteilungen und über alle Etagen hinweg ständig zum Feiern aufgelegter, nur daß den stillen Gentleman Kusenberg dieses lärmige Wesen verdroß und er sich bei turbulenten Events so schnell wie möglich verdrückte. Vom Äußeren her mochte er durchaus als das erscheinen, was Marcel Reich-Ranicki einmal so beschrieben hatte: «ein gelassener und distinguierter Herr, den man für einen Direktor einer kleinen traditionsreichen Privatbank halten konnte.» «Halten konnte», darauf liegt hier allerdings der entscheidende Accent Grave, denn sein maßgeschneidert vermummtes und schwer zugängliches Wesen war die reine Mimikry. Man könnte auch sagen, es beliebte ihm, sich in dem hemdsärmeligen Verlag als Unberührbarer herauszuputzen: bloß nicht zu leger, und, obwohl er solche Phasen alle mal durchlaufen hatte, auf keinen Fall Bohème. Trotzdem hing seinem Habitus etwas schwer beschreiblich Exotisches an, was über Schlips und Kragen bedeutungsvoll hinauswies und dem stets wohlgescheitelten Haupt eine kleine Seltsamkeitsaura verlieh. Friedrich Luft, der ihn gut gekannt haben mußte, hatte ihn einmal einen «traurigen Mandarin im Sakko» genannt, und gewiß, so konnte man ihn auch wieder sehen. Mich selbst erinnerte die zierlich geraffte Gestalt eher an einen orientalischen Gelehrten oder Intellektuellen (der Vergleich mit Pandit Nehru schwebt mir heute noch als treffend vor Augen), was womöglich mit dem bohnenförmigen Oval des Gesichtes, dem stets etwas beigen Teint und den großen braunen, von Tränensäcken mehrfach unterfangenen Augen zusammenhing. Aber dahinter und darunter lauerte noch etwas gänzlich anderes, eine «Punch»-Figur vielleicht vom Anfang des Jahrhunderts oder ein aus der «Häschenschule» unversehens in den bürgerlichen Arbeitsalltag verschlagener Mümmelmann, mithin etwas Komisches, das er unbedingt bedeckt halten wollte.

Von Geschäfts wegen Teil des Betriebes, war er ein sehr genauer, fast pingeliger Redakteur seiner Monographienreihe, bei dem die Daten stimmen, die bibliographischen Angaben stichhaltig sein, die Layouts sitzen mußten, nur eben menschlich gemein machen mochte er sich nicht, und ich erinnere mich noch bestens einer Sottise, mit der er die Einstellung eines neuen Vertriebsmanns begleitete: «Schon wieder eine Person, die man grüßen muß.» Da waren wir uns allerdings bereits ein Stück näher gekommen, und der Anlaß war, wie zu vermuten ist, eine faßliche Sache, ein Projekt, ein professionell anzugehender Gegenstand. Mehr dem Zeitgeist gehorchend als der eigenen Neigung, hatte Kusenberg sich bewegen lassen, eine Wolfgang-Borchert-Monographie herauszugeben, was ihn veranlaßte, mich eines Tages in sein Bürochen zu bitten. Und diese kleine Szene einer ersten engeren Berührung war nun allerdings wunderlich. Fast als ob er mir einen unsittlichen Antrag zu unterbreiten hätte, begann er den Gegenstand der Verhandlung kritisch zu beschnuppern, fast möchte ich sagen, zu benagen, denn sein schön geschnittener Mund konnte sich in Zweifelsfällen ganz besonders krüsch verziehen, und dann fragte er mich – Gottja, Wolfgang Borchert, wieder mal solche Zeiterscheinung, solch eine Kultfigur für nachgeborene Spätpubertätler – ob ich der vielleicht noch den Rest einer eigenen Jugendneigung abgewinnen könne.

Das wußte ich auf den Schlag zwar selbst noch nicht so genau, aber als ich nach erneuter Lektüre einen sowohl positiven als auch positivistisch nüchternen Visierwinkel für mich gefunden und dem Herausgeber mein Arbeitsresultat in der Rekordzeit von zwei Monaten hingeliefert hatte, war ich auf seiner exklusiven Hochachtungsskala sofort um einige Zentimeter nach oben gerutscht. So hoch, daß sich über den Spaß an der Sache hinaus bald intimere Freundschaftsfäden anzuspinnen begannen, mit Einladungen in sein kleines Privatpalais in der Harvestehuder Abteistraße und nicht ganz alltäglichen Plaudereien über Fetische, Amulette und magische Votivgegenstände, das war für seine Verhältnisse schon ein Äußerstes an Selbstoffenbarung.

Da ich mich – ihm im Gegenzug auch einmal von seiner medial literarischen Seite her nahezukommen – inzwischen ausgiebig mit seinen kunstgesponnenen Prosen bekanntgemacht hatte und immer mehr Gefallen daran gefunden, wurden die Besuche zunehmend geselliger, heiterer, beschwingter, wobei der verpuppte Nachtschmetterling sich unter höherem und schließlich höchstprozentigem Einfluß beinah herzlich zu erschließen begann.

Daß er ein Sammler von Volkskunst, Naivenmalerei, Spielsachen, ausgefallenen Kuriositäten und marktmäßig schwer vermittelbarer Grafik war (zu denken vielleicht an den öffentlich stark unterschätzten und von uns beiden höchst geliebten Schäfer-Ast), war mir ja bekannt gewesen, und in der Tat war sein stattliches Gehäuse vollgestopft mit Merkwürdigkeiten und Wunderlichkeiten aus aller Herren und Damen Ländern. In fortgeschrittenen Stunden – und die konnten sich, wenn die Sympathienebel günstig wallten, schon gehörig in die Länge ziehen – begann sich das gemischte Figurenensemble um ihn herum wie von magnetischen Strömen belebt zu bewegen, die Spielsachen sich in Gang zu setzen, die Kutschen loszurollen, die Pferdchen zu traben, Püppchen zu tanzen, die Flaschenschiffe in See zu stechen und die anthropomorphen Petschafte, Nußknacker und Stiefelknechte aus ihren Vitrinen herauszuspazieren, also Geisterstunde wie zu der seligen E. T. A. Hoffmann und Hans Christian Andersen Zeiten, denn an jedem verwunschenen Figürchen hing natürlich eine seiner «Nicht-zu-glauben»-Geschichten. Oder es führten auf dem anderen Weg um die Welt herum wieder unvermutete Marionettenfäden von seinen «Man-kann-nie-wissen»-Piècen in die Laden seiner Sammelschränke zurück, ein Vexierspiel der gehobenen Art, das mich Kusenbergs Kunst immer deutlicher als einen zauberisch belebten Durchgangsverkehr erkennen ließ.

Welche Rolle mir selbst dabei zugedacht war, wurde mir erst später bewußt. Selbstverständlich, wo sein Vertrauen erst einmal Fuß gefaßt hatte, konnte sich der immer ein bißchen grämlich scheinende Schweiger durchaus als geselliger Connaisseur enthüllen mit einem Zug zu psychologisch angespitzten Mokerien und einem eff eff erlesenen Hochmut gegenüber der gesamten in Alltagsprosa verfaßten Wichtigkeitswelt. Letzten Endes bleibt aber doch der Eindruck von einem zufällig-unfreiwillig in den Erwachsenenstand versetzten Kindskopf, den nach nichts so sehr verlangte wie nach einem jüngeren Spielgefährten. Da ihm der Zugang zu den verlorenen Kindheitsparadiesen freilich nicht ganz ohne die nötigen Übergangsdrogen gelang, und auch ich dazu neigte, meinen Arbeitskokon mit Stimulantien zu transzendieren, wurde ich dann auch Schluck um Schluck mit seinem verborgenen Dämon bekannt. Be Lichte betrachtet – sagen wir einmal, bei Aladins Wunderlampenlicht – war Kurt Kusenberg nämlich so etwas kurios Paradoxes wie ein bekennender Anonymer. Was dabei als posthume Indiskretion erscheinen könnte, steht in der bacchischen Anthologie «Der ehrbare Trinker» von 1965 allerdings ganz offen zu lesen: «Wenn in den Werken eines Schriftstellers viel getrunken wird, kann man sicher sein, daß er selber trinkt, denn Literatur ist Selbsterfahrung.» Und wenn man den Anfang seiner Erzählung «La Botella» nur einmal beim Wort und das Wort bei seiner allegorischen Bedeutung nimmt («Die Flasche die später so viel umschließen sollte, hatte der alte Seemann selbst geleert»), gibt die hübsche Einkleidung doch zugleich auch Kusenbergs Inspirationslehre preis. Ich meine, die nur scheinbar unverfängliche Drollerie ist durchsichtig bis auf den Flaschengrund, und was sie besagt, ist nichts anderes, nichts geringeres, als daß der Geist aus der Flasche am Ende in hochsublimierter Form wieder in sie zurückkehrt. Man kann es natürlich auch anders sagen. Den ausgefallenen bis gefährlichen Neigungswinkel seiner immer hart am Abgrund angesiedelten Geschichten hatte der Autor sich methodisch und mit großem persönlichen Einsatz erarbeitet. Die nötige Schlagseite für die Rutschbahn ins Groteske ganz reell und redlich ertrunken. Am Anfang steht der Rausch, der Säusel, die fluidale Beseelung und am Ende das reich gegliederte, hübsch gefaßte und sorgsam versiegelte Kunstprodukt. Damit hätten wir das eingangs besichtigte Puppenparadies aber fast schon verlassen und uns anderen «Künstlichen Paradiesen» angenähert, in denen bedrohlicher illuminierte Namen die Szene regieren.

Sehr im Gegensatz zu ihren oft miniaturistischen Formaten sind Kurt Kusenbergs Geschichten nämlich keineswegs klein gedacht, und sie «harmlos» zu nennen, kann nur der Ahnungslosigkeit vom Dienst einfallen. Bodenlosigkeit wäre da schon ein ganz anderes und in die Nähe seiner wirklichen Paten und Logenbrüder (Robert Walser, Mynona oder Oskar Panizza) weisendes Kennungswort. Auch ein Kafka, von seiner intrikat humoristischen Seite genommen und um seine metaphysischen oder existenzphilosophischen Ausdeuter erleichtert, läge sicher nicht ganz aus der Richtung. Denn wenn hier die Spielorte auch scheinheilig Illberg, Tottenbach oder Unterbiberstein heißen und das Personal sich mit so ausgesuchten Allerweltsnamen wie Tantau, Pottach oder Klontig begnügen muß, begeben wir uns mit jeder Geschichte neu auf einen teils schwankenden, teils millimüdünnen Bühnenboden. Die Schnützelputzhäuselzeilen, die der Autor immer sehr zügig und mit ein paar gewinnenden Tupfern oder Skizzstrichen aufs Papier zaubert, sind nämlich allesamt trügerischer Natur, und es bedarf nur eines geringen Zugs an den dramaturgischen Fäden, um sie unvermittelt nach Paranoialand zu versetzen. «Die Insel mitten im Fluß samt dem stattlichen Haus, das man in der Gegend ‹das Schloß› nannte, und den reichen Gärten war mein Erbe», so erbaulich und traulich als Ludwig-Richter-Prospekt aufgezogen, beginnt zum Beispiel eine meiner Lieblingsgeschichten, «Der Große Wind», aber was dann als unvermutete Naturkatastrophe hereinbricht und was ich auf keinen Fall ausplaudern möchte, ist von derart absonderlicher Monstrosität, daß wir dem nicht gerade zu seinem Glück verschonten Helden nur ahnungsvoll beipflichten können, wenn er seufzt: «Ach, Freunde, wer zweimal eine sinnvolle Umwelt eingebüßt hat, fragt nicht mehr, ob die dritte sinnvoll ist oder nicht.»

Über den Sinn und den Unsinn des Lebens muß der Verfasser offenbar häufig und heftig nachgedacht haben, wobei er sich freilich energisch gegen den blutigen der Geschichte und für den erfreulichen Unsinn der Poesie entschied. Nun ist der bloße Nonsense allerdings noch keine taugliche literarische Kategorie, es müssen noch Spielregeln und gewisse erschwierigende Bandagen hinzukommen, und die sind bei Kusenberg meist ziemlich straff angezogen und erlauben kein Entkommen ins einfach nur wabrig Ungefähre. «Eigentlich ist das Märchen etwas sehr Hartes und Reales», heißt es in einer kurzgefaßten Selbstanzeige aus dem Jahre 1964, «es geht darin immer um Leben und Tod». Genau das ist es nun aber auch, was sich bei der Lektüre seiner Geschichten als Begleitschatten nie ganz verscheuchen läßt, und es verweist uns zugleich auf ein Fatalitätsprinzip, das die unterschiedlichen Stücke so unheimlich spannend macht. Von der realen, heißt, uns zunächst ganz vertraulich, bieder und fast schon idyllisch erscheinenden Welt ausgehend, zieht der Demiurg mit feinem Magierfinger seine Spiralnebel aus, die sich dann aber unverhofft und eigengesetzlich verdichten, sich zusammenziehen, mit einer Spannung aufladen wie kurz vorm Umspringen eines Magnetfeldes, bis – bis – aber da wäre jedes weitere Wörtchen nun fast schon Geheimnisverrat, denn was ein Geschichtenerzähler so kunstvoll verwickelt und so feinsinnig wieder entwirrt, soll der Interpret nicht in nüchterner Erläuterprosa nacherzählen wollen. Nur so viel sei uns zu bemerken doch noch gestattet. Daß der menschenfreundliche Magier die der eigenen Hand entsprungenen Welten letzten Endes doch zu lieb gewonnen hat, um sie mir nichts dir nichts der Vernichtung preiszugeben und sein handgeschöpftes Personal einfach fühllos in den Gully abrauschen zu lassen. Happy Ends im üblichen Sinn des Wortes haben wir dennoch nicht zu beklatschen. Was sich ein paar selige Atemzüge lang im Himmel des Imaginären tummeln durfte, fällt am Ende häufig wieder der altvertrauten Gewöhnlichkeit anheim; meist ein bißchen tragisch behaucht, weil sich die Erinnerung an ein utopisches «Mal was andres» nicht so einfach aus dem Gedächtnis tilgen lassen will. Aber das ist in der Kunst wie im Leben ja noch kein Beinbruch, von einem abschließenden und von aller Hoffnung kläglich verlassenen Verdammniswort völlig zu schweigen.

Erzählungen

Warum ich schreibe? Wunderliche Frage. Weil ich meine
Geschichten nicht für mich behalten mag, weil sie
verlangen, daß ich sie sprachlich ausforme. Der intime
Umgang mit der Sprache ist sehr aufregend, ein
Abenteuer, das man allein bestehen muß.
Mein Ehrgeiz war seit jeher das Konzentrat, an dem
nichts mehr zu kürzen ist, es sei denn, man streicht
auch es und unterläßt das Schreiben.

Kurt Kusenberg, 1970

La Botella

Die Flasche, die später so viel umschließen sollte, hatte der alte Seemann selbst geleert. Es war überhaupt ein ereignisreicher Tag gewesen. Kurz vor dem Abendbrot, also genau um die Zeit, die er sich vorgenommen hatte, war der Kapitän mit dem Anstrich seines Häuschens fertig geworden. Er hatte es, seitdem er nicht mehr zur See fuhr, oft gestrichen, doch nie so schön wie eben jetzt. Das Häuschen selbst war wieder meergrün geworden, aber die Fensterrahmen, braun gegen gelb, ließen ein wahres Wunderwerk entstehen. Schöner, als die drei Farben zusammenstimmten, hätten die Wikinger ihre Schiffe auch nicht bemalen können. Die Sonne erkannte es an, indem sie ihre letzten Strahlen länger als sonst auf dem leuchtenden Dreiklang verweilen ließ, und der Kapitän aß in bester Laune zu Abend.

Wenn der Mensch zufrieden ist, möchte er noch zufriedener sein. Deshalb setzte sich der Kapitän in seine Laube und füllte aus einer Flasche Arrak, die ohnehin schon, wenn auch unerheblich, angebrochen war, so viele Gläschen, bis der Arrak nicht mehr in der Flasche, sondern in dem Kapitän war. Als nun das leere Gehäuse da so stand, seines eigentlichen Zweckes ledig, überkam den Seemann neuer Tatendrang. Er verschwor sich, in die Flasche das hübscheste Schiffchen zu setzen, das jemals in eine Arrakflasche hineingebastelt worden war. Und er verschwor sich weiterhin, daß das Fahrzeug den Namen «Erna» tragen sollte. Der Grund dafür lag lange Zeit zurück, doch das hinderte ihn, wie man sieht, nicht daran, wirksam zu sein. Jedenfalls ergriff der Alte die Flasche beim Hals und ging – wiegend, weil es schlingerte – in das meergrüne Haus, wo sein Bett auf ihn wartete.

Die nächsten Wochen sahen den Kapitän dabei, sein Wort

einzulösen. Mit einer Brille vor den Augen, die noch so gut in die Ferne sahen, saß er am Fenster und praktizierte geduldig feuchten Kitt in die Flasche, die nur noch ganz zart nach Arrak duftete. Dann schied der Modellierstab in seiner schweren Hand das Wasser vom Lande. Die See färbte sich grün und bekam weiße Schaumkronen, und auf dem festen Gestade erhoben sich nach und nach ebenso feste Gebäude: Häuser aller Art, eine Windmühle, eine Kirche und – etwas fremdartig, aber sehr wirkungsvoll – sogar ein Minarett. Zwischen den Gebäuden wuchsen Palmen, denn die Stadt, die da gegründet worden war, lag irgendwo im Süden. Der Dreimastschoner «Erna», ein verzwicktes Stück Arbeit, entstand außerhalb der gläsernen Hülle. Als er mit heruntergeklappten Masten durch den Flaschenhals zu Wasser gelassen worden war, als er in der Hafenbucht vor Anker lag und die Takelage steil in die Höhe stand, war das Werk getan. Der Kapitän verkorkte und verpichte die Flasche sorgsam und stellte sie aufs Vertiko. Und damit scheidet der Kapitän, obgleich Verfertiger und Besitzer der Flasche, aus dieser Geschichte aus.

Was nun folgt, geschah in einer kleinen, irgendwo im Süden gelegenen Hafenstadt; ihre genaue Lage wird sich nie ermitteln lassen. Jedenfalls säumte diese Stadt, eigentlich nur ein Städtchen, das Ufer einer stillen Bucht, die nach ihrer langgestreckten Form und der engen Zufahrt, durch die man sie erreichte, den Namen La Botella, zu deutsch: die Flasche, führte. An der schmalen Einfahrt, die man dort den «Flaschenhals» hieß, lag es wohl auch, daß nur selten ein größeres Schiff in der Bucht vor Anker ging. Eines Tages aber geschah es, daß ein stattlicher Dreimastschoner in La Botella einsegelte und sich dort so nachdrücklich verankerte, als habe er vor, lange zu verweilen. Und das tat er dann auch. Der Kapitän ließ sich an Land rudern und nahm im Gasthof Quartier. Da er ein umgänglicher Mann war und die Leute von La Botella Fremde nicht oft zu sehen bekamen, entspann sich bald ein herzlicher Verkehr zwischen den ersten Bürgern des Ortes und dem Mann vom Meere. Daß sein Schiff «Erna» hieß, hatte man schon gewußt, ehe es überhaupt in der Bucht lag; aber daß es nach des

Kapitäns eigenen Angaben erbaut war, also gewissermaßen von ihm selbst gemacht, und daß es nach der Frau benannt war, die er am meisten liebte, das erfuhr man erst mit der Zeit. Mit der Zeit, genauer gesagt gegen Ende der heiteren Gelage, die der Kapitän allabendlich mit seinen Freunden veranstaltete, erfuhr man ferner, daß der Kapitän sich mit der Absicht trage, von La Botella aus geradenwegs heimwärts zu fahren und um die Hand der meistgeliebten Frau anzuhalten. Davon, von diesem schönen und großen Plan, sprach nicht nur – nach dem zehnten Glas, nie vorher – der Kapitän, davon sprach das ganze Städtchen. Man fühlte mit dem braven Seemann, man hieß den Plan gut und malte sich den Augenblick aus, da der Kapitän vor die Frau seiner Wahl treten und sie um ihre Hand bitten würde. Wenn Donna Erna, hieß es, nur zur Hälfte so schön sei wie das Schiff, das ihren Namen führte, so war der Kapitän wirklich der Glücklichsten einer zu nennen. Donna Erna wurde ganz von selbst zum Inbegriff irdischer Schönheit, und der reiche Pedro Pereira, ein verrückter Kerl, der sich in Erinnerung an Stambul, die dunkle Quelle seines Wohlstandes, mitten in seinen Garten ein schlankes Minarett hatte bauen lassen, entwarf mit Pastellstiften ein Phantasiebildnis der schönen Unbekannten, das allgemein Anklang fand.

So verging die Zeit. Wie sehr sie verging, erwies sich eines Tages, als der Schiffskoch entdeckte, daß der Rumpf der «Erna» wie ein ehrwürdiges Riff ganz und gar mit Muscheln überkrustet war. Er fuhr sofort an Land und gab dem Kapitän davon Kunde. Der hörte sich das an, vergaß es aber sogleich wieder, weil er mit Lopez, dem Besitzer der großen Windmühle, in ein hochwichtiges Gespräch vertieft war, das nicht recht vorwärtskam, weil beide den Faden verloren hatten. Den Muscheln zum Trotz blieb es beim alten. Der Kapitän sprach jeden Abend davon, daß die Brautfahrt nunmehr immer näher rücke, daß sie unmittelbar bevorstehe, und die Leute von La Botella glaubten ihm, denn sie hatten seine Sache zu der ihren gemacht. Es wäre noch lange so fortgegangen, wenn nicht der Kapitän an einem besonders schönen Abend eine Flasche Arrak vor sich gehabt hätte. Die Flasche war, wenn auch unerheblich, bereits angebrochen, und was sie noch enthielt, das trank der Kapitän. Dieser Trunk hatte auf den Seemann eine große Wirkung, er erfüllte ihn mit Tatendrang. Der Kapitän stand auf und verschwor sich laut und deutlich, noch in der gleichen Nacht die Anker zu lichten und seine Brautfahrt anzutreten. Die Leute von La Botella billigten den Entschluß, obwohl er sie schmerzte. Sie tranken dem Kapitän zu und gaben ihm in später Stunde, als der Freier nicht mehr zu halten war, das Geleit zum Hafen. Der Kapitän stieg in eine kleine Jolle und verschwand mit kräftigen Ruderstößen im Dunkel des Hafens.

In dieser Nacht schliefen die Freunde des Kapitäns so fest, wie sie getrunken hatten, doch sie wurden von unruhigen Träumen heimgesucht. Sie hörten Segel im Winde knattern und erblickten den Seemann, wie er auf seinem stolzen Schiff der fernen Geliebten entgegenflog. Sie sahen alles, was sie sich schon hundertmal vorgestellt hatten, nur war es jetzt viel deutlicher. Auf jede Nacht folgt ein Morgen, auch in La Botella. Und als sich die Bürger den Schlaf aus den Augen rieben und einen wehmütigen Blick in den Hafen schickten, den sie leer und verlassen glaubten, sahen sie den Dreimastschoner «Erna» draußen liegen, so still und friedlich, als sei von einer Ausfahrt nie die Rede gewesen.

Es währte nicht lange, so erschien auch der Kapitän wieder an Land. Er habe die ganze Nacht hindurch versucht, aus der Bucht herauszukommen, erzählte er, aber – und hier machte er einen hübschen Scherz – es müsse wohl jemand den «Flaschenhals» verkorkt und verpicht haben, denn die Ausfahrt sei ihm nicht gelungen. Alle lachten, und man begab sich zu einem gemeinsamen Trunk, der nicht der letzte war, weder an diesem Tage noch an vielen späteren. Und so kam es, daß es nun doch beim alten blieb und die «Erna» fortan mehr Muscheln ansetzte als irgendein gewöhnliches Felsenriff.

Alles Leben reicht eben nur so weit wie die Hülle, die es umschließt.

Der verschwundene Knabe

Auf diesem Bild kann man so richtig spazierengehen», sagte der Vater des kleinen Jungen jedesmal, wenn er einen Besucher vor das alte Gemälde führte. Er meinte damit natürlich, daß man einen solchen Spaziergang allenfalls mit den Augen oder, besser gesagt, im Geiste unternehmen könne, aber der kleine Junge verstand es ein wenig anders, er verstand es auf seine Art. Das Haus, in dem der Knabe aufwuchs, enthielt noch viele andere Gemälde, davon manches weitaus kostbarer war als gerade dieses eine. Über jedes von ihnen ließ sich etwas sagen (und der Vater sagte es auch), doch von keinem konnte man behaupten, daß es zum Spazierengehen geeignet sei. Darum war das Bild dem Jungen besonders lieb.

Der Vater ahnte nicht im geringsten, was er mit seinem treffenden Wort angerichtet hatte. Aber das geht uns allen so; wir tun leichthin irgendeine Äußerung, und die verfliegt dann nicht im Winde, sondern senkt sich irgendwo ein, beginnt zu wachsen und tritt uns eines Tages leibhaft in den Weg. So geschah es hier. Hätte man auf den Knaben besser geachtet, als es in einem derart weiträumigen Hause möglich war, so wäre man dahintergekommen, daß er Stunden um Stunden vor dem Bilde zubrachte, still und gespannt ins Schauen vertieft. Im Grunde war das nicht weiter verwunderlich, denn es gab außerordentlich viel zu sehen. Von der Tiefe des Ausblicks wollen wir gar nicht sprechen; die Landschaft, die sich da auftat, nahm nur deshalb überhaupt ein Ende, weil eine blaue Gebirgskette im Hintergrund ihr Einhalt gebot. Durch die Landschaft schlängelten sich Bäche, über die Bäche führten Brücken, und auf den Brücken gingen Menschen, die ihre Felder bestellen, Handel treiben oder sonst etwas Nützliches verrichten wollten. Die vielen Bäche waren wohl auch die Ursache, warum dieser

Landstrich so über alle Maßen fruchtbar war. Seine Bewohner, obwohl an Zahl nicht gering, hatten ihre liebe Not, all das Getreide und Heu einzubringen, die prallen Viehherden zusammenzuhalten und das Wild, das sich allerorten zeigte, mit wohlgezielten Kugeln in Wildbret zu verwandeln. Schmucke Dörfer traf man auf Schritt und Tritt, und der Hufschmied, der im Vordergrund seinem Handwerk nachging, konnte bestimmt nicht über schlechte Zeiten klagen.

Ja, der Hufschmied, der hatte es dem Knaben am meisten angetan. Ob es die feurige Esse war, die den kräftigen Mann im Lederschurz seitlich bestrahlte, oder der weit ausholende Schlag, der dem Eisen auf dem Amboß galt, oder auch nur das Pferd, welches offenkundig von dem rußigen Burschen das Beste erwartete – jedenfalls verweilten die Augen des Knaben hier länger als an irgendeinem anderen Ort. Und nicht die Augen allein. Denn nach einer Weile, wenn sich der Junge richtig hineingeschaut hatte, hörte er die Hammerschläge fallen und roch den Dunst der Werkstatt, den Geruch von Eisen, Horn und Feuer.

So sah das Bild aus, und so stand es um den Knaben, der nicht davon abließ, es immer von neuem zu betrachten. Dies alles wäre jedoch kaum erzählenswert, wenn sich nicht einst, sagen wir an einem Juninachmittag, etwas begeben hätte, das entschieden die Niederschrift verlangt. Wieder stand der kleine Junge vor dem alten Gemälde, wieder ließ er seine Augen schweifen und besonders lange auf der Schmiede verweilen. Mit einem Mal schien es dem Knaben, als zwinkerte der Schmied ihm listig zu. Zugleich empfand er, daß es gar nicht unmöglich, ja, auch nicht so schwer sein dürfe, wirklich und wahrhaftig in den gemalten Raum einzugehen. Er versuchte es, er gab sich einen kleinen Ruck, der Ruck kostete ihn einen ebenso kleinen Schmerz, und im nächsten Augenblick befand sich der Knabe nicht mehr vor dem Bild, sondern mitten drin, mitten in der Landschaft, die so üppig wuchs und so viele Menschen und Tiere nährte. War das eine Lust! Nicht allein, daß sich ein unendliches Spielfeld eröffnete, nein, was zuvor starr gewesen war, bewegte sich nun, alles lebte sein eigenes Leben.

Die Sensen, von kundiger Hand geführt, zischten im Korn, über die Brücken trappelten bepackte Pferde, Schüsse knallten, Bauernmädchen gaben ein fröhliches Lachen von sich, die Bäche quirlten und sprangen, Lerchen jubilierten, und aus der Schmiede kamen heftige, klingende Schläge.

Der kleine Junge verlebte einen wundervollen Nachmittag. Er war überall und nirgends, er lief hierhin und dorthin, wo früher nur seine Augen verweilt hatten, und überzeugte sich davon, daß jedes Ding rund und greifbar geworden war. Menschen, die er bislang nur vom Rücken her gekannt hatte, wiesen ihm ihr Gesicht, und die anderen bekamen dafür einen Rücken, einer unter ihnen, bei dem man es nie vermutet hätte, sogar einen Buckel. Es zeigte sich bald, daß der Knabe bei jedermann wohlgelitten war, und das hing, glauben wir, mit der Fröhlichkeit seines Herzens zusammen. Wo er hinkam, rief man ihm gute Worte zu, die er allerdings nicht verstand, denn hier sprachen die Menschen flämisch. Zu guter Letzt stand der Junge bei seinem Freund, dem Schmied, in der Werkstatt und trat den Balg, daß die Funken stoben. Der Schmied hatte ihm gleich die Hand gereicht und sonst kein Wort gesprochen; das war unter Männern auch nicht nötig. Ehe sich der Knabe versah, waren dann einige Stunden vergangen, und es wurde Zeit, an die Heimkehr zu denken. Wie die zustande kam, wußte der Junge später selbst nicht. Jedenfalls verspürte er abermals den kleinen, schmerzlichen Ruck und stand plötzlich wieder in dem Zimmer, aus dem er gekommen war.

Welche Gefühle ihn nach diesem Abenteuer bewegten, vermögen wir nicht auszudrücken; die Feder kann nicht alles, was sie will. Beschränken wir uns auf die Vermutung, daß vor ihm noch nie ein Knabe lebte, der ein so großes und schönes Geheimnis ganz für sich allein besaß. Und das muß er wohl gewußt haben, denn er gab es niemandem preis. Von nun an verbrachte der Junge jede Stunde, die ihm gehörte, in dem Bild. Er schlüpfte hinein und heraus, er hatte bald eine solche Übung darin, daß er kaum noch den kleinen Schmerz empfand, ohne den es nun einmal nicht ging. Geheimnisse machen ihre Hüter listig, und so kam es, daß auch unser Knabe, um bei seinem

Tun nicht überrascht zu werden, zur List griff. Der Raum nämlich, in dem das zauberische Bild hing, war dem Jungen niemals zugedacht worden. Streng genommen, hatte er darin nichts zu suchen, denn das Zimmer sollte gelegentlich Gäste beherbergen und niemanden sonst. Aber so streng nahm man es zum Glück nicht, und als der Junge zu Hause erklärte, er bastele an einer wichtigen Erfindung, die nur in diesem Zimmer gedeihen könne und vorläufig tief geheim bleiben müsse, gestattete man es lächelnd, daß er sich in seine selbsterwählte Klause zurückzog. Man fand sogar nichts dabei und hielt es seinem kindlichen Eifer zugute, wenn er sich regelrecht einschloß. So war denn alles in bester Ordnung. Die List beschirmte das Paradies, und das Paradies gehörte einem kleinen Jungen, der sich darin umzutun wußte.

Jede List steht so lange, bis sie fällt; allzulange dauert das nie, denn das Leben steckt voller Gegenlist. Eines schönen Tages, als der Knabe seinen Freuden nachging, kamen unerwartet Gäste, gute Bekannte, die wirtlich untergebracht sein wollten. Das Haus war groß und barg mehrere Gastzimmer, doch die reichten nun nicht aus; auch der Raum, den der Knabe in Besitz genommen hatte, sollte belegt werden. Da die Tür verschlossen war, klopfte man, erst zart, dann kräftig. Es kam keine Antwort. Wenn ein Knabe gerade den Schmiedebalg tritt, kann er natürlich nicht hören, was draußen vorgeht. Wie aber soll man wissen, daß ein Knabe, den man dicht hinter einer Tür wähnt, sich in Wirklichkeit – wenn man so sagen darf – weit fort inmitten einer flämischen Landschaft befindet? Das kann man eben nicht wissen, und darum wurde die Tür gewaltsam aufgebrochen. Eltern und Gäste traten beunruhigt ein und suchten nach dem Jungen, der nicht aufzufinden war, der sich auf unerklärliche Weise verflüchtigt haben mußte, denn der Schlüssel stak innen in der Tür, und die Fenster des Gastzimmers waren fest geschlossen. Das Unglaubliche glaubt man nicht gern. Dies mag erklären, warum man die Suche im ganzen Hause und späterhin auch im Freien fortsetzte, obwohl jede Vernunft dagegen sprach. Die Gäste hatten sich ihren Einzug friedvoller vorgestellt; es gereicht ihnen zur Ehre, daß sie daran nicht festhielten, sondern sich eifrig an der Fahndung beteiligten.

Während alle Anderen den verschwundenen Knaben in immer weiter gedehnten Kreisen suchten, trieb es den Vater mit geheimer Gewalt in das Gastzimmer zurück. Da war kein noch so kleiner Gegenstand, den er nicht wieder und wieder umgewendet und erforscht hätte; sogar eine Tabaksdose und ein Tintenfaß wurden gründlich geprüft. Plötzlich fiel des Vaters Blick auf das Bild, und er machte dabei eine sonderbare Entdeckung. Diese Entdeckung wäre ihm nie gelungen, wenn er das Bild, auf dem man spazierengehen konnte, nicht so genau gekannt hätte. Er kannte es aber in allen seinen Einzelheiten und stutzte, weil jetzt – wie hingezaubert – in der Dorfschmiede ein Lehrbube stand, den er nie zuvor dort gewahrt hatte. Als er sich die Gestalt näher besah, erkannte er deutlich seinen eigenen Jungen. Das aber war mehr, als selbst ein Kunstfreund zu fassen vermag. Deshalb verließ der Vater das Zimmer und gesellte sich den übrigen zu, die ermüdet von ihrer zwecklosen Suche zurückkehrten.

Die Nacht kam, ohne daß der Knabe gefunden worden war. Die Nacht wich einem Tag, der die Gäste verlegen und bedrückt abreisen sah, doch von dem Knaben fehlte noch immer jede Spur. Der Vater suchte nicht mehr. Er saß unverweilt vor dem Bilde und blickte auf den Lehrbuben, der seinem Jungen so seltsam ähnlich sah. Endlich, am fünften Tag, entschloß er sich, einen Freund des Hauses zu Rate zu ziehen und ihm anzuvertrauen, was ihn insgeheim bewegte.

Der Freund des Hauses ließ sich nicht lange bitten. Es war ein ungemein kluger, alter Herr, der über einen weißen Bart und bedeutende Kunstkenntnisse verfügte. In aller Ruhe hörte er sich an, was der Vater zu berichten hatte und welche Vermutungen er daran knüpfte. Als der Vater zu Ende gekommen war, setzte sich der alte Herr eine goldene Brille auf, nahm eine Lupe zur Hand und betrachtete das Bild sehr eingehend, im großen ganzen und im einzelnen. Das dauerte, dem Ernst der Stunde angemessen, eine ganze Weile, aber schließlich war er damit fertig, nahm die Brille ab und sprach: «Lieber Freund, ich verstehe nur allzu gut, was Sie zu Ihren absonderlichen Gedankengängen trieb, aber ich muß Ihnen unrecht geben. Gewiß hat der Lehrbub – oder sollte es gar ein Geselle sein? – eine unleugbare, sogar recht auffällige Ähnlichkeit mit Ihrem verschwundenen Sohn. Doch was will das, in einer Welt des Zufalls, schon sagen? Sie dürfen mir glauben, daß sich auf diesem Bilde, seitdem der Künstler es aus seiner Werkstatt entließ, nichts geändert hat; es ist eines der besterhaltenen Gemälde, die ich kenne. Und mehr als das. Der Lehrbub oder Geselle, den Sie als spätere Hinzufügung ansehen, er ist nicht nur keine Hinzufügung, sondern im Gegenteil der Kernpunkt des ganzen Bildes. Ja, ich stehe nicht an, sogar zu behaupten, daß er, gerade er, zu Anfang erdacht und hingesetzt wurde, daß rund um ihn alles andere überhaupt erst entstand. Dabei muß ich bleiben, so leid es mir tut.»

Dabei blieb er, und es blieb auch dabei, daß der Knabe ein für allemal verschwunden war.

Zwist unter Zauberern

Es waren einmal zwei Zauberer, die konnten einander auf den Tod nicht leiden. Sie machten auch gar kein Hehl daraus, daß einer den anderen am liebsten ausgetilgt hätte. So grausam das klingt, ist es doch etwas sehr Gewöhnliches, denn nahezu jeder Mensch schickt mörderische Gedanken aus. Ein Glück, daß diejenigen, denen solche Anschläge zugedacht sind, ihrerseits ähnliche Gedanken haben, die sie schützend umgeben und den Feind zurückschlagen; sonst wäre die Erde rasch entvölkert. Nun hat es mit Zauberern insofern eine besondere Bewandtnis, als ihnen das Töten ausdrücklich untersagt ist. Zaubern mögen sie, soviel sie wollen, jegliches Verwandeln und Behexen steht ihnen frei, aber sie dürfen nichts Lebendiges vernichten. Aus diesem Grunde mußten die beiden Zauberer wohl oder übel ihrem finsteren Herzenswunsch entsagen und andere Wege finden, um sich gegenseitig das Leben sauer zu machen. Das taten sie denn auch mit großem Eifer und gerieten dabei an eine derart weitläufige Aufgabe, daß sie vollauf beschäftigt waren und schließlich den Gegner gar nicht mehr missen mochten.

Sie hießen Parock und Schneidebein. Ihren Namen sah man das Zauberhandwerk nicht an, und das war gut so, denn der Name soll kein Fingerzeig sein. Es gibt große und kleine Zauberer. Parock und Schneidebein waren keines von beiden, sie kamen aus der mittleren Lage und waren einander etwa ebenbürtig. Mag sein, daß Parock, der ein heiteres Gemüt besaß, den grämlichen Schneidebein an Erfindungskraft übertraf. Dafür gebot jedoch Schneidebein über eine feingespaltene List, die sich vorzüglich auf die Erfordernisse des Kleinkriegs verstand. Die Beiden zauberten recht ordentlich. Sie hätten ohne weiteres eine höhere Stufe ihrer Kunst erklimmen können;

dazu wären nur ein wenig Studium und die übliche Prüfung nötig gewesen. Gerade das aber wollten Parock und Schneidebein auf keinen Fall. Die nächsthöhere Zauberstufe nämlich führte dicht an die große Weisheit, und dort hatten Zwist und Ränke nichts mehr zu suchen. Darum vermieden es unsere Zauberer, etwas dazuzulernen.

Nur niedere Zauberer machen ihre Arbeit allein; die Kundigen gebieten über einen Geist oder über mehrere Geister, die in festen Diensten stehen und Aufträge ausführen. Dabei kommt es weniger auf die Zahl der Gehilfen als auf ihre Beschaffenheit an. Parock befehligte nur einen einzigen Geist namens Waldemar. Dieser Waldemar war aber ein besonders kräftiger und geschickter Bursche, der es mit dreien aufnahm, beispielsweise mit Schneidebeins drei Geistern, kleinen Kerlchen, die nur gemeinsam etwas ausrichten konnten und darum auch nur einen gemeinsamen Namen besaßen. Sie hießen Ham-Ham-Ham. Verstehen wir uns recht: keiner von ihnen hieß Ham; der einzelne hatte überhaupt keinen Anspruch auf eine Anrede. Beschwor man jedoch das Wesen Ham-Ham-Ham, so erschienen alle drei und waren zu jeder Arbeit erbötig. Der Streit ihrer Herren machte den Gehilfen viel zu schaffen. Für gewöhnlich führen Geister ein recht erträgliches Dasein; sie werden maßvoll beansprucht und dürfen mit ihrer Freizeit beginnen, was sie wollen. Wie anders erging es diesen! Tag und Nacht hielt man sie in Bewegung, sie lagen in dauernder Fehde, ob sie mochten oder nicht. Und dabei mochten sie durchaus nicht. Im Gegenteil, sie trafen einander mitunter heimlich und fanden harte Worte für ihre Gebieter. Gern hätten sie sich gegen die nutzlose Plackerei empört, doch das stand ihnen nicht zu.

Es ist an der Zeit, endlich zu berichten, was Parock und Schneidebein für ihre Feindschaft taten. Daß Parock recht einfallsreich war, wurde bereits mitgeteilt. So kam es, daß Schneidebein, als er eines Morgens erwachte, sich von etwa hundert Eseln umgeben sah, die ihre gelben Zähne fletschten und ein greuliches Geschrei anstimmten. Schneidebein ließ sich nicht anmerken, daß ihn der Anblick verdroß. Er erhob sich, ging sicheren Blicks auf einen besonders boshaften Esel zu und hieb ihm mit seinem Zauberstab kräftig auf die Schnauze. Im Nu war der ganze Spuk verschwunden, und Parock mußte drei Tage lang einen geschwollenen Mund verbergen. Nicht genug damit, floß während dieser Zeit dicker Sirup aus Parocks Kamin. Der Geist Waldemar hatte alle Hände voll zu tun, um die Untat Ham-Ham-Hams einzudämmen, denn der Sirupzauber war seines Herrn schwache Seite. Auch hatte Schneidebein große Macht über das Leder und nutzte sie weidlich aus. Wenn Parock sich unter Leuten zeigte, konnte es geschehen, daß er plötzlich barfuß ging und die Hosen verlor. Das war dann Schneidebeins Werk, der ihm Schuhe und Leibgurt weggezaubert hatte.

Aber auch Parocks Künste konnten sich sehen lassen. Am Sonntag vor Pfingsten hatte Schneidebein ein fettes Huhn geschlachtet. Es war nicht leicht gewesen, denn das Huhn hatte ihn in lateinischer Sprache auf das gröblichste beschimpft, und Schneidebein mußte sich sehr anstrengen, um Parocks Zauber zu brechen. Schließlich gelang es ihm jedoch, das Huhn nicht nur zum Schweigen zu bringen, sondern auch weichzukochen. Mit großer Freude über den kleinen Sieg setzte er die Terrine auf den Mittagstisch und hob den Deckel empor, um sich gütlich zu tun. Wer aber beschreibt seinen Schrecken, als sich aus dem Gefäß Parock erhob, ein winziger Parock, der Schneidebein eine lange Nase machte und Hühnerbrühe nach ihm spritzte? Es half wenig, daß der böse Feind bald hohnlachend verschwand, denn auch das Huhn stak nicht mehr in der Terrine. Im Gegenteil: kurz darauf trat es zur Tür herein und sprach auf lateinisch dort weiter, wo Schneidebein es unterbrochen hatte. Das war zuviel auf einmal. Schneidebein brachte nicht den Mut auf, sein leckeres Mahl von neuem zu bereiten; er schlug einen magischen Kreis um sich und aß, während Ham-Ham-Ham ängstlich Wache hielt, einen Teller Haferbrei. Zauberer haben es nicht leicht, wenn man es ihnen schwer macht.

Woher bezogen die Beiden wohl ihre zauberischen Maßnahmen? Nun, sie benutzten ungefähr die gleichen Bücher, in denen alles Wissenswerte verzeichnet stand. Mag sein, daß der

Eine irgendein Druckwerk besaß, das der Andere noch nicht kannte; es war aber auch umgekehrt, und so blieben sie durchaus im Gleichgewicht. Die Bücher sahen eigentlich solche Zwistigkeiten nicht vor; sie strebten einem erhabenen Ziel entgegen und mieden die Abirrungen. Doch waren da gewisse untergeordnete Fußnoten, die in aller Unschuld mancherlei Anregungen enthielten. Aus diesen Fußnoten schöpften Parock und Schneidebein jene Tücken, die ihnen Genugtuung bereiteten, wenn sie sie anbrachten. Während Parock mit dem Übernommenen frei schaltete, hielt sich Schneidebein eng an den Buchstaben und an die Reihenfolge. Man kann ruhig behaupten, daß er die anregenden Fußnoten Seite für Seite in zauberische Taten umsetzte. Parock wußte es und konnte darum immer rechtzeitig seine Vorkehrungen treffen. Er irrte sich nur ein einziges Mal, und das kam daher, weil in Schneidebeins Buch ein Blatt fehlte. Aber gerade dieser eine Fall wäre Parock beinahe zum Verhängnis geworden.

Eines Morgens läuteten drei Männer an Parocks Tür. Der Zauberer öffnete und hieß sie eintreten, denn er war es gewohnt, daß Leute von nah und fern ihn aufsuchten, um Zaubermittel, irgendeine kleine Beschwörung oder auch nur einen Ratschlag von ihm zu erlangen. Offen gestanden, nährten sich unsere Zauberer von derlei Geschäften, sie hatten sogar eine recht erkleckliche Kundschaft. Zauberer höheren Grades halten ihr Wissen nicht feil; wenn sie Geld benötigen, machen sie ein wenig Gold, und das reicht dann wieder für eine ganze Weile. Die beiden verstanden sich aber nicht auf das Goldmachen; also mußten sie, um leben zu können, ihre Kunst stückweise verkaufen. Sie lebten übrigens nicht schlecht. Parock war sogar ein richtiger Prasser; was er verdiente, ging für Essen und Trinken dahin, von weiterem nicht zu reden. Schneidebein hielt es anders. Er legte manches beiseite und hatte große Freude daran, seine Goldstücke in langen Reihen durch das Haus hüpfen zu lassen.

Eigentlich hätte es Parock stutzig machen müssen, daß seine drei Besucher einander so ungemein ähnlich sahen. Er hielt sie jedoch für Drillinge, und außerdem war er dermaßen bezecht, daß er sich, was seine Wahrnehmung betraf, auf keine bestimmte Zahl festlegen mochte. Höflich bat er, was er für drei ansah, in seine Studierstube und erkundigte sich nach den verehrlichen Wünschen. Es stellte sich heraus, daß die Fremden allesamt das Gleiche begehrten, nämlich ein Tränklein, das ihnen Frauengunst verschaffen sollte. Parock mischte es ihnen zurecht, empfing die geforderte Summe und geleitete den Besuch, der ihm immer noch dreifach vorkam, wieder hinaus. Kaum hatte sich die Tür geschlossen, so erscholl draußen ein höhnisches Gelächter. Parock ahnte nichts Gutes. Er stürzte in seine Studierstube und bemerkte dort mit jähem Entsetzen, daß sein Zauberstab nirgends zu finden war. Nun wurde dem Beraubten klar, daß hier Schneidebein seine Hand im Spiele hatte. Die Lage war schlimm, denn was ist ein Zauberer ohne sein wichtigstes Instrument? Unverzüglich befahl Parock den kräftigen Waldemar herbei und teilte ihm das Geschehene mit. Waldemar seufzte und meinte, die drei Männer könnten nur Ham-Ham-Ham gewesen sein. Wenn dieser sich nicht schon allzu weit befinde, so hoffe er, ihm die Beute wieder abjagen zu können. Warum er nicht längst unterwegs sei! schrie Parock, und im gleichen Augenblick war Waldemar es schon. Mit einem gewaltigen Satz stand der Geist vor Schneidebeins Haustür, gerade rechtzeitig, um Ham-Ham-Ham zu empfangen, der eben keuchend und frohlockend anlangte. Es entspann sich wieder die übliche Rauferei, an der den Geistern so wenig gelegen war, daß schließlich Ham-Ham-Ham den Zauberstab gutwillig hergab. Schon wollte sich Waldemar entfernen, als Schneidebein aus der Tür trat und mit einem Wutschrei nach dem Stöckchen griff. Waldemar blieb nichts anderes übrig, als das Eigentum seines Herrn in weitem Bogen durch die Luft zu schleudern, und der Zufall wollte es, daß der nacheilende Parock den Zauberstab auffing. Wie immer, wenn der Zufall wie Vorbedacht aussieht, konnte man auch hier von Geschicklichkeit reden. Jedenfalls trennten sich die Gegner in unverminderter Kraft, und alles war wie zuvor.

Es war Schneidebeins ganzer Kummer, daß er sich nicht selbst verwandeln konnte. Wie sehr sich Parock darauf verstand, ist durch seinen Aufenthalt in der Suppenterrine erwiesen. Den Zauberstab wirken zu lassen und Geister auszusenden, ist nicht leicht, aber auch nicht schwer, denn man kann es lernen, wenn man die entsprechenden Bücher sorgsam studiert. Die verzwickte Kunst, sich in eigener Person zu verwandeln, steht jedoch in keinem Buch; sie will erraten sein. Parock hatte einst, bei der fünften Flasche Burgunder, den erhellenden Einblick getan; seitdem zermarterte sich Schneidebein den Kopf, um ein Gleiches zu erreichen. Es kam ein Tag, an dem der Strebende sich im Besitz des Geheimnisses glaubte. Und es kam ein Morgen, an dem Parock mit gesträubtem Haar im Bett saß, weil das Eisbärfell, das sonst vor dem Schreibpult lag, gierig nach seiner Kehle schnappte. Da es jedoch nicht zubiß, sondern nur fauchte und mit den Augen rollte, erkannte Parock bald seine wahre Natur. Waldemar kam zu Hilfe und räumte das Fell an seinen gewohnten Platz. Dort lag es viele Tage lang und wurde von Parock weidlich getreten, ohne sich wehren zu können, weil Schneidebein – niemand anders war es – sich die erlösende Formel nicht ganz und gar zu eigen gemacht hatte. Endlich, als er schon reichlich zerstampft war, verfiel Schneidebein darauf, wie die Entzauberung zu bewerkstelligen sei, und entfloh, ein geschlagener Zauberer.

Immerhin hatte Schneidebein einen erheblichen Fortschritt gemacht, und da er zäh war, dauerte es nicht lange, bis er die Kunst, sich selbst zu verwandeln, meisterlich beherrschte. Wieder standen die beiden Zauberer einander mit gleichen, scharfgeschliffenen Waffen gegenüber. Ja, man darf wohl sagen, daß sie nun, wo es um die Feinheiten der Selbstverwandlung ging, erst richtig auf den Geschmack gerieten. Was sie bisher gezaubert hatten, kam ihnen nachgerade läppisch vor; sie dachten nur ungern daran zurück. Fortan begaben sich ganz andere Dinge. Wenn Schneidebein beispielsweise vor dem Spiegel stand und sein Haar zurechtbürstete, erblickte er statt seines Ebenbildes Parock, der ihn nachäffte und dabei widerwärtig grinste. Es hätte gar nichts genutzt, den Spiegel zu zerschlagen, denn dem Gegner wäre dadurch kein Schaden entstanden, wohl aber dem Eigentümer des teuren Glases. Kam

Parock nach Hause, so sah er nicht selten sich selbst, wie er leibte und lebte, aus dem Fenster lehnen. Schneidebein war es der Parocks Gestalt angenommen hatte und obendrein die Dreistigkeit besaß, begonnene Schriftsätze, die auf dem Schreibpult seines Gegners lagen, zwar in der gleichen Schrift jedoch äußerst sinnwidrig weiterzuführen.

Sobald einer von beiden ausging, um Freunde oder Kunden zu besuchen, konnte es geschehen, daß man ihn verwundert ansah und fragte, ob er irgend etwas zurückgelassen habe. Auf vorsichtiges Befragen stellte sich dann heraus, daß der feindliche Doppelgänger zuvor dagewesen war und die Leute genarrt hatte. Parock, der Schlaue, wußte übrigens dem Spiel eine gute Seite abzugewinnen. Als er sicher war, daß Schneidebein, um ihn zu ärgern, seine – Parocks – Obliegenheiten getreulich erfüllte, blieb er zwei Wochen hindurch einfach zu Hause, gab sich dem Wohlleben hin und strich die Gelder ein, die Schneidebein an seiner Statt verdiente. Für Schneidebein, der auf Gegenseitigkeit gerechnet hatte und sich unversehens sehr geschädigt sah, war es ein harter Schlag. Er rächte sich, indem er als täuschend ähnlicher Parock so lange im Astwerk eines Waldbaumes hing, bis es allgemein bekannt wurde, daß der wohlgelittene Mann sich selbst entleibt habe. Parock mußte viel Zeit und Mühe aufwenden, um seine Kundschaft, die sich verlaufen hatte, wieder herbeizuziehen. Wer sich damals in der Gegend aufhielt, konnte zuweilen einen überaus kuriosen Anblick beobachten. Es gab Tage, an denen man zwei Parocks und solche, an denen man zwei Schneidebeins in einem Abstand von zehn oder zwanzig Schritt hintereinander gehen sah. Nur der Kundige hätte unterscheiden können, was da echt und was da Blendwerk war.

Sie trieben es arg, die beiden Zauberer. Sie trieben es so arg, daß sie vor lauter Verwechslung und Doppelgängerei zuweilen nicht mehr wußten, wer sie nun eigentlich waren. Die stete Übung wurde zur Gewohnheit, die Gewohnheit zu einer verderblichen Lässigkeit, und eines Tages war das Unglück da. Jeder Zauberer, der im Begriff steht, eines Anderen Gestalt anzunehmen, muß nämlich vorher auf einem Zettel ein ganz bestimmtes magisches Zeichen ziehen und darunter schreiben: «Eigentlich bin ich Parock» oder wie er sonst gerade heißt. Nur dann, wenn ein solches Papierchen ausgefertig wurde, läßt sich die Verwandlung später lösen. Als Parock und Schneidebein sich wieder einmal ineinander verzauberten, unterlief ihnen ein kleines, aber entsetzliches Versehen. Anstatt ihren eigenen Namen unter das Zauberzeichen zu setzen, schrieben sie den Namen ihres Widersachers nieder und schnitten sich, ohne es zu ahnen, damit selbst die Rückkehr ab. Sie waren vertauscht und blieben vertauscht.

Nicht genug damit, büßten sie zugleich ihre besondere Gabe ein. Parock wußte mit Schneidebeins Zauberstab und dem Geist Ham-Ham-Ham nichts zu beginnen, während Schneidebein Parocks Stäbchen für einen Trommelstock hielt und den dienstbereiten Waldemar gänzlich übersah. Man kann es den Geistern nicht verdenken, daß sie, des Nichtstuns überdrüssig, schließlich ihre Herren verließen und sich einem durchreisenden Zauberer anschlossen, der sie ordentlich zu beschäftigen verstand. Was aber wurde aus unseren Beiden? Nun, sie litten keine Not, denn niemand kam dahinter, daß sie gar nicht mehr zaubern konnten; sie behielten ihre Kundschaft, ja, sie vermehrten sie und gelangten zu großem Wohlstand. Späterhin sollen sie, weil sie beide das Gleiche zu verbergen und auch sonst manches gemeinsam hatten, sogar Freunde geworden sein.

Eine Schulstunde

Der Lehrer für Zoologie legte großen Wert auf anschaulichen Unterricht. Aus diesem Grunde brachte er die Tiere, deren Merkmale und Lebensweise erläutert werden sollten, stets in die Schule mit. Ein anderer Schulleiter hätte vielleicht Einspruch erhoben, denn von Rechts wegen gehören lebende Tiere, vor allem Raubtiere, nicht ins Klassenzimmer, ganz davon zu schweigen, daß sie unter Umständen den Schülern gefährlich werden können. Der Mann jedoch, dem die Schule unterstand, war ebenfalls der Meinung, Unterricht könne nicht anschaulich genug sein. Bevor er sich anschickte, Geschichtsstunde zu erteilen, pflegte er die Tracht der jeweils behandelten Zeit anzulegen, und solange man die Dramen des großen Shakespeare durchnahm, sahen ihn seine Schüler nie anders als glatzköpfig und spitzbärtig. Es versteht sich demnach, daß er der Letzte gewesen wäre, der dem Lehrer für Zoologie sein Tun verwiesen hätte.

Wir haben wenig Ursache, aus zahllosen Unterrichtsstunden, die der Tierkunde gewidmet waren, gerade die folgende herauszugreifen, denn sie alle spielten sich mehr oder weniger in gleicher Weise ab. Will man aber anschaulich werden, so muß man sich schon entschließen, ein Exempel zu geben, und das geschehe hiermit. Die Stunde, von der wir berichten, war dem Bären gewidmet.

Die Schüler wußten das bereits, denn der Unterricht ließ sich vom Lehrbuch leiten, und das Lehrbuch verhieß ihnen eben dieses Tier. Sie waren daher nicht erstaunt, als der Lehrer, indem er eintrat, einen großen braunen Bären an der Kette hinter sich herzog. Einige freilich traf das hart, weil sie mit einem Eisbären gerechnet und kleine Geldbeträge darauf gewettet hatten; den schlimmsten Verlust erlitt ein Schüler namens

Artur, der alles, was er besaß, auf einen Malaienbären gesetzt hatte, in der Meinung, ein solcher sei besonders handlich und für die Schulstube wie geschaffen. Da die Gewinner in der Überzahl waren, erhielt das Tier freundlichen Beifall. Unbekümmert darum, kauerte der Bär sich nieder und blinzelte die Klasse listig an.

Die gute Aufnahme, welche sein Begleiter gefunden, tat dem Lehrer sichtlich wohl. Er, der von den heimlichen Wetten nichts wußte, konnte sich nie erklären, warum gewisse Tiere beifällig begrüßt und andere mürrisch hingenommen wurden. Er schrieb es einer seltsamen, aus Urzeiten herrührenden Wechselbeziehung zwischen Mensch und Tier zu und arbeitete in den Mußestunden an einem großen Werk, dem er die Erfahrungen, die er mit seinen Schülern machte, vertrauensvoll zugrunde legte. Beglückt über die Tatsache, daß gerade der Bär, den er aufs höchste schätzte, den Schülern wohlgefiel, setzte er sich ans Katheder und eröffnete die Stunde.

«Ehe man sich», sprach er, «über einen Gegenstand neues Wissen aneignet, soll man besinnlich herzählen, was man über diesen Gegenstand bereits weiß oder über ihn zu wissen vermeint. Was weißt du, Artur, über Bären?»

Der Aufgerufene befand sich nicht in der besten Laune, denn er rechnete eben seine Verluste nach. Unwillig stand er auf und antwortete: «Es gibt vielerlei Bären: Himbeeren, Erdbeeren, Stachelbeeren, Brombeeren, Johannisbeeren –»

«Schluß!» rief der Lehrer. «Das ist weder ergiebig noch geistreich, und ich verbitte mir solche Abschweifungen in die Botanik. Wir treiben hier Zoologie, dumme Witze sind uns ein Greuel, und wer nichts weiß, möge lieber schweigen – mit einem Wort: es geht nicht an, daß man in Anschauung eines lebendigen Tieres von Früchten spricht, die ihm allenfalls als Nahrung dienen könnten, jedoch nichts mit ihm selbst zu schaffen haben. Setze dich, Artur, und danke es meiner Langmut, wenn ich dich nicht strafe. Du hingegen, Paul, wirst mir gewiß über den Bären zu erzählen wissen. Ist dir irgendeine Eigenschaft bekannt, die den Bären von anderen Tieren unterscheidet?» Paul, der bei den Wetten nicht übel abgeschnitten hatte, war durchaus erbötig, dem Lehrer Auskunft zu geben. Daß es ihm nicht geriet, hing mit einem Mangel an Klugheit zusammen, der angeboren war.

«Der Bär», erklärte Paul frohgelaunt, «ist eßbar.»

Das war nun wirklich eine alberne Antwort, die selbst der Lehrer belächelte, indes das Schulzimmer vor Lachen widerhallte. Paul lachte auf alle Fälle mit, nicht wissend, wie er die große Wirkung zustande gebracht hatte. Als der Lärm sich legte, nahm der Lehrer die Führung wieder auf.

«Deine Antwort, Paul, befriedigt nicht, denn fast alle Kreaturen sind eßbar. Auch du bist eßbar.»

Bei diesen Worten hob der Bär, der bis dahin träge vor sich hingedämmert hatte, den Kopf und sah Paul aufmerksam an. Verstand er, wovon die Rede war? Wie dem auch sei: Paul hielt es für geraten, sich niederzusetzen, und richtete es so ein, daß sein Vordermann ihn dem Blick des Bären entzog. Die Klasse, die schon zu neuem Gelächter bereit gewesen war, blieb plötzlich seltsam still. Nur der unzufriedene Artur murmelte verstockt: «Preiselbeeren, Vogelbeeren, Blaubeeren ...», erhielt jedoch von seinem Nachbarn einen Stoß, der auch ihn zum Schweigen brachte.

Beglückt über die ungewohnte Stille, fuhr der Lehrer fort: «Wenn ihr schon keine Eigenart unseres Gastes zu nennen vermögt, so ist euch vielleicht dieser oder jener Anverwandte des braunen oder gemeinen Bären – um einen solchen handelt es sich hier – bekannt. Na, Josef, wie steht es damit?»

Der Schüler wand sich aus der Bank, schickte einen vorsichtigen Blick nach dem Tier, das ihn aber nicht beachtete, und sprach: «Eißer dem gemeinen Bir gibt es den Eisbir, den Grizzly-Bir, den schwirzen Bir und indere Biren, die gleichfills im Lehrbuch stehen.»

Der Lehrer erstarrte. «Josef, du bist des Teufels! Wie kommst du dazu, mutwillig unsere Sprache zu verunstalten?»

Josef schwieg eine ganze Weile, ehe er sich zu einer Erklärung bequemte. «Die Siche ist die, Herr Lehrer, diß ich ein Gelöbnis ibgelegt hibe, vier Wochen ling den ersten Vokil des Ilphibets nicht eiszusprechen. Ilso helfe ich mir mit dem Vokil

i. Wis kinn ich tun? Schwur ist Schwur und muß gehilten werden.»

«Setzen!» donnerte der Lehrer. «Dein törichtes Gelöbnis wird dich teuer zu stehen kommen.» Josef tat, wie ihm geheißen, und machte dazu die Miene eines Ritters, der eine harte Probe übersteht. Wider alles Erwarten lachte niemand; die Klasse ehrte Josefs standhaften Mut. Und es war wie eine Erlösung, als plötzlich ein Schüler den Arm in die Höhe reckte.

Alle blickten zu ihm hin, sogar der Bär, und der Lehrer fragte freundlich: «Na, Kurt, was hast du uns zu sagen?»

Kurt sprang auf: «Der Bär, Herr Lehrer, hat Bärenkräfte.»

«Gut», lobte der Lehrer. «Das ist eine treffliche Bemerkung.»

Der Bär schien der gleichen Ansicht zu sein, denn er zerschlug mit einem einzigen Tatzenhieb das Stühlchen, welches neben ihm stand. Dann kauerte er sich wieder zusammen und schaute den Knaben gespannt an.

Kurt stockte, doch ein Kopfnicken des Lehrer ermutigte ihn, fortzufahren. «Wenn der Bär angegriffen wird, stellt er sich auf die Hinterbeine.»

«Ausgezeichnet», murmelte der Lehrer und wandte sich blitzschnell nach dem Bären um, der jedoch liegen blieb, offenbar deshalb, weil ihn niemand angriff. Statt dessen ließ das gewaltige Tier ein Brummen vernehmen, welches sich recht beifällig anhörte. Von Stolz geschwellt, spielte der Schüler seinen letzten Trumpf aus. «Der Bär», sagte er und betonte jedes Wort, «ist ein Leckermaul. Am liebsten frißt er Honig.»

«Aber nicht meinen!» Artur schnellte empor und blickte ängstlich nach dem Schrank, auf dem ein goldgelbes Glas stand. «Wenn ich ihn nicht nach Hause bringe, setzt es Schläge.» Kaum waren die Worte gesprochen, so erhob sich der Bär mit allen Anzeichen lüsterner Gier und ging daran, den Schrank zu ersteigen, wobei ihm ein kleiner Waschtisch, der eigentlich den Lehrern vorbehalten war, gute Dienste leistete. Artur rannte vor, der Lehrer stellte sich ihm in den Weg, andere Schüler sprangen herbei, um den Unbesonnenen zu zügeln – kurzum, es herrschte ein unbeschreiblicher Tumult, den der

Bär weidlich ausnutzte, indem er sich, nunmehr auf dem Schranke sitzend, über den Honig hermachte.

Der Lärm war wohl weithin hörbar geworden; jedenfalls ging die Tür auf, und der Leiter der Schule trat ein. Er war in die Tracht Ludwig des Vierzehnten gekleidet, mit Rücksicht darauf, daß er seine Klasse über die Kriege des Sonnenkönigs unterrichtete. Seine Haltung war derart majestätisch, daß alle ringsum reglos wurden. Selbst der Bär ließ von dem Honig ab und starrte unruhig auf den Ankömmling.

«Was geht hier vor?» sprach eine mächtige Stimme.

Der Lehrer ermannte sich und trat einen Schritt vor: «Wir obliegen, Herr Direktor, in diesem Augenblick einem besonders anschaulichen Unterricht. Der Schüler Kurt machte die zutreffende Bemerkung, der braune oder gemeine Bär sei ein Leckermaul und fresse am liebsten Honig. Um solches zu bewahrheiten, stellte der Schüler Artur ein eigens zu diesem Zwecke mitgebrachtes Honigglas zur Verfügung. Was Wunder, daß Meister Petz sogleich die Gelegenheit beim Schopfe ergriff und uns bewies, wie sehr er es verdient, ein Leckermaul genannt zu werden? Dort oben hockt er, Herr Direktor, und ließe es sich auch weiterhin wohl sein, wenn Ihre unverhoffte Dazwischenkunft ihn nicht aufgestört hätte.»

Als habe er auf das erlösende Wort gewartet, fuhr der Bär fort, das Glas auszuschlecken. Der Schulleiter sah ihm wohlwollend zu, nickte dann kurz und wandte sich an den Lehrer.

«Ich schätze die Art Ihres Unterrichts sehr, denn sie ist der meinen nicht unähnlich. Will man den Schülern etwas einprägen, so muß man es ihnen anschaulich machen. Das verstehen Sie meisterlich.»

Während er zur Tür ging, schrillte die Glocke und kündigte das Ende der Schulstunde an. Der Lehrer lockte den Bären vom Schrank herunter, nahm ihn wieder an die Kette und verließ mit dem Tier das Klassenzimmer. In dieser Weise, je nach den Tieren ein wenig verschieden, nahm für gewöhnlich der Zoologieunterricht seinen Fortgang.

Der Türke

E s geht nicht anders: ich muß berichten, was mir widerfahren ist. Vielleicht sieht der Leser klarer und weiter, als ich es vermag; in diesem Falle geriete ich tief in seine Schuld, doch das soll mir recht sein, denn Schuld bindet. Ehe ich beginne, bitte ich um Nachsicht, daß ich mich meiner eigenen Person bediene, um die Ereignisse herzuzählen. Irgendein Schriftsteller hat einmal vermerkt, es gehöre sich nicht und verstoße gegen die Regeln der Kunst, daß man sich selbst in eine Erzählung dränge. So einleuchtend das klingt und so sehr man geneigt ist, es für Bescheidenheit zu nehmen, wenn der Erzähler sich hinter seinen Figuren verbirgt, so gründlich irrt der Mann, der jenen Ausspruch tat. Denn erstens gibt es Dinge, die man nur unter Bekennung der eigenen Person getreulich darlegen kann, und zweitens zwingt einem die Ichform eine Bescheidenheit auf, die man mit großer Mühe eben noch durchzuhalten imstande ist. Erfindet der Erzähler eine Gestalt, die insgeheim seine Züge trägt, so ist es ihm unbenommen, sie mit Vorzügen auszustatten und mit schmeichelhaften Schilderungen zu bedenken. Tritt er jedoch als schlichtes Ich auf den Plan, so muß er sich gering machen, damit ihm nicht der Vorwurf werde, er sei eitel und rede zu seinen Gunsten. Doch ich will nicht abschweifen, sondern endlich zur Sache kommen.

Nun denn, ich hatte mir vorgenommen, eine Geschichte zu schreiben, welche die Überschrift «Der Türke» führen sollte. Für gewöhnlich findet man den Titel zu einer Geschichte erst, nachdem man sie geschrieben hat. Dieses Mal lag es umgekehrt, und zwar in zwiefacher Hinsicht, denn ich fand zu dem Titel keine rechte Geschichte. Warum ich gerade auf diesen Titel verfiel, ist ebenso schwierig zu beantworten wie die Frage, auf welche Weise man zu einer Geschichte kommt. Eine

Geschichte kann aus einem einzigen Anlaß entstehen, sie kann aber auch vielerlei Wurzeln haben, die dem hochschießenden Gewächs Saft und Kraft zuführen. Nicht eben selten ereignet es sich, daß eine Geschichte jahrelang unerweckt schlummert, bis irgendein äußerer Anlaß sie dazu bringt, die Augen aufzuschlagen und allgemach ans Licht zu treten. Der Helfer mit dem Zauberstab muß durchaus kein großer Herr sein; auch geringe Knechte tun die gleiche Wirkung, beispielsweise Reizworte von der Art, wie der Türke eines war. Hat man ein solches Reizwort gefunden, so schlägt man es an wie eine Stimmgabel und kurz darauf findet sich die ganze Melodie. Mir freilich half es wenig, daß ich die Stimmgabel anschlug; obwohl ich die Geschichte ganz nahe und deutlich verspürte, wollte sie sich mir nicht darbieten.

Türken, sagte ich mir darauf, sind seltsame Leute, und dieser eine scheint ganz besonders störrisch zu sein. Hier will ich gleich einflechten, daß ich mit dem Türken keinen eigentlichen Sohn der Türkei – und erst recht nicht der heutigen – meinte, sondern eine ähnlich zeitlose und unbestimmte Gestalt, wie sie sich etwa hinter dem Wort «der Mohr» verbirgt, von welchem man zwar annimmt, daß er schwarz sei, den aber niemand genau zu beheimaten weiß. Mein Türke, das stand fest, sollte zum Turban einen langen Überrock tragen und eine Pfeife in der Hand halten. Er sollte sich sehr gemessen bewegen und von jenem Geheimnis umwittert sein, das dem Orientalen so wohl ansteht. Wie man sieht, war er bereits eingekleidet und in groben Zügen umrissen; trotzdem machte er keine Miene, bei mir einzutreten.

Daß er unversehens die Tür zu meinem Zimmer öffnete und eintrat, war nämlich vorgesehen. Und wenn ich vorhin bekannte, es habe sich nicht das winzigste Quentlein einer Geschichte entschleiern wollen, so entspricht das nicht ganz dem Tatbestand, denn der Anfang war längst erdacht; ohne ein paar Münzen in der Tasche wagt sich selbst der leichtfertigste Erzähler nicht in unbekanntes Land. Von dem Beginn der Geschichte versprach ich mir sogar eine gewisse Wirkung. Oder findet der Leser nichts dabei, wenn plötzlich die Tür aufgeht und ein Türke erscheint, der sich zunächst still und stumm in die Stube setzt und erst mit der Zeit auf ein kleines Gespräch eingeht, das kurz darauf wieder stockt und schließlich ganz versiegt? Daß keine Worte mehr getauscht werden, macht dem kuriosen Gast nichts aus; er bleibt noch eine geraume Weile sitzen, ehe er von dannen schreitet, wobei er sich nach orientalischer Weise tief verneigt. Dem ersten Besuch folgt ein zweiter, und bald vergeht kein Abend, an dem nicht der Türke sich einstellt. Woher er kommt und wohin er sich entfernt, bleibt rätselhaft. Wohnt er im gleichen Hause mit dem Erzähler, oder begibt er sich allnächtlich in die Türkei, um dort Schlummer zu suchen? Der Erzähler weiß es nicht, forscht dem Rätsel auch nicht nach, sondern ergötzt sich an dem Besucher und an den versponnenen und stockenden Gesprächen, die er mit ihm führt.

Dieser Türke – oder was er sonst sein mochte – sollte nicht geradezu in Abrede stellen, daß er ein Türke sei, andererseits aber sich auch nicht frank und frei als solcher zu erkennen geben. Mir schwebte vor, er müsse sich in dunkle Andeutungen hüllen, die ebensoviel verrieten, wie sie verbargen, und die allesamt infolge der leidigen Zerstreutheit, die dem Manne eigen war, als äußerst fragwürdig gelten mußten. Beispielsweise sollte mein Besucher von den Vorzügen des Krummsäbels und des gekühlten Tabakrauches berichten, das Lob der Kaffeebohne singen und jenen Türken erwähnen, der einst nach der vernichtenden Niederlage des Osmanenheeres in Wien verblieb und dortselbst den Kaffeegenuß einbürgerte. Eine solche Bemerkung hätte mir willkommene Gelegenheit geliefert, über den Sieg der Besiegten wohlgesetzte Worte zu schreiben. Ich wäre, den Wiener Türken geschickt ausnutzend, auf die Griechen übergesprungen, die ihre verfeinerte Kultur den römischen Eroberern aufzwangen, hätte von den Mauren gesprochen, die unsichtbar in Spanien verblieben, nachdem man sie außer Landes gejagt hatte, und wäre schließlich zum Reich der Mitte gelangt, das seit Jahrtausenden alle Fremdherrscher aufsaugt wie die Erde den schmelzenden Hagel.

Kurzum, der Türke war als Handlanger gedacht, der mir gewisse Stichworte zureichen sollte. War ich dann hinreichend abgeschweift, so wollte ich plötzlich, als erwachte ich aus tiefem Grübeln, zur eigentlichen Handlung zurückkehren und entschuldigend murmeln, das gehöre nicht hierher. Zweifellos hätten solche Seitensprünge, unmerklich angebahnt und jäh beendet, eines gewissen Reizes nicht entbehrt. Der Leser wäre mir gefolgt schon darum, weil man nicht überspringen kann, was man nicht übersieht.

Bis zu diesem Punkte war meine Geschichte immerhin gediehen, aber nun bockte sie wie ein Esel und wollte nicht weiter. An Einfällen herrschte kein Mangel, doch was sich darbot, fügte sich derart willkürlich und possenhaft an den Beginn, daß ich es von mir wies. Es war, das zeigte sich immer deutlicher, ein böser Geist am Werke, der mir Plunder zuschickte, wo ich Kostbarkeiten benötigte. Tag um Tag saß ich am Schreibtisch und rang um den Türken, der gewissermaßen vor der Tür stand und sich hämisch an meiner Not weidete.

Und nun muß ich den Leser bitten, mir Glauben zu schenken, so schwer es ihn auch ankommen möge. Eines Abends nämlich, während ich mich fruchtlos mühte, ging die Tür auf und der Türke trat ein. Er war genau so gekleidet, wie ich es ihm zugedacht hatte, und benahm sich nicht anders, als ich aus guten Gründen erwarten durfte. Ohne ein Wort zu verlieren, nahm er Platz, sog an seiner Pfeife und starrte an mir vorbei. Als ich ihn behutsam fragte, ob er die lange Fahrt gut überstanden habe, kam die Antwort, er sei zu Fuß gekommen, und die zwei Stunden Weges machten ihm wenig aus. Hierauf schwieg er und rührte sich erst wieder, als ihm die Pfeife ausging. Damit beschäftigt, sie zu leeren, von neuem zu stopfen und zu entzünden, äußerte er beiläufig, kein irdischer Wohlgeruch sei dem des Rosenöls vergleichbar. Ich beeilte mich, ihm recht zu geben, und hoffte sehr, er werde sich nun über andere Eigenheiten seiner Heimat verbreiten. Statt dessen wußte er das Gespräch auf pflanzliche Öle im allgemeinen zu lenken, und nachdem eine Stunde damit hingegangen war, hielten wir glücklich beim Leinöl, dessen Wirkung bei gewissen Krankheiten er nicht genug zu rühmen wußte. In mir aber tobte die reine Ungeduld, und so fragte ich ihn denn gerade heraus, ob der Bosporus wirklich so schön sei, wie man ihn seit alters her beschrieben habe. Darauf blickte er mich verständnislos an und entgegnete, der Orient sei ihm gänzlich unbekannt.

Muß ich die nutzlose Unterredung in allen ihren Einzelheiten schildern? Sie verlief nicht anders, als sie begonnen hatte. Der Türke vermied es, Farbe zu bekennen, und wenn ich wähnte, ihn in die Enge getrieben zu haben, sah er mich nachsichtig oder zerstreut an und schwieg. Zu später Stunde, nachdem er eben eine Tasse Kaffee zurückgewiesen und entschuldigend bemerkt hatte, er halte nichts von dem erregenden Trank, fragte er mich, welchem Beruf ich nachgehe. Als er erfuhr, daß ich Schriftsteller sei und soeben an einer Geschichte arbeite, die von einem Türken handle, nickte er nur und verlor kein weiteres Wort darüber. Schon nahm ich an, der Gegenstand befasse ihn nicht mehr, da wurde er unversehens lebhaft, stieß einige zierliche Rauchkringel aus und meinte leichthin, eine solche Geschichte sei sicherlich nicht leicht zu entwerfen, denn ein Türke, von dem man nicht mit Bestimmtheit annehmen dürfe, daß er wirklich einer sei, eigne sich nicht für eine erfundene Figur, und ein rechter Orientale gebe sich gewiß nicht dazu her, dem Erzähler Stichworte zu kredenzen, an denen dieser, wie Perlen auf einer Schnur, geistvolle Gedanken aufzureihen sich anschicke. Im übrigen sei es mittlerweile spät geworden und schicklich, selbst die liebenswürdigste Gastfreundschaft nicht länger zu beanspruchen. Mit diesen Worten stand er auf, verneigte sich und verließ die Stube. Als ich aufsprang und die Tür aufriß, vernahm ich seine Schritte nicht mehr.

Was mir geschehen ist, habe ich ehrlich und ohne Umschweife dargelegt. Zu deuten weiß ich es nicht, es sei denn, der Leser helfe mir dabei. Seine Hilfe käme nicht mir allein, sondern auch der Erzählung zurecht, denn seitdem sich die Tür hinter dem Türken schloß, hat mir die Feder den Gehorsam aufgekündigt.

Ein dummer Mensch

Es hatte mich seit je gelüstet, einem wirklich dummen Menschen zu begegnen. Nicht, daß ich mich an seiner Dummheit weiden und dabei mein Selbstgefühl kräftigen wollte – nein, ich wollte lediglich bestätigt finden, daß es dumme Menschen gibt. Schwerfällige Geister, einfältige oder geradezu blöde Köpfe kannte ich genug; doch so blitzdumm, wie man es verlangen muß, waren sie wiederum nicht. Vielleicht, sagte ich mir, lernt ein jeder eben nur solche Leute kennen, mit denen er sich versteht; und da es die Dummen nicht anders halten, bleiben sie ganz unter sich. Doch auch das wollte mir nicht recht einleuchten, und schließlich verfiel ich darauf, die vergebliche Suche rühre daher, daß ich meine eigenen Fußtapfen nicht erkenne, mit anderen Worten: daß ich selbst ein dummer Mensch sei. Wie bestechend diese Erklärung auch anmutete – ich mußte sie verwerfen, denn es gehört zum Wesen der Dummheit, nach ihresgleichen nicht zu fahnden. Hinzu kommt, daß ich Maler bin.

Alle meine Vorfahren waren Maler und haben sich mit Pinsel und Farbe redlich durchs Leben geschlagen. Ergriff einer einen anderen Beruf, so stieß die Sippe ihn aus; er mochte dann zusehen, wie er als Richter, Großkaufmann oder Bankier seine Tage beendete. Die Malkunst pflegt sich bei uns vom Vater auf den Sohn oder aber vom Onkel auf den Neffen zu vererben; fehlt die Vererbung, muß Fleiß das Talent ersetzen. Einem Maler zuzutrauen, er sei dumm, verrät eine Unkenntnis, die hart an Dummheit grenzt. Wer nämlich wirklich dumm ist, nimmt alles für bare Münze, und eben das tun die Maler nicht. Es ist also nichts mit den dummen Malern und nichts Dummes mit mir, der ich ein Maler bin.

Was man sich sehnlich wünscht, bleibt einem selten versagt.

So kam es denn, daß ich dem dummen Menschen begegnete, als ich just beim Malen war. Ich stand auf einer Wiese, allein zwar, jedoch keineswegs einsam. Etwa hundert Schritt entfernt hatte nämlich mein Onkel Joachim seine Staffelei aufgestellt, und wer über gute Augen verfügte, konnte in gehöriger Entfernung das Samtkäppchen meines Großonkels Ludwig erkennen, der gleichfalls der Malkunst oblag. Da wir nun einmal alle Maler sind, ziehen wir gern rottenweise ins Grüne, einerseits aus Anhänglichkeit, andererseits, weil das Unternehmen auch seine nützliche Seite hat, wie wir gleich sehen werden.

Um mit mir zu beginnen, so hätte ich des Aufenthalts in der Natur nicht bedurft, denn ich mühte mich um ein allegorisches Bild, welches außer nackten Figuren nur ein winziges Bäumlein vorzuweisen hatte. Weil mir jedoch der menschliche Leib in allen seinen Bildungen vertraut ist und ich frische Luft über alles schätze, verlege ich meine Arbeit mit Vorliebe ins Freie. Daß sich mein Großonkel Ludwig in Rufweite befand, war im Hinblick auf die fortschreitende Arbeit gleichfalls günstig, denn ich konnte ihn jederzeit darum bitten, den Hund in mein Bild einzufügen. Ohne einen Hund, das war meines Großonkels unumstößliche Ansicht, sei ein allegorisches Gemälde – es handle sich, um was es wolle – schlechterdings unvollkommen. Da ich nun selbst Hunde nicht glaubhaft darzustellen vermag, lasse ich sie mir von meinem Großonkel malen. Genau genommen, versteht er sich bedeutend weniger darauf als sein Vater, der ein anerkannter Tiermaler war; aber er will es nun einmal so haben, und die Ehrfurcht vor dem Alter heischt, daß ich mich füge. Auch mein Onkel Joachim befaßte sich nicht eigentlich mit der Landschaft, die ihn umgab, sondern war eifrig dabei, mich zu porträtieren. Um alles zu vermeiden, was mich hätte stören können, war er, wie gesagt, hundert Schritt weitab gegangen und suchte die Entfernung durch ein scharfes Fernrohr wettzumachen. Eine solche Arbeitsweise mag befremden, doch sei versichert, daß sie durchdacht war, vermied sie es doch, daß der Porträtist sich in Kleinigkeiten verlor. Der einzige unter uns dreien, der die Landschaft wirklich nutzte, war mein Großonkel Ludwig. Er malte, was sich dem Auge darbot, uns beide einbegriffen, wiewohl wir auf der Leinwand zu geringen Figürchen zusammenschrumpften. Indem wir nun so standen und malten, nahte sich unversehens der dumme Mensch.

Ich erkannte das Geschenk eines gütigen Zufalls nicht sogleich; doch dauerte es nicht gar zu lange, bis ich merkte, wen ich vor mir hatte. Als mein Pinsel sich gerade damit befaßte, die Leibesformen der Muse Klio gebührlich herauszurunden, spürte ich, daß jemand mein Treiben beobachtete. Ich schaute zur Seite und gewahrte einen Mann, der aufs beste gekleidet war und mit höflicher Neugierde auf das Bild blickte.

«Erlauben Sie», sagte er und lüftete den Hut, «daß ich Ihnen ein wenig zuschaue?»

«Ich kann Sie nicht daran hindern», erwiderte ich abweisend, denn während der Arbeit bin ich am liebsten allein.

Der Mann lachte, wie wenn mir ein prächtiger Scherz gelungen sei. «Nein, das können Sie tatsächlich nicht. Es sei denn», fügte er belustigt hinzu, «daß Sie mich verjagten. Was aber wäre, wenn ich mich nicht verjagen ließe?»

«Dann gäbe es vermutlich eine Prügelei», sagte ich.

«Sehen Sie, etwas Ähnliches hatte ich auch vermutet. Richtig, richtig, es kommt dann meist zu einer Prügelei. Aber doch wohl nicht zwischen uns beiden!» setzte er einschmeichelnd hinzu. «Prügeleien sind eine sehr abstoßende Handlung, die Leuten unseres Schlages übel anstände. Sie sind Maler, scheint mir?»

«Und Sie ein trefflicher Beobachter.»

«Haha!» Wieder wollte er sich vor Lachen ausschütten. «Hahaha! Gewiß, Sie haben recht, man sieht es eigentlich sofort, daß Sie Maler sind, denn Sie malen ja. Übrigens habe ich es von Anfang an gemerkt, ich fragte nur, um ganz sicher zu gehen.»

«Sind Sie es jetzt?»

«Doch, jetzt bin ich meiner Sache völlig sicher, denn Sie haben mir ja gewissermaßen bestätigt daß Sie Maler sind. Man weiß nämlich oft nicht genau, ob immer alles stimmt. Meistens stimmt es ja, aber zuweilen eben doch nicht, und dann kommt es leicht zu Mißverständnissen. Die Landschaft zum Beispiel, die Sie da malen, hat für mein Gefühl wenig Ähnlichkeit mit der Natur draußen.»

Ich wandte mich dem Manne zu und erforschte sein Antlitz, weil ich der Meinung war, er wolle mich foppen. Aber es war ihm offensichtlich völlig Ernst mit seinen Worten. «Sind Sie denn blind, Herr?»

«Ich? Nein, bestimmt nicht, jedenfalls ist es mir noch nie aufgefallen. Warum fragen Sie das?»

«Weil jedes Kind sieht, daß ich Figuren male.»

«Figuren?» Er geriet in großes Erstaunen und trat näher. «Ja, es sind Figuren, unbekleidete Figuren, wenn mich nicht alles täuscht. Sehr hübsch, sehr ähnlich, ich wollte, ich könnte dergleichen auch malen. Als ich noch klein war, habe ich einmal eine Kuh gemalt, mit einem Bleistift, wissen Sie. Es war also eher eine Zeichnung, aber immerhin, gemalt war sie doch. Und diese Kuh sah aus wie ein Elefant; niemand erkannte, daß ich eigentlich eine Kuh hatte malen wollen, Alle meinten, es habe ein Elefant werden sollen, obwohl das gar nicht stimmte. Wir haben damals sehr darüber gelacht.»

«Es war ja auch ungemein lustig», sagte ich und beugte mich dicht über die Muse Klio.

«Haha!» lachte er wieder. «Ich sehe, Sie haben wirklich Humor. Ich kenne einen Menschen, dem die schöne Gabe gänzlich fehlt. Mache ich einen Spaß, so lacht er nicht, sondern schaut mich nur nachdenklich an; er hat eben keinen Humor. Jetzt muß ich Sie aber etwas fragen: wo stehen eigentlich die Figuren, welche Sie da malen? Ich schaue mir die Augen aus und kann sie nicht entdecken. Da drüben befindet sich ein alter Herr, der ebenfalls malt, aber soviel ich sehe, ist er völlig bekleidet. Nein, sagen Sie mir ehrlich, wo Sie diese Figuren sehen.»

«Ich sehe sie vor meinem geistigen Auge.»

«Aha!» Er versank in tiefes Sinnen. Schon glaubte ich, es habe ihm die Sprache verschlagen, da meldete er sich wieder. «Die Figuren sind also gar nicht da, Sie denken sie sich nur aus?»

«So ist es.»

«Eine tolle Leistung», murmelte er. «Ich käme geradezu in

Verlegenheit, wenn ich mir nackte Figuren ausdenken sollte, nicht aus Gründen der Scham, sondern weil ich nicht recht weiß, wie sie aussehen. Selbstverständlich habe ich schon unbekleidete Frauen gesehen, oft sogar, denn ich bin kein Kostverächter, aber die Einzelheiten vergißt man eben doch. Übrigens –» jetzt kam ein gespannter Ausdruck in sein Gesicht – «warum malen Sie die Figuren hier im Freien, wo Sie es zu Hause bequemer haben könnten?»

«Weil ich gern an der frischen Luft bin.»

«Ebenso geht es mir, das heißt mit dem Unterschied, daß ich keine Figuren male. Aber der Fall bleibt trotzdem seltsam, ich habe dergleichen noch nie gehört, obwohl ich eine reiche Bildung genossen und mich in der Welt tüchtig umgesehen habe. Sie sind demnach ein Maler, der im Freien Figuren malt, die er auch zu Hause malen könnte?»

«Ja», antwortete ich. «So kann man es ausdrücken.»

Das schien nun wirklich eine harte Nuß für ihn zu sein. Er wurde ganz still, schloß die Augen und dachte angestrengt nach. Eine gute Weile ging hin, ehe er wieder zu reden begann. «Ich glaube, ich habe die Sache jetzt begriffen, und zwar mit Hilfe eines Vergleiches. Vergleiche sind immer gut, sie klären den Tatbestand. Daß Sie hier draußen stehen und Figuren malen, die ein Anderer nicht wahrnimmt, ist genau dasselbe, wie wenn –» er blickte mich durchbohrend an und betonte jedes einzelne Wort – «wie wenn ein Tiermaler nicht bei sich zu Hause, sondern in der freien Natur Tiere malt, die er vor seinem geistigen Auge sieht. Stimmt der Vergleich oder stimmt er nicht?» schloß er triumphierend.

«Er stimmt», sagte ich und warf den Pinsel in den Malkasten, daß es knallte. An Festtagen soll man nicht arbeiten, und dieser Tag war ein Festtag, denn er hatte mir den wirklich dummen Menschen beschert. Kaum bemerkten meine Anverwandten, daß ich die Arbeit abbrach, so taten sie ein Gleiches. Es ist nämlich unter uns Sitte, daß wir dem guten wie dem schlechten Beispiel folgen, sobald einer voranschreitet; vor allem aber pflegen wir gemeinsam heimzuwandern, um die jüngsten Erfahrungen auszutauschen.

«Sie malen nicht weiter?» fragte der Mann, als ich meine Sachen schon alle zusammengepackt hatte.

«Nein», entgegnete ich. «Ich feiere, denn mir ist soeben ein großes Glück widerfahren.»

«Wie schön!» sagte er und freute sich aufrichtig. «Darf man wissen, was es ist?»

«Gewiß: ich bin zum erstenmal in meinem Leben einem dummen Menschen begegnet.»

«Ach nein, ist das aber drollig. Wo trug es sich zu?»

«Hier. Als Sie kamen, war er da.»

«Und dabei habe ich ihn gar nicht bemerkt, jedenfalls nicht mit Bewußtsein. Sollte er am Ende gar auch vor Ihrem geistigen Auge erschienen sein?»

«Ganz und gar nicht», sagte ich und blickte ihn freundlich an. «Er stand so leibhaftig da, wie Sie vor mir stehen – wenn ich den Vergleich anwenden darf.»

«Sie dürfen es», schmunzelte er, «obwohl es nicht eben schmeichelhaft für mich ist. Doch Sie sind ja ein Spaßvogel, wie ich vorhin schon bemerkte. Es fehlte nur noch», mit diesen Worten zog er den Hut und drückte mir die Hand zum Abschied, «daß Sie behaupten, ich sei dumm. Haha, Sie sind tatsächlich ein Spaßvogel!» Lachend schritt er von dannen und wurde seiner Heiterkeit kaum Herr. Ich hörte ihn noch lachen, als er längst nicht mehr zu sehen war.

Trotz seinem hohen Alter und dem langen Weg stieß mein Großonkel Ludwig als erster zu mir.

«Es war ein gesegneter Tag», keuchte er unter der Bürde seines Malerwerkzeugs. «Die Arbeit ging mir gut von der Hand. Brauchst du den Hund heute oder hat es Zeit bis morgen?»

Ich nahm ihm die Staffelei ab. «Nein, Großonkel, er kommt auch morgen noch zurecht. Das Bild ist nämlich nicht viel weiter gediehen, weil mich jemand aufgehalten hat.»

«Da sieht man wieder, wie gut meine Augen noch sind. Es kam mir doch die ganze Zeit über vor, als stünde jemand neben dir. Ich habe auf alle Fälle ein kleines Figürchen draus gemacht, indisch-rot, sieht hübsch aus.»

«Du hast gut daran getan, Großonkel», erwiderte ich. «Solche Figürchen trifft man nicht alle Tage.»

Jetzt kam auch Onkel Joachim an, sehr gemächlich, wie es seine Art war. Er schwenkte das Bildnis in der Hand. «Fertig!» rief er uns schon von weitem zu. «Aber du siehst dir selber gar nicht ähnlich, Junge.»

Das gleiche fand ich auch, als ich die Leinwand betrachtete, denn das gemalte Gesicht trug die Züge des dummen Menschen.

«Du hast den Falschen vors Fernrohr bekommen, Onkel Joachim.»

«Donnerwetter, Junge, das kann sein! Wo standest du, rechts oder links von mir?»

«Rechts, Onkel Joachim, rechts.»

«Ei verflucht», schimpfte der Alte. «Dann habe ich mich tatsächlich verschaut. Aber das tröstet mich, denn nun weiß ich wenigstens, warum es mit der Ähnlichkeit nicht weit her ist. Wen habe ich da eigentlich gemalt?»

«Du hast», sagte ich feierlich, «den dummen Menschen gemalt. Halte das Bild in Ehren, es ist ein wertvolles Stück.»

«Wenn er wirklich den dummen Menschen schlechthin gemalt hat», meinte Großonkel Ludwig, «so ist das eine Allegorie der Dummheit. Es gehört also ein Hund auf das Bild. Soll ich ihn dir malen?»

«Ich wäre dir dankbar», sagte Onkel Joachim. «Aber jetzt gehen wir nach Hause.» Und das taten wir dann.

Ordnung muß sein

E s war einmal ein Land, in dem die Regierung über den Stand aller Dinge genau unterrichtet sein wollte. Zählungen und Erhebungen von der Art, wie sie allerorten üblich sind, genügten ihr durchaus nicht; die Wißbegier der Obrigkeit drang tief in das Leben eines jeden Bürgers ein und machte es ihm zur Pflicht, sich selbst scharf zu beobachten, um jederzeit die nötigen Auskünfte erteilen zu können. Kein Tag verging, ohne daß der Briefträger einen oder auch mehrere Fragebogen ins Haus brachte, kein Abend senkte sich nieder, an dem nicht Beauftragte der Regierung die beantworteten Fragebogen wieder abholten. Es war strengstens angeordnet, die Papiere sogleich nach Erhalt mit eigener Hand zu beschriften, und wer sich dieser Weisung entzog, hatte das Schlimmste zu gewärtigen. Auf einmalige Verwarnung, die öffentlich und namentlich bekanntgegeben wurde, folgte beim nächsten Anlaß eine Kerkerstrafe, die selten milde ausfiel; wiederholte sich die Unbotmäßigkeit, so wurde der Sünder vom Leben zum Tode gebracht. Unter solchen Umständen kam es dahin, daß die Bewohner des Landes den Vormittag damit verbrachten, die Fragebogen sorgfältig auszufüllen, und sich erst am Nachmittag, wenn ihnen leichter ums Herz war, ihrer eigentlichen Arbeit zuwandten.

Da mit Ausnahme der Kinder, die noch nicht schreiben konnten, niemand dieses Zwanges entbunden war, nahm das Leben trotz allem einen geregelten Gang. Zwar wurde weniger gearbeitet als in anderen Ländern, doch erwies es sich, daß die verbleibende Arbeit vollauf genügte, um die Menschen zu nähren, zu kleiden und ihnen dieses oder jenes Verlangen zu erfüllen. Wenn den Ansprüchen der Regierung überhaupt ein Nachteil anhaftete, so lag er allenfalls darin, daß die Bürger einen gewissen Teil ihrer Zeit nicht nach eigenem Ermessen vertun oder nutzen konnten, sondern ihn der allgemeinen Ordnung unterstellen mußten. Ob man das aber für einen Nachteil ansehen darf, ist zumindest fraglich. Mochten die täglichen Eintragungen anfangs Manchen, vor allem den Ungeübten, hart angekommen sein, so half auch hier die lindernde und ausgleichende Macht der Gewöhnung weiter. Mit der Zeit mochten die Bürger ihre morgendliche Schreiberei nicht mehr missen, und alle Fremden, die das Land besuchten, waren des Lobes voll über den Sonntagsfrieden, der die erste Hälfte des Tages erfüllte. Solange die Sonne anstieg, saß alt und jung, vornehm und gering am Schreibtisch, erforschte das Herz, sammelte die Gedanken, zählte, rechnete und ließ rasch oder langsam die Feder übers Papier gleiten, damit die Regierung genau unterrichtet sei.

Längst ist der Leser neugierig geworden, worauf sich die Anfragen, denen eine solche Bedeutung zukam, eigentlich bezogen. Es wäre einfacher – oder auch schwieriger –, ihm mitzuteilen, was sie nicht einbegriffen, denn ihre Vielfalt war unermeßlich. Wollten die einen Fragebogen wissen, wieviel Zündhölzer, Raketen und Patronen der Einzelne jährlich verbrauchte, so erkundigten sich die anderen eingehend nach den Träumen, die ihn kurz vor dem Erwachen heimsuchten, verlangten eingehende Schilderung und wollten wissen, ob bestimmte Träume regelmäßig wiederkehrten und, falls solches zutreffe, in welchen Abständen. Kaum hatte man nach bestem Vermögen Auskunft gegeben, so erschienen neue Fragebogen, die jedem Haushalt auftrugen, eine Liste aller mit dem Buchstaben R beginnenden Gegenstände anzufertigen und ausdrücklich zu vermerken, welche unter ihnen von grüner Farbe seien. Farbenblinden stand es frei, Hausgenossen oder Nachbarn beizuziehen, allerdings nur unbescholtene Leute; der Nachweis, daß es sich wirklich um solche handelte, mußte gesondert erbracht werden. Zugleich legte dasselbe staatliche Papier Wert auf die Feststellung, wie oft im Verlauf des letzten Jahrzehnts der betreffende Bürger den Haarschneider aufgesucht habe, wie sich – schätzungsweise – der natürliche Haarausfall zum künstlichen Beschnitt verhalte und ob das gefundene Verhältnis annähernd dem Verhältnis zwischen der Schuhnummer und der Kragennummer entspreche.

Nach solchen Beispielen könnte man den Eindruck haben, daß die gestellten Fragen überaus spitzfindig waren und keinen rechten Nutzen erkennen ließen. Beides müssen wir entschieden zurückweisen, denn erstens ist einer Frage nie ohne weiteres anzumerken, welchem geheimen Sinn sie dient, und zweitens liegt der Nutzen einer Unternehmung selten auf zwei Seiten, mitunter aber auf eben der Seite, die ihn nicht wahrhaben will. Was die Einwohner unseres Landes betrifft, so maßten sie sich nicht an, die Fragen der Regierung zu zerfasern, sondern beeilten sich, dieselben zu beantworten, schon darum, weil sie vor dem Mittagsmahl ihrer Pflicht nachkommen wollten. Wer eines gerechten und maßvollen Urteils fähig ist, wird ohnedies zugeben müssen, daß die geforderten Auskünfte ihrem ganzen Wesen nach anziehend waren, ein Aufgebot geistiger Kräfte erheischten und die Bürger unablässig dazu anhielten, sich über ihr Tun und Lassen Rechenschaft abzulegen. Denn es kann auf keinen Fall schaden, wenn jemand sich darauf besinnt, wieviel Morgenröten er zeit seines Lebens beobachtet, ob er je einen Apfelstrunk in ein blühendes Fliedergebüsch geschleudert und in welchem Maße er die Gewohnheit hat, sich körperlichen Reinigungen zu unterziehen, wobei anzuführen wäre, welchen Waschmitteln er den Vorzug gibt, ob er den Vorgang durch lautes Singen begleitet und wie oft er dabei begonnene Melodien nicht zu Ende führt, letzteres mit Angabe der vermutlichen Gründe, der durchschnittlichen Temperatur des Waschwassers und seiner aufrichtigen Einstellung zur Seepolitik des Landes. Auch ein Verzeichnis aller rotköpfigen Personen, die dem Ausfüller bekannt sind, und die Anzahl der offensichtlich Leberleidenden unter ihnen, eine kurze, jedoch wahrheitsgemäße Aufstellung der Getränke, derer er sich bisher entschlagen hat, dieses ohne Vermerk der Gründe, ferner Angaben über gelesene Bücher und gegessene Fische, nicht einzeln, sondern in Metern dargelegt, und eine bindende Erklärung, ob einerseits Holzknechte im Walde häufiger anzutreffen seien als Rotwild, andererseits Förster öfter als Steinpilze, und, drittens, Störche seltener als Eiben – auch all diese Fragen sind nur dazu angetan, die Gedanken beisammenzuhalten und sie, wie es hier geschah, bedingungslos in den Dienst des Staates zu stellen.

Es drängt sich die Frage auf, was mit den eingesammelten Niederschriften zu geschehen pflegte, und wir sind in der glücklichen Lage, darüber berichten zu können. Nachdem die Beauftragten, meist zu später Stunde, die Fragebogen bündelweise abgeliefert hatten, machten sich zahlreiche Beamte daran, das Material noch in der gleichen Nacht zu sichten. Eile tat not, denn auch die Beamten hatten am Vormittag ihrer bürgerlichen Pflicht zu genügen und mußten sich nachmittags, im Hinblick auf die Abendstunden, in ständiger Bereitschaft halten. Das Ordnen der Fragebogen vollzog sich nach ebenso bestimmten wie geheimen Gesichtspunkten. Nur soviel sei verraten, daß nicht der Anfangsbuchstabe, sondern der Endbuchstabe der einzelnen Namen dabei als Leitschnur diente. War die Arbeit getan, so wanderten die Bündel, nunmehr ganz anders zusammengesetzt, in die höheren Kanzleien, wo sie nach noch geheimeren Gesichtspunkten, die jedoch – so versichert man – mit der Himmelsrichtung der Straßen, in denen die Ausfüller wohnten, zusammenhingen, neuerlich bearbeitet und schließlich den Ministerien überantwortet wurden, immer sieben Bündel je Ministerium und bei jedem überschrittenen Hundert eines als Zugabe. Jetzt fiel den Referenten die schwere Aufgabe zu, Stichproben vorzunehmen und aus diesen einen Bericht zu gewinnen, der auf keine Einzelheiten, auch auf keine eigentlichen Tatsachen Bezug nahm, sondern von der Anzahl der Schreibfehler, dem Zustand des Papiers und von der verwendeten Tinte einen ungefähren Eindruck zu geben suchte. Diese Berichte lagen den Ministerien am nächsten Morgen vor, wurden genau überprüft und meistens gutgeheißen. Zwei Wochen später – in der Regel wurden es drei Wochen – gelangten sie an den Präsidenten, der sie ungelesen, jedoch mit großer Sorgfalt in eigens dafür bestimmte Fächer legte.

Die ruhelose Kugel

Der Mann, der das Geschoß abfeuerte, war kein geübter Schütze. Er hatte die Pistole erstanden, um Diebe von seinem Grundstück fernzuhalten, und wollte lediglich erproben, ob die Waffe ihre Schuldigkeit tue. Darum begab er sich in den Garten und suchte nach einem Ziel. Drei Kugeln jagten an der großen Sonnenblume vorbei, ohne sie auch nur zu streifen. Der Mann, den kein Ehrgeiz quälte, zuckte die Achseln und ging zum Mittagessen.

Er ahnte nicht, was er angerichtet hatte. Vor allem wußte er nicht, daß unter den drei Kugeln, die er vertan, sich eine befand, die von ganz besonderer Art war. Noch heute grübelt man darüber nach, welche Kraft wohl das Geschoß befähigt haben mag, den Naturgesetzen Hohn zu sprechen. Während Einige annehmen, die Kugel habe eine ungebührlich hohe Anfangsgeschwindigkeit entwickelt und sich später aus eigenem fortgeholfen, meinen Andere, das Geschoß müsse versehentlich in die vierte Dimension geraten sein, in eine Gegend also, die sich um den landläufigen Raum wenig kümmert, obwohl sie ihn durchquert. Wir neigen einer dritten Erklärung zu, die womöglich abwegig ist, jedoch viel für sich hat. Sie besagt, daß jener Kugel ein Tropfen Hexenblut beigemischt gewesen sei und daß diese wirksame Substanz vollbracht habe, was dem Schießpulver allein nie und nimmer gelungen wäre. Denn das Geschoß, von dem wir reden, fiel keineswegs nach angemessener Zeit nieder, sondern durcheilte mit unverminderter Kraft die Lüfte.

Es konnte nicht ausbleiben, daß sich ihm mancherlei Hindernisse entgegenstellten. Zwei Zaunlatten, eine kräftige Buche und ein Straßenschild hatten wenig Glück; die Kugel durchschlug sie spielend und war nicht aus der Bahn zu bringen. Im Gegenteil, nun wurde sie erst richtig munter und brachte in rascher Folge etliche Spatzen, einen Habicht, eine Brieftasche und den hölzernen Sänger einer Kuckucksuhr zur Strecke. Danach muß sich ihr Lauf wohl wieder dem Erdboden angenähert haben, denn aus großen und kleinen Städten kamen Klagen über mutwillige Schützen, die das Eigentum der Bürger beschädigten und Menschenleben in Gefahr brachten. Besonders häufig wurden Kronleuchter, Landschaftsgemälde und Tassen betroffen; doch auch vor den Bildnissen der Landesherren machten die unbekannten Missetäter nicht halt, so daß der Eindruck entstehen mußte, es handle sich um eine regelrechte, weltumspannende Verschwörung. Wo die Kugel hinkam, hinterließ sie Unruhe und brachte die Polizei, die ratlos war, zur Verzweiflung.

Wir würden ins Uferlose geraten, wollten wir aufzählen, was die blitzschnell dahinsausende Kugel alles anrichtete. Es kann sich jeder allein ausdenken, welcher Taten ein Geschoß fähig ist, sobald es Hindernisse nicht achtet und seiner Irrfahrt zunehmend Geschmack abgewinnt. Selbstverständlich ging Vieles zu Bruch, und es läßt sich nicht verschweigen, daß manche Menschen Streifschüsse erlitten, von glatten Durchschlägen nicht zu reden. Doch wußte die Kugel auch Gutes zu stiften. Das Ehepaar Dubois beispielsweise, wohnhaft in Paris, hätte sich ums Haar entzweit, weil es sich über die Aufstellung einer großen Kristallvase nicht einig werden konnte. Als die Kugel das schöne Stück zertrümmerte, war der Streit – man darf es sagen – gegenstandslos geworden, und das Ehepaar sank einander versöhnt in die Arme.

Freilich fliegt ein Geschoß schneller, als der Mensch denken kann. Fliegt es jedoch längere Zeit hindurch, so sammeln sich die Gedanken, und Schlußfolgerungen bleiben nicht aus. Man kam bald dahinter, daß es sich bei so verschiedenen Wirkungen um eine gemeinsame Ursache, um eine einzige Kugel handeln müsse, die da widerrechtlich durch die Welt fuhr. Mathematiker machten sich daran, die Bahn des Geschosses zu errechnen, und gerieten an eine mühevolle Aufgabe, denn die Gesetze, nach denen die Bewegung sich vollzog, standen in keinem

Lehrbuch. Schließlich aber glückte es einem jungen Physiker, die seltsamen Kurven aufs Papier zu bringen, und bald danach befand sich der Fahrplan des Geschosses in aller Hand. Nun der Störenfried eingeordnet war, veränderte sich die Stimmung zu seinen Gunsten. In allen fünf Erdteilen konnte man es erleben, daß die Einwohner von Dörfern und Städten Spalier standen, um die Hexenkugel vorüberpfeifen zu sehen. Erst vereinzelt, später allgemein wurde es üblich, Postkarten und fotografische Bildnisse in die Schußbahn zu halten, sie durchlöchern zu lassen und sich dergestalt ein Andenken an die ruhelose Kugel zu verschaffen. Im März, als das Spiel begann, wurde ein vereinzelter Einschuß noch hoch bewertet; im Juli bezahlten Kenner für zwanzig Einschüsse, selbst wenn sie dicht beieinander lagen, nur noch geringe Summen. Viel beneidet war ein Leuchtturmwächter, der eine Postkarte besaß, die nicht weniger als einundfünfzig Schußlöcher aufwies. Eben dieser Leuchtturmwächter war der erste, der sich, in seltsamer Verkehrung der Umstände, als Kugelschütze bezeichnete, seltsam darum, weil er ja nicht eigentlich schoß, als vielmehr das Ziel in die Bahn der rabiaten Kugel brachte. Da jedoch jede Verwirrung eindeutiger Begriffe damit rechnen kann, Volkstümlichkeit zu erlangen, bildeten sich bald Schützenvereine, die im Grunde aus mehr oder weniger geschickten Kugelhaschern bestanden. Man erkannte diejenigen, die ihnen angehörten, an den leichten und schweren Handverletzungen, die sie ihrem Sport zuliebe davontrugen. Leider wurde die Kugel auch mißbraucht. Es geschah nämlich gar nicht selten, daß Mörder ihre Opfer in den Weg des Geschosses lockten oder sie mit Gewalt dorthin zerrten. Ging man der Untat nach, so redeten sie sich heraus, ein unglücklicher Zufall sei im Spiele gewesen, und das war schwer zu widerlegen.

Der Mann, der einst die Kugel abgefeuert hatte, lebte in aller Unschuld dahin. Wohl wußte er von dem Geschoß, das eine ganze Welt in Atem hielt, und hütete sich, ihm in die Quere zu geraten. Wie aber hätte er argwöhnen können, daß gerade er der Anstifter des Übels gewesen sei? Als er sich wieder einmal in seinem Garten aufhielt, geschah es, daß die Kugel daherfegte und ihm ein Ohrläppchen abriß. Darüber geriet der Mann in großen Zorn, eilte in sein Haus und holte die Pistole, um es dem unbedachten Schützen mit gleicher Münze heimzuzahlen. Bis er wieder in den Garten zurückkehrte, hatte die Kugel längst den Planeten umkreist und näherte sich abermals dem Ort ihres Ausgangs. Man mag es Zufall oder Schicksal nennen; jedenfalls geriet das Geschoß genau in den Lauf der Pistole, dorthin, wo es gesessen hatte, ehe es sich auf große Fahrt begab. Und da sitzt es noch heute, denn der Mann hat weder an diesem Tage geschossen, noch an irgendeinem folgenden, weil er keinen Anlaß dazu hatte.

Der letzte Pinselstrich

Der Maler Regulo wohnte in einem kleinen Häuschen vor der Stadt. Das Häuschen gehörte ihm, er hatte es durch seiner Hände Arbeit redlich erworben. In der Stadt hielt man nicht viel von dem stillen, bescheidenen Mann, der seinen Hausstand selbst versah und sich nur blicken ließ, wenn die Küche Zufuhr heischte. Ging er dann bedächtig von Laden zu Laden, so liefen die Kinder hinter ihm her und riefen: «Maler, Maler, mal uns was! Roter Fuchs und kleiner Has!»

Das war ganz unsinnig, sowohl als Gedicht wie als Geheiß, denn noch nie hatte Regulo Tiere gemalt, er malte ausschließlich Menschen. Allenfalls hätte man annehmen mögen, der Spottvers sei auf des Malers rotes Bärtlein gemünzt. Doch dieses hing ihm so schütter ums Kinn, daß es niemandem beigefallen wäre, das karge Ding einen Fuchspelz zu heißen, auch den Kindern nicht. Nein, die Kinder sangen, weil sie nach böser Kinderart den Maler kränken wollten, und da ist das Unsinnige besonders dienlich, denn man kann sich seiner nicht erwehren. Aber ihre Mühe war vergeblich. Während Regulo dem nächsten Laden zuschritt, lächelte er die Kinder freundlich an und faßte sie dabei so scharf ins Auge, daß es ihnen schien, als male er sie haargenau ab. Das mochten sie nicht, sie verstummten und ließen den Maler ziehen.

Regulo war kein Künstler von Rang, doch er verstand sich darauf, Menschen so naturgetreu zu malen, daß man beinahe der Täuschung erlag, sie lebten wirklich. Ebendies schätzte man an seinen Bildern, und darum kaufte man sie. Wer ahnte die Mühe, die es ihn gekostet, ehe er über die besondere Fertigkeit gebot? Zehn, zwanzig Jahre hindurch hatte er den Menschen studiert und durfte nun von sich sagen, daß er ihn gründlich kenne. Er kannte das beinerne Gerüst, das dem Fleische

Halt verleiht, und die Haut, die es schützend umspannt. E
wußte, wie ein Kurzatmiger sich verfärbt, wenn er hastig Trep
pen steigt, wie ein schönes Weib vor den Spiegel tritt, wie ei
Ratsschreiber die Feder ins Tintenfaß tunkt. Doch nicht nu
die Menschen, auch ihre Kleider waren ihm vertraut. Er kann
te den Speckglanz einer alten Hose, die trügerische Frische ei
nes gewendeten Rockes und das verwegene Aussehen eine
Uniform, die zwei Feldzüge erlebt hat. Von innen nach auße
erschuf Regulo den Menschen, von außen nach innen durch
schaute er ihn.

Einem großen Maler rühmt man nach, er habe Früchte so
täuschend ähnlich gemalt, daß die Vögel herbeiflogen, um dar
an zu picken, und von einem anderen erzählt man sich, ein ge
maltes Spiegelei sei ihm dermaßen wirklich geraten, daß er
ganz in Gedanken, Salz und Pfeffer auf die Farben schüttete
Dergleichen zu hören, spornte Regulos Ehrgeiz an. Ihn lechzte
danach, Menschen zu bilden, die man für wahr und lebend
hielt, Menschen, denen kein Auge ansah, daß sie Menschen-
werk waren. Er stand dicht davor, den Zauber zu meistern, nu
ein winziger Schritt war noch zu tun.

Eines Tages war er getan. Regulo hatte ein Bild gemalt, da
den Titel «der Friedensstifter» führte. Man sah darauf ein junges Ehepaar, das sich offensichtlich zerzankt hatte, und einer
beleibten, älteren Herrn, der den Beiden gütlich zuredete. Al
Regulo den Pinsel aus der Hand legte und das Werk betrachtete, erkannte er, daß er sein Ziel erreicht habe: ähnlicher konnte
man Menschen nicht darstellen. Der Maler fand, er verdiene
einen Festschmaus, doch als er die Küche erforschte, wies sie
nichts Rechtes her. Da machte er sich auf und ging in die Stadt
um einzukaufen.

Dieses Mal sparte er nicht, wie es sonst seine Art war, und
die Krämer wunderten sich über die Wünsche des bescheidenen Mannes. Als die Kinder hinter ihm her sangen: «Maler,
Maler, mal uns was», wandte er sich lachend nach ihnen um
und rief: «Ich habe euch etwas gemalt, und ihr würdet staunen,
wenn ihr es sehen könntet!» Schwer bepackt kam er zu Hause
an und machte sich sogleich ans Kochen und Braten. Ein kräf-

tiger Trunk würzte das üppige Mahl, Regulo ward zum Prasser, und als er sich die Lippen wischte, überkam ihn das Gelüst nach einem Pfeiflein. Frohgemut entzündete er den Tabak und paffte vor sich hin. Aber die Pfeife sollte nicht lange glimmen, denn jetzt wollte Regulo, ehe er sich schlafen legte, sein letztes Werk mit einem stolzen, satten Blick betrachten.

Er trat vor das Bild und erschrak ins Herz hinein; derweil er reglos stand, verglomm ihm das Pfeiflein. Was mußte der Arme sehen? Er mußte gewahren, daß der beleibte Herr sich davongemacht hatte, als sei er nie gemalt worden. Wo er zuvor gesessen, schimmerte nun die blanke Leinwand, und das uneinige Ehepaar durfte fortan nicht damit rechnen, daß jemand Frieden stifte. Oh, war das arg! In der ersten Verwirrung bedachte Regulo, ob er sich des beleibten Herrn nicht entschlagen und das Bild «Unfrieden» nennen solle. Gleich darauf kam ihm, zumal er getrunken hatte, der Argwohn gegen seine eigenen Augen; er ging in die Küche und steckte den Kopf in kaltes Wasser. Doch das half nichts, der beleibte Herr kam nicht wieder, er hatte sich wirklich davongemacht. «Ach was», meinte Regulo, «morgen male ich ihn neu, und dann wird er schon bleiben!»

Aber am Morgen stand es noch schlimmer. Als Regulo sein Bild betrachtete, sah er, daß auch das junge Ehepaar verschwunden war. Nur die hellen Umrisse waren noch zu sehen, dazu der Raum, in dem die Figuren sich aufgehalten hatten; das Bild war zum leeren Gehäuse geworden. Wie konnte das geschehen? Regulo wußte es nicht, er wußte vor allem nicht zu sagen, wohin die Figuren sich begeben haben mochten. Vielleicht in das Bild eines anderen Malers, der über diebische Zauberkünste gebot? Nun, Regulo nahm sich vor, ein wachsames Auge auf derlei unredliche Gesellen zu haben. Des weiteren beschloß er, und daran ermesse man seine Schaffenskraft, sogleich ein neues Werk zu beginnen.

Noch am gleichen Tage entwarf er ein Bild, welches sich «Wartezimmer» nannte und ein gutes Dutzend Leute aufwies, die geduldig darauf harrten, daß der Arzt sie in sein Sprechzimmer einlasse. Die Figuren waren dem Leben trefflich abgelauscht, wer sich darauf verstand, vermochte sogar anzugeben, welches Leiden jeden Einzelnen hergeführt. Die nächsten Tage gingen damit hin, daß Regulo den Raum und die Figuren sorglich untermalte, Schicht um Schicht, denn was er bildete, sollte Dauer haben. Dann ging er daran, die Patienten schön herauszurunden und mit großer Naturtreue auszustatten. Eine dicke Frau, die an Wassersucht litt, ward als erste betreut und schlug als erste dem Maler ein Schnippchen. Abends empfing sie den Pinselstrich, der sie vollendete, am Morgen darauf suchte Regulo vergeblich nach der gelungenen Figur; sie war den drei anderen nachgefolgt.

Mit den übrigen Patienten erging es dem Maler nicht besser. Sobald einer fertiggemalt war, stahl er sich davon und ließ das Wartezimmer leerer zurück. Der Arzt, dem Regulo eine gute Praxis zugedacht, mochte nun zusehen, wie er sich und die Seinen durchbrachte. Regulo war verzweifelt. Er gab sein Bestes her und mußte erleben, daß ihm die Früchte seines Fleißes unter den Händen dahinschwanden. Nur noch drei Kranke saßen im Wartezimmer, und indem der Maler sie vollendete, geriet er endlich darauf, wie er sich seine Figuren bewahren könne. Eine von ihnen entwischte ihm im letzten Augenblick, die zweite mußte er opfern, um die Probe aufs Exempel zu machen, nur die dritte blieb ihm – ein todkranker Greis, mit dem ohnehin nicht viel anzufangen war. Doch jetzt hatte Regulo das Geheimnis erkannt. Wollte er seine Figuren auf der Leinwand halten, so mußte er ihnen den letzten Pinselstrich versagen. Ehe er sie nicht vollends entlassen, wischten sie ihm nicht davon, und so ergab sich der betrübliche Zustand, daß Regulo verzichten mußte, wenn er bewahren wollte. Man mag ermessen, wie schwer ihn solches ankam, denn sein ganzes Wesen war darauf gerichtet, die Dinge, die er erschuf, fertigzustellen. Obwohl er wußte, was ihn erwartete, geschah es ihm einmal ums andere, daß er wider seine Einsicht eine Figur vollendete und sie bald darauf nicht mehr vorfand. Im Laufe eines Jahres gab er an fünfzig Figuren daran, und nur seine aufrichtigen Freunde wird die Kunde trösten, daß er zur selben Zeit ihrer hundert auf die Leinwand brachte. Es sah nicht gut mit Regulo aus, seit ihn die schwere Prüfung befallen, doch er hielt still und trotzte dem Schicksal.

Da erreichte ihn die Einladung eines Kunstfreundes, der ihn bat, einige Tage bei ihm zu verbringen. Der Kunstfreund besaß sechzehn Bilder von Regulos Hand, und es stand zu erwarten, daß er zumindest ein siebzehntes dazuerwerben werde, denn er hatte, wie er schrieb, inzwischen sein Haus durch Anbauten vergrößert. Regulo ließ den wackeren Mann wissen, daß er mit Freuden komme, packte eine Handvoll Bilder ein und fuhr ab.

Als Gast und Gastfreund abends gemächlich beisammensaßen, meinte dieser: «Sie haben mich, lieber Regulo, Ihre neuen Arbeiten sehen lassen, und ich habe sie bewundert wie alles, was Sie erschaffen. Doch das Wichtigste blieb ungesagt, es ist dies: seit einem Jahr ist die große Meisterschaft zu Ihnen gekommen. Sie zeigt sich darin, daß Sie Ihre Bilder nicht mehr bis aufs letzte Tüpfelchen vollenden, sondern in reifer Einsicht es dem Beschauer überlassen, die Vollendung vorzunehmen. Dazu gratuliere ich Ihnen, und darauf wollen wir trinken.»

Regulo hob das Glas. «O wüßten Sie, wie hart mich der Verzicht ankommt! Doch ich muß mir, damit mein Werk bestehe, das Fertige versagen.»

«Ja, das müssen Sie», entgegnete der Kunstfreund, «und das ist gut so. Übrigens werde ich Ihnen morgen, nachdem wir handelseins geworden sind, einen besonderen Genuß verschaffen. Es haben sich nämlich im Lauf des letzten Jahres Fremde angesiedelt, ehrbare Leute, die emsig arbeiten und ganz für sich leben. Woher sie kommen, weiß man nicht recht. Die Einen sagen, es seien Flüchtlinge, die Andern meinen, es handle sich um eine Sekte. Wie dem auch sei: Sie werden prächtige Gestalten darunter finden, lauter Menschen, die danach verlangen, daß Ihr Pinsel sie male.»

Am nächsten Morgen näherten sich die Beiden langsam der Siedlung. Diese bot in der Tat einen überaus freundlichen Anblick. Hübsch standen die Häuslein, und wohin man sah, gewahrte man Ordnung und Sauberkeit. Kaum waren die Besucher angelangt, als ringsumher ein lautes Türenschlagen und Getrappel anhub; von allen Seiten her eilten die Siedler auf die

Fremden zu. Wiewohl sie rasch herbeikamen, haftete ihrem Schritt ein eigentümliches Zögern an, und als sie im Kreise umherstanden, schienen sie geradezu betreten.

Regulo verhielt sich aber auch gar zu seltsam, er machte es den Siedlern schwer, mit ihm ins Gespräch zu kommen. Bösen Blickes sah er in die Runde, musterte Einen nach dem Anderen und murmelte dabei Verwünschungen in seinen roten Bart. Der Gastfreund schämte sich für ihn. «So haben Sie doch ein Einsehen, lieber Regulo!» flüsterte er dem Maler zu. «Es sind Fremde, die von weither kommen und sich vor unseren Augen unsicher fühlen. Wer weiß, was sie alles zurückgelassen haben!»

Regulo zog die Brauen finster zusammen. «Ich weiß, was sie zurückgelassen haben, und eben darum bin ich ihnen gram. Sie zum Beispiel», wandte er sich an einen beleibten älteren Herrn, «hatten den Auftrag, einen Zwist beizulegen. Haben Sie es getan?»

Der Andere schwieg und blickte verlegen drein.

«Und Sie», fuhr Regulo auf eine dicke Frau los, «hätten längst zum Arzt gehen sollen, denn Sie leiden an Wassersucht. Wie steht es damit?»

«Danke, es geht», erwiderte die Frau, «und außerdem haben wir hier einen guten Arzt.»

«Einen guten Arzt!» höhnte Regulo. «Gewiß, ich habe ihn bereits entdeckt, ich kenne ihn ganz genau, aber es ist nicht der Arzt, zu dem ich Sie geschickt hatte.» Er trat an einen würdigen Fünfziger heran. «Sie sind Notar, mein Herr?»

«Ich leugne es nicht», sprach jener vorsichtig, «aber ich übe zur Zeit meinen Beruf nicht aus.»

Regulo wartete die Antwort nicht ab, er hatte ein neues, ein altbekanntes Gesicht erspäht. «Und Sie, junger Mann, zanken sich gern mit Ihrer Frau.»

Der Angesprochene errötete. «Das ist längst beigelegt» meinte er und tat einen Seitenblick auf den beleibten älteren Herrn. «Sie waren ja selbst so freundlich, Herr Regulo, für einen Friedensstifter zu sorgen.»

«Und wie habt ihr mir das gelohnt, ihr alle?» schrie Regulo blaß vor Wut.

«Mäßigen Sie sich doch!» versuchte der Kunstfreund einzulenken. «Selbst wenn Ihnen die Leute einst unrecht getan haben, sollten Sie nicht so hart mit ihnen umgehen.»

Regulo blickte den Anderen traurig an. «Wenn Sie wüßten, wie hart man mit mir umgegangen ist, würden Sie kein Wort für die Bösewichte einlegen.»

In diesem Augenblick trat ein hochgewachsener Mann vor, der ein Senator oder ein hoher Richter sein mochte; daß er Rektor einer Universität war, wußte Regulo nur allzu gut. «Die Stunde», sprach er mit wohltönender Stimme, «ist zwar nicht eben glücklich gewählt, und ich schmeichle mir nicht, bei Ihnen ein williges Ohr zu finden, doch sei trotzdem unser aller Bitte ausgesprochen. Wir wünschen uns nämlich ein Bild von Ihrer Hand, ein Bild, auf dem recht viele Kinder zu sehen sind. Es versteht sich, daß wir Sie für Ihre Güte und Mühe gebührlich entlohnen werden.»

Indem Regulo überdachte, daß er noch nie Kinder gemalt habe, durchschaute er sogleich das listige Anliegen. Den Siedlern war offenbar jeglicher Nachwuchs versagt, und nun hofften sie, durch ein Bild ans Ziel ihrer Wünsche zu gelangen.

Der Rektor nahm es für ein gutes Zeichen, daß Regulo schwieg, und fuhr fort: «Wir alle bringen Ihrer sorgfältigen Kunst große Verehrung entgegen. Darum müßten die Kinder, die Sie uns malen, sehr genau und bis aufs letzte Tüpfelchen fertiggemalt sein.»

«So», sprach Regulo und lächelte grimmig, «müßten sie das sein? Nun, ich werde mir den Fall überdenken. Sollte keine Antwort kommen, so geben Sie sich selbst die Antwort!»

Mit diesen Worten zog er den Kunstfreund fort und ließ die Siedler stehen. Der Kunstfreund wußte sich Regulos Verhalten nicht zu deuten, er erkannte den stillen, bescheidenen Maler kaum wieder. Dumpf nahm er es hin, daß Regulo noch am gleichen Tage nach Hause fuhr, ohne sich zu erklären, jedoch nicht, ohne ihm das siebzehnte Bild verkauft zu haben.

In seinem Häuschen angelangt, ging Regulo mit sich zu Rate. Er überlegte, ob er den Ausreißern Kinder nachschicken solle

oder nicht. Doch der Kampf, den er in seinem Herzen ausfocht
entschied sich gegen die Siedler. Anstatt das erbetene Bild zu
beginnen, setzte er sich vor die Leinwand und malte ein Tier-
stück: einen roten Fuchs und einen kleinen Hasen, die so fried
lich nebeneinander saßen, als walte nicht die geringste Feind
schaft zwischen ihnen.

Als Regulo das nächste Mal in die Stadt ging, waren wieder
die Kinder hinter ihm her und sangen: «Maler, Maler, mal uns
was! Roter Fuchs und kleiner Has!» Darauf hatte Regulo ge
wartet. Er trat beim Krämer ein, erstand eine große Tüte mit
Leckereien und verteilte sie an die Schreier. Nachdem er auf
diese Weise ihr Vertrauen erworben hatte, lud er sie ein, sein
jüngstes Bild zu besichtigen. Ein froher Zug bewegte sich auf
Regulos Häuschen zu, und als das Bild gezeigt ward, gefiel es
allgemein. Treppauf, treppab liefen die Kinder, stifteten über
all Verwirrung, spielten mit Farben und Paletten, hießen man
che Gemälde gut, andere schlecht und tranken den Kakao, der
ihnen der Maler gebraut. Regulo aber ging umher und zeichne
te die Kleinen eifrig ab, mit scharfem Auge und spitzem Bleistift. Er prägte sie sich so deutlich ein, daß er sie hinfort nach
Belieben in seine Kunst hineinnehmen konnte.

Die nächsten Tage sahen Regulo emsig bei der Arbeit. Er
malte ein Bild mit vielen, vielen Kindern, hütete sich jedoch
sie bis aufs letzte Tüpfelchen zu vollenden. Als das Werk getan
war, hing Regulo das Bild an die Wand und wartete seine Zeit
ab. Er war geduldiger als die Siedler, die unruhig der Kinder
harrten, und nahm seinen Vorteil wahr.

Von Zeit zu Zeit sah er nach dem Bilde hin und lächelte
schlau. Und dann geschah, was er erwartet hatte: nach und
nach fanden sich auf der großen Leinwand alle Figuren ein, die
sich aus seinen Bildern heimlich davongestohlen hatten. Alle,
alle kamen sie zurück, der Rektor und das uneinige Paar, der
Notar und die wassersüchtige Frau, der beleibte Herr und was
dem Maler sonst abhanden gekommen war. Wie vom Schicksal
zueinander geweht, standen und saßen sie da, mitten zwischen
den Kindern, die unbekümmert vor sich hinspielten. Die Kinder waren nicht zu ihnen gekommen; darum hatten sie sich der

wenn die Alten redeten, schwiegen die Jungen, und sobald Jene einer Handreichung bedurften, eilten viele Beflissene herbei, ihnen zu helfen. Der Speisesaal war jedoch nicht der einzige Ort, der die Sippe einträchtig beieinander sah; auch die Kapelle und der Friedhof wußten sie zu vereinen. War ein Kind geboren oder verschied jemand, so waren sie alle zur Stelle, und da es ihnen an Geistlichen nicht gebrach, kam manch erhebende Feier zustande. Taufen und Hochzeiten, Verlobungen und Leichenbegängnisse – das riß nicht ab, es begab sich viel in Wickenberge, doch nichts, was wider die Ehre verstieß. Bedenkt man, welch verschiedene Berufe ringsum vertreten waren, so wird ersichtlich, wie sehr jeder Einzelne sich einzufügen wußte. Der Reiche tat vor dem Armen bescheiden, der Kluge fand Worte, die den Dummen nicht beschämten, und ein Mann vom Range des Admirals Ottokar Wickenberg unterhielt sich ungezwungen mit Bruno Wickenberg, obwohl die Rede ging, daß dieser dem Straßenraub obliege. Es fiel dem Admiral wahrlich nicht leicht, dem Wegelagerer höflich zu begegnen, aber er zwang sich dazu, denn auch Bruno war ein Wickenberg, und darauf kam es an.

Als man eines Tages einträchtig beim Abendbrot saß, geschah es, daß ein junges Mädchen sich erkundigte, wo Onkel Bertram eigentlich stecke. Da gerade tiefe Stille herrschte, ward die Frage an allen Tischen vernommen. Die Mutter verwies dem Mädchen die vorlauten Worte, doch das half nun nichts mehr; schon befaßte sich die ganze Sippe mit dem Verbleib Onkel Bertrams – ein hartes Stück Kopfarbeit, denn wie sollte man so viele Verwandte im Gedächtnis behalten! Schließlich meinte jemand, wenn er sich recht erinnere, habe man Onkel Bertram vor drei Wochen zu Grabe getragen. Vor drei Jahren, verbesserte ihn ein Anderer; ihm sei die Grabpredigt, die man dem alten Junggesellen nachgeschickt, noch gegenwärtig. Doch jetzt regte sich Widerspruch. Es könne keine Rede davon sein, hieß es, daß Onkel Bertram gestorben sei; noch vor wenigen Tagen habe er bei Tisch gesessen und vernehmlich seine Suppe geschlürft. Ob sich denn niemand entsinne, wie ihm der Braten unter dem Messer weggerutscht und auf die Tischdecke gesprungen sei? Doch, das hatte sich wirklich zugetragen, das kam Vielen wieder in den Sinn, und es mehrten sich die Stimmen, die Onkel Bertram zu den Lebenden rechneten. Einer wollte ihn beim Angeln, der zweite beim Pilzesuchen, der dritte ihn gar hoch zu Pferd gesehen haben, und ein vierter versicherte glaubwürdig, er sei dem schrulligen Burschen noch am Vortag begegnet, im nahen Städtchen, wo Jener eilig und ohne zu grüßen an ihm vorübergehastet sei. Wem sollte man nun glauben: denen, die Onkel Bertram längst unter die Erde getan, oder ihren Gegnern, die sich für seine Rüstigkeit verbürgten? Es war ein Glück zu nennen, daß das weise Alter sich des Streits annahm. Wie es denn wäre, meinte der Urgroßvater mit seinem dünnen Stimmchen, wenn man in Onkel Bertrams Stube forschte? Das ließen sich die Jungen nicht zweimal sagen, sie liefen, einige Hundert an der Zahl, eilends aus dem Saal und wußten bald darauf zu berichten, daß Onkel Bertram in seinem Zimmer ein Brieflein zurückgelassen habe, darin er bat, man möge sich nicht beunruhigen, wenn er auf kurze Zeit fortbleibe; es habe nichts auf sich, und er werde bald wieder, den Umsitzenden zum Ärger, kräftig seine Suppe schlürfen.

Das hörte sich harmlos an, erschien der Sippe jedoch verdächtig. Wie könne man wissen, meinte man, ob nicht arglistige Entführer den Armen gezwungen hatten, das Brieflein zu schreiben, damit die Spur verwischt werde? Nein, es sei aller Pflicht, dem sonderbaren Ereignis nachzuforschen, solange die Zeit es noch nicht mit ihrem Strauchwerk überrankt habe. Solches gehöre sich um so mehr, als Onkel Bertram, ein Junggeselle ohne jeden Anhang, niemand auf Erden habe, der sich seiner annehme. Und so wurden im allgemeinen Rate Drei bestimmt, die den Verschollenen suchen sollten: Ottokar, der Admiral, von dem man sich eine bedachte Führung des Unternehmens versprach, Bruno, der Straßenräuber, dem die Polizei Findigkeit und entschlossenes Handeln nachrühmte, und Großtante Martha, die für eine kluge Frau galt. Am folgenden Morgen kamen die Erwählten zu früher Stunde zusammen. Wo sollte die Suche beginnen? Im Städtchen, schlug der Admiral vor, denn dort habe man Onkel Bertram zuletzt gesehen. Die

Drei bestiegen eine der zahllosen Kutschen, die im Hofe umherstanden, und fuhren davon. In der Stadt angelangt, beschlossen sie, getrennt zu fahnden und sich mittags im Gasthof zu treffen. Der Admiral wollte eifrig die Gassen durchstreifen und Zeitungshändler und Straßenkehrer ausforschen, Großtante Martha hatte es auf die Läden abgesehen, und Bruno ließ es sich nicht nehmen, bei den Behörden vorzusprechen, vor allem bei der Polizei.

Als man sich hungrig zum Mittagessen setzte, hatten die Männer nichts ausgerichtet. Der Admiral, der acht falschen Spuren nachgejagt war, zürnte den Bewohnern des Binnenlandes und schalt sie Wirrköpfe, die unfähig seien, sich ein Antlitz einzuprägen oder einen klaren Bescheid zu geben. Bruno hatte manches in Erfahrung gebracht, was ihm selbst dienlich sein mochte, aber der Verschollene war dabei leer ausgegangen. Man sah Großtante Martha an, daß sie Wichtiges zu melden hatte. Ihr Gesicht glänzte vor Eifer und Stolz, doch sie schwieg und weidete sich gehörig an dem Mißerfolg der Beiden, ehe sie ihr Wissen preisgab.

«Wie alt», fragte sie und blickte die Männer aus zusammengekniffenen Augen an, «mag Onkel Bertram sein?»

Ottokar, der Admiral, riet auf siebzig Jahre, Bruno war für fünfzig; man einigte sich auf sechzig.

«Das nur nebenbei», fuhr Großtante Martha fort und lächelte seltsam. «Dieser Vormittag hat mich einen Stoß Geld gekostet, denn schließlich mußte ich, um willige Auskunft zu erhalten, in jedem Laden eine Kleinigkeit erstehen – übrigens reizende Dinge, die ich samt und sonders gebrauchen kann. Man soll eben das Praktische mit dem Nützlichen verbinden.»

Hier ist einzuflechten, daß Großtante Martha sich gerne bildhafter Wendungen bediente, mit wechselndem Glück, denn nicht immer gelang ihr die Prägung, die man mit Fug und Recht erwarten durfte. Ottokar und Bruno wußten es, sie verzogen keine Miene und nahmen auch das Folgende willig hin.

«Ich will eure Fahndungen nicht räudig machen», sprach die Großtante, «aber zwei Ohren sehen mitunter mehr als vier.

Gebt acht: Nachdem ich einen Teppich, ein fiebertreibendes Mittel, eine Uhr, einen Schinken und ein hübsches Hütchen erstanden hatte, ohne auch nur ein Jota über Onkel Bertram zu erfahren, geriet ich in einen Juwelierladen. Diese Brosche hier –» sie schlug sich an die Brust – «war teuer, aber der Zweck bringt die Mittel auf: ich habe Bertrams Spur gefunden!»

«Wer bringt die Mittel auf?» erkundigte sich Bruno spöttisch, doch der Admiral fuhr ihm dazwischen: «Es geht nicht um Worte! Laß sie erzählen, was sie entdeckt hat.»

Großtante Martha bedachte Bruno mit einem ärgerlichen Blick. «Er läßt an allem ein schlechtes Haar», sprach sie verächtlich und wandte sich Ottokar zu. «Der Juwelier verriet mir, daß Bertram allmonatlich bei ihm ein Geschmeide erstehe, ein Ringlein oder einen Armreif – Geschenke für seine Liebste. Wußtet ihr, daß Bertram so vermögend sei? Ich hielt ihn für einen armen Schlucker, der seine Dukaten zusammenkratzen muß.»

«Das wäre nicht so schlimm», fiel Bruno ein. «Dukaten kratzen sich besser als Pfennige.»

Jetzt wurde die Alte ernstlich böse. «Mach nur deine Tante lustig!» rief sie aus. «Ohne mich hättest du blindes Kalb bestimmt keine Spreu im Weizen gefunden.»

«Seid friedlich!» mahnte der Admiral. «Wir sind nicht zusammengekommen, um uns zu befehden, sondern um Onkel Bertram ausfindig zu machen. Sprich, Tante Martha, weißt du den Namen des Frauenzimmers?»

«Ich weiß ihn. Sie heißt Marianne Wunderlieb und wohnt in der Salzgasse.»

«Auf zu ihr!» Ottokar leerte entschlossen sein Glas.

«Nicht bevor Tante Martha einen Versöhnungstrunk mit mir geleert», entgegnete Bruno und winkte dem Bediener. Der brachte zwei Gläser herbei, in denen ein grünliches Labsal schimmerte. Großtante Martha zauderte, überwand sich und gab nach.

Als ihr der Trank durch die Kehle rann, verzog sich ihr Gesicht. «Pfui Teufel, das schmeckt ja knallbitter!»

«Aber gut», meinte Bruno und warf einen Geldschein hin, der die Zeche reichlich beglich. War es Sündengeld, war es ehrlich verdient? Der Bediener griff mit froher Miene danach, man erhob sich und machte sich auf den Weg.

«Auf fünfzig Jahre hat der Juwelier Bertram geschätzt», sprach Großtante Martha, als sie durch die Gassen schritten. «Ist das nicht drollig?»

«Ich bin nach wie vor für siebzig», antwortete der Admiral.

Marianne Wunderlieb war ein hübsches, junges Weib. Sie knickste tief vor Großtante Martha, lächelte den Männern zu und ließ die Drei bei sich ein. Man betrat ein Zimmer, in dem mehrere Pfühle standen, die mit weißen Fellen bedeckt waren; einen Stuhl sah man nicht. Großtante Martha und der Admiral setzten sich steif nieder, Bruno sank wohlig auf das angenehme Lager. Marianne Wunderlieb aber zog ein winziges Schemelchen herbei und kauerte zu Füßen der Gäste nieder. Wie durch ein Zauberwort befohlen, glitt eine alte Dienerin herbei und brachte Kaffee, leckeres Gebäck und Likör. Derweil die Hände den Mund bedienten, musterte man einander. Es war der jungen Frau nicht anzusehen, ob der Besuch sie ehre oder erheitere; ihr Lächeln ließ beides zu.

«Sie wollen von mir hören», sprach Marianne Wunderlieb und rührte zierlich in ihrer Tasse, «wo Bertram sich befindet. Ich habe ihn seit Tagen nicht gesehen. Mag sein, daß er zu Hause ist.»

«In Wickenberge?» fragte der Admiral. «Dort wird er ja vermißt.»

Marianne Wunderlieb lachte. «In Wickenberge! Ja, wissen Sie denn nicht, daß er Weib und Kind hat und ein schönes Haus am Fischmarkt bewohnt? Der Spaßvogel: die eigene Familie hält er zum besten!» Das Lachen übermannte sie, und Bruno lachte mit, ihm gefiel Bertrams Liebste.

«Ihren Worten nach, liebes Kind», ließ sich Großtante Martha streng vernehmen, «müßte man glauben, Wickenberge sei eine Gegend, in der sich der Teufel gute Nacht sagt. Es ist die schönste Gegend der Welt: schreiben Sie es sich mit goldenen Griffeln in Ihr Geschichtenbuch. Selbstverständlich ist uns bekannt, daß Bertram Wickenberg in glücklicher Ehe lebt. Niemand anderes als die eigene Frau schickt uns her, nach seinem Verbleib zu forschen.»

Marianne Wunderlieb blickte die alte Frau belustigt an. «Hier verbirgt er sich nicht. Sein Temperament, das ich hinreichend kenne, hätte ihn längst hervorgelockt.»

«Sie machen ihn jünger, als er es verdient», fiel Bruno ein. «Welches Alter hat er Ihnen vorgegaukelt?»

«Ich halte mich an das, was ich sehe. Zudem haben wir vorige Woche seinen vierzigsten Geburtstag gefeiert.»

Die Besucher machten runde Augen, es wurde ihnen seltsam zumute.

«Das geht doch wohl nicht an», widersprach der Admiral. «In Wickenberge rechnen wir Bertram zu den Alten.»

«Er rechnet sich nicht dazu, und ich wünsche Ihnen seine Jugend.»

Bruno kam dem jungen Weibe zu Hilfe.

«Dann bleibt uns nur», meinte er höflich, «Ihnen für Auskunft und Bewirtung zu danken.»

Marianne Wunderlieb geleitete die Gäste zur Tür. «Der Dank gebührt dem Hausherrn, der es bedauern wird, daß Sie ihn verfehlt haben. Übrigens», sie wandte sich lächelnd an Großtante Martha, «Bertrams Frau bewohnt am Fischmarkt das Haus Nummer vier!»

«Vierzig Jahre!» rief Bruno aus, als sie wieder auf der Straße standen. «Ich möchte wissen, wie er das hinkriegt.»

Großtante Martha schüttelte den Kopf. «Die ganze Sache ist mir ein spanisches Dorf. Es wird immer größer, je mehr man darin herumrührt.»

Bertrams Haus war stattlich anzusehen. Unsere Drei läuteten voller Stolz und folgten dem Diener in einen Raum, der auf Wickenberge nicht seinesgleichen hatte.

«Endlich Stühle!» sprach der Admiral und nahm mit Behagen Platz. «Auf den weichen Lagern wurde man geradezu seekrank.»

Doch schon mußte er sich erheben, denn die Tür ging auf, und Onkel Bertrams Frau trat ein, an der Hand ihr kleines

Töchterchen. Die junge Frau war so schön, daß den Besuchern der Atem stockte.

Großtante Martha empfing einen Handkuß, der Admiral neigte sich ehrerbietig über die Hand der Hausfrau, und Bruno tat es ihm nach, zu seinem eigenen Erstaunen.

«Wie freue ich mich», sprach die junge Frau, «daß ich endlich Gelegenheit finde, Gäste aus Wickenberge bei mir zu begrüßen. So nehmen Sie doch Platz, Sie sind hier zu Hause. Bislang scheute ich mich», sie lachte vergnügt, «es mit den Heerscharen aufzunehmen, die in Wickenberge meiner harren. Eine kleine Abordnung aber ist hochwillkommen und wird gewiß die lang ersehnte Brücke schlagen.»

Wie wenn sich der Tag in Wiederholungen gefiele, huschte eine Dienerin herein und brachte den Gästen Kaffee, Gebäck und Likör.

«Ich nehme an», fuhr die Hausfrau fort, «daß Sie mit Bertram etwas zu bereden haben. Er ist nicht hier, leider, er hat sich auf sein Schloß Wickenburg begeben, um dort nach dem Rechten zu sehen. Eilen Sie ihm nach – Überraschung erhöht die Freude.»

Die Gäste nahmen die Dinge, wie sie kamen; sie vermochten sich nicht mehr zu wundern. Dieses Mal war es Großtante Martha, die das Wort wiederfand.

«Mein armer Kopf», sprach sie, «läßt mich bisweilen im Stich, und die wirre Vielzahl unserer Familie tut das ihre. Wie alt, Herzchen, ist eigentlich Bertram?»

«Er wird morgen dreißig», gab die junge Frau zur Antwort. «So kommt man unversehens in die Jahre.»

Von nun an schwieg Großtante Martha und dankte es ihren Begleitern, daß sie das Gespräch auf schickliche Weise zu Ende brachten. Ein Viertelstündchen später nahm man Abschied von Bertrams Frau.

«Nach Wickenburg!» sprach der Admiral entschlossen; die beiden anderen nickten. Es traf sich günstig, daß der Kutscher das Ziel kannte. In schneller Fahrt rollte der Wagen davon.

«Wenn das so weitergeht», sprach Bruno sinnend, «werden wir Onkel Bertram im Kinderbettchen antreffen.»

Großtante Martha blickte ihn ärgerlich an. «Du abergläubischer Thomas! Ich stecke meinen Kopf dafür ins Wasser, daß Bertram ein guter Fünfziger ist. Er hat es eben verstanden, die Frauen über sein Alter zu täuschen.»

«Das glaube ich auch», pflichtete der Admiral bei. «Ich hatte einmal einen sechzigjährigen Steuermann, der es ärger trieb als der jüngste Matrose. Desgleichen kommt vor.»

«Warten wir ab», meinte Bruno.

Nach einer Stunde Weges erblickten sie, von einem kleinen Bergrücken aus, ihr Ziel. Das weiße Schloß nahm sich prächtig aus, es lag inmitten eines Parkes, der nicht enden wollte und sich mählich in dichte Wälder verlor. In scharfem Trab ging es auf Schloß Wickenburg zu. Kaum daß der Wagen hielt, liefen Diener herbei und waren den Gästen behilflich. Der Haushofmeister erschien, tat eine tiefe Verneigung und fragte, wen er melden dürfe.

«Verwandte aus Wickenberge», gab Großtante Martha zur Antwort.

«Familienbesuch», rief der Haushofmeister aus. «Das wird den jungen Herrn aufrichtig freuen. Er weilt im Park und verkürzt sich die Zeit mit Bogenschießen. Folgen Sie mir, ich eile ein wenig voraus.»

Sie durchschritten die Halle, überquerten eine herrliche Terrasse und gelangten in den Park. Windspiele jagten über die weite Rasenfläche, Springbrunnen warfen ihre Wasser glitzernd ins Licht, und wohin das Auge blickte, ward es von blühenden Sträuchern und Beeten beglückt. In der Ferne stand ein Jüngling, in weiße Seide gekleidet; er schickte sich soeben an, den Bogen zu spannen, und hielt inne, als der Haushofmeister zu ihm trat.

Die Drei waren stehengeblieben und starrten dem Jüngling entgegen. Indem er sich näherte, erkannten sie ihn. Ja, er war es und war es nicht, es war Onkel Bertram, viel jünger zwar als vor Tagen, doch von vertrauter Ähnlichkeit.

«Ach, ihr seid es!» rief der Jüngling und schüttelte seinen Gästen die Hand. «Wie habt ihr mich denn aufgespürt? Kommt, wir setzen uns auf die Terrasse und plaudern ein bißchen.» Ganz benommen nahmen die Besucher Platz. «Jetzt bringt man Kaffee, Gebäck und Likör», flüsterte Bruno dem Admiral zu. Und so war es denn auch, nur daß in der frischen Luft die Erfrischungen würziger mundeten.

«Wir waren in Sorge um dich», begann Großtante Martha. «Die ganze Familie erwartet unruhig deine Rückkehr.»

Der Jüngling lehnte sich lächelnd zurück. «Ja, hat sich denn mein Brieflein nicht angefunden?»

«Gewiß doch, aber wer gibt etwas auf solchen Tand! Wir wollten wissen, woran du bist, und setzten uns mitten auf deine Spur, mit Erfolg, wie du siehst. übrigens hat uns der Weg in die Salzgasse und zum Fischmarkt geführt.»

«Wie nett!» Der Jüngling spreizte die Hand und blickte durch seine Finger in den Himmel. «Dann habt ihr ja manchen Einblick in mein Leben getan. Wißt ihr denn jetzt, um mit dir zu reden, woran ich bin?»

«Du drehst einem das Wort im Leibe um!» gab Großtante Martha zurück. «Ich pflege keinen Unsinn zu sprechen.»

Bruno mischte sich ein: «Nein, wir wissen wirklich nicht, woran wir sind. Wie alt bist du eigentlich, Bertram?»

Der Jüngling seufzte: «Das möchte ich selbst gern wissen. Manchmal ist mir, als sei ich zwanzig, aber bisweilen kommt mir vor, als hätte ich längst die Siebzig überschritten. Ich weiß es nicht.»

«Das Leben ist wunderlich», meinte Bruno, «es läßt sich nicht über einen Leisten scheren.»

Großtante Martha lachte laut. «Über einen Leisten scheren!» rief sie. «Aber über einen Kamm läßt es sich schlagen, wie?»

«Diesmal hast du recht», bekannte Bruno. «Wie ist es, Bertram, kommst du mit? Du bist es der Sippe schuldig, heil und gesund in Wickenberge einzufahren.»

«Ich komme mit.» Onkel Bertram erhob sich. Er sah nicht mehr ganz so jung aus wie vorhin, als er den Bogen spannte, durfte aber für einen Dreißiger gelten.

Während der Fahrt ward wenig gesprochen. Der Tag hatte die Sucher erschöpft, und auch Onkel Bertram schien zu ermatten. Mit der Dämmerung, die sich langsam auf das Land ringsum senkte, alterte sein Antlitz, verlor seine Gestalt Wuchs und Kraft. Ein kurzes Abendrot schenkte ihm noch einmal die straffen Züge eines Vierzigers; als es verging, ließ es einen Greis zurück. Die Drei blickten bald zu ihm hin, bald einander in die Augen und schwiegen.

In Wickenberge erwartete die Reisenden ein gehöriger Trubel. Späher hatten den Wagen von weitem gesichtet, Tausende strömten ihm entgegen, jauchzten den Heimkehrern zu, luden sie auf die Schultern und trugen sie in die große Speisehalle, denn es war die Stunde des Abendbrotes. Onkel Bertram durfte dem Urgroßvater die Hand geben, eine hohe Auszeichnung, die mit Staunen und Rührung vermerkt wurde. Dann führte man ihn an seinen Tisch, und bald darauf konnte man im ganzen Saal vernehmen, wie der Alte behaglich seine Suppe schlürfte.

Prächtig, daß Onkel Bertram wieder heimgekehrt war! Die ihn aufgespürt hatten, mußten viel Neugier über sich ergehen lassen. Doch sie verrieten nicht, was ihnen der Tag gebracht, sie erfanden irgendeine drollige Geschichte, die dankbar belacht wurde. Nein, die Wahrheit kam nicht über ihre Lippen; wäre es geschehen, so hätte ihnen auf Wickenberge nie wieder jemand ein Wort geglaubt.

Mal was andres

E s war eine sehr steife Familie. Vielleicht lag es daran, daß sie sich gleichsam vorschriftsmäßig zusammensetzte: ein Mann, eine Frau, ein Sohn, eine Tochter – ach, Unsinn, daran lag es nicht, sondern das Steife steckte ihnen im Blut. Sie lächelten fein, aber sie lachten nie; sie benahmen sich wie bei Hofe und kannten kein derbes Wort. Hätte einer von ihnen gerülpst, so wären sicherlich die Anderen ohnmächtig niedergesunken.

Abgezirkelt verging ihnen der Tag. Beim Mittagessen betraten sie ganz kurz vor zwölf den Speisesaal, jeder durch eine andere Tür, und stellten sich hinter ihren Stühlen auf. Zwischen dem sechsten und dem siebten Schlag der Uhr nahmen sie Platz. Der Tisch war überaus vornehm gedeckt. über der weißen Spitzendecke lag, um diese zu schonen, eine Glasplatte, und bei jedem Gedeck standen drei geschliffene Gläser, obwohl nie Wein getrunken wurde, nur Wasser. Die Mutter trug beim Essen einen Hut auf dem Kopf. Dem Vater traten ein wenig die Augen hervor, weil sein hoher, steifer Kragen ihn würgte, doch daran hatte er sich gewöhnt. Jeden von ihnen drückte irgend etwas, und irgend etwas war zu eng oder zu hart; sie mochten es eben nicht bequem haben.

Das Folgende aber begab sich nicht beim Mittagessen, sondern beim Abendbrot. Draußen, vor den Fenstern, spürte man den Mai; im Speisesaal spürte man ihn nicht. Kurz vor acht Uhr betraten sie den Raum und stellten sich hinter ihre Stühle, um zwischen dem vierten und fünften Schlag Platz zu nehmen. Doch was war das? Der Sohn stand nicht hinter seinem Stuhl, er war unpünktlich – er fehlte. Jetzt schlug die Uhr. Man setzte sich. Der Diener brachte die Suppenschüssel. Eisige Luft umwehte den Tisch, aber niemand sprach ein Wort; die Mahlzeiten wurden schweigend eingenommen.

Sollte man es glauben? Noch immer war der Sohn nicht erschienen! Der Vater und die Mutter tauschten einen Blick und schüttelten den Kopf. Als die Tochter das sah, bangte ihr für den Bruder. Stumm löffelten die Drei ihre Suppe.

Und jetzt wahrhaftig, jetzt trat er durch die Tür, der achtzehnjährige Sohn, als sei nichts vorgefallen. Niemand schaute zu ihm hin, keiner bemerkte seine seltsame, gewitternde Miene. Was bedeutete sie – Aufruhr oder Spott? Im nächsten Augenblick beugte der Sohn sich nieder, setzte die Handflächen auf den Boden, schnellte die Beine hoch und stand kopfunten. So, in dieser würdelosen Stellung, marschierte er auf den Tisch zu.

Wo und wann er es gelernt hatte, auf den Händen zu gehen, blieb unerfindlich, es änderte auch nichts an dem unglaublichen Vorgang. Die Drei am Tisch hörten auf, ihre Suppe zu löffeln, und starrten den Jüngling an; er mußte den Verstand verloren haben! Ja, so schien es – und doch wieder nicht, denn als der junge Mann bei seinem Stuhl angelangt war, ließ er sich wieder auf die Füße fallen, nahm Platz und aß von der Suppe.

Eigentlich – wir sagten es schon – wurde bei Tisch nicht gesprochen, aber als der Diener abgeräumt und das Hauptgericht gebracht hatte, tat der Vater seinen Mund auf und fragte: «Was soll das?»

Der Sohn zuckte die Achseln, lachte trotzig und sprach: «Mal was andres!»

Es waren nur drei Worte, aber sie fuhren wie ein Donnerschlag auf die übrigen nieder. Der Vater, die Mutter und die Tochter blickten ganz betäubt, und selbst wenn es erlaubt gewesen wäre, bei Tisch zu sprechen, hätte keiner ein Wort hervorgebracht.

Mal was andres! Schlimmeres konnte nicht ausgesprochen werden in einem Hause, welches so streng das Herkommen einhielt, denn es ging ja gerade darum, daß nichts sich änderte, daß alles genau so getan wurde, wie man es festgelegt hatte. Und dann die grobe, fast unflätige Ausdrucksweise! «Einmal etwas anderes» hieß das in einem Kreise, der sich einer sorgfältigen Sprache befliß.

Man aß und trank Wasser, mehr Wasser als sonst, aus verhaltener Erregung. Der Sohn tat, als merke er von alledem nichts.

Der Vater blickte auf den Tisch nieder. Wie es in ihm aussah, ließ sich denken – das heißt: genau wußte man es selbstverständlich nicht, denn das Innere eines Menschen ist sehr geheim und bisweilen überraschend. Wer zum Beispiel hätte das erwartet, was jetzt geschah?

Es begann damit, daß der Vater, obwohl er mit dem Essen fertig war, die Gabel in den Mund steckte und sie mit den Zähnen festhielt. Dann nahm er eines der geschliffenen Gläser und stellte es vorsichtig auf den Gabelgriff. Die Gabel schwankte ein wenig, doch das Glas blieb stehen. Sechs starre Augen verfolgten des Vaters Treiben. Der nahm jetzt ein zweites Glas und versuchte, es auf das erste zu setzen. Fast wäre es ihm gelungen, aber eben nur fast, und so stürzten beide Gläser auf den Tisch und zersprangen.

Verlegen, aber durchaus nicht betreten, schaute der Vater in die Runde. Er hörte die Frage hinter den stummen Lippen und gab eine Erklärung ab. «Mal was andres!» sagte er.

Zum erstenmal an diesem Tisch begab es sich, daß die Mutter und die Tochter einen Blick wechselten. Was er ausdrückte, war schwer zu sagen; sicherlich ein Einverständnis – aber welcher Art? Vielleicht war es auch kein Einverständnis, denn was die Tochter nun beging, konnte unmöglich der Mutter recht sein.

Das junge Ding – mehr als fünfzehn Jahre zählte es nicht – hob plötzlich die Hände zum Kopfe und löste die aufgebundenen Haare, daß sie über die Schultern fluteten. Nicht genug damit, nahm das Mädchen ein Messer und schnitt sich vom Hals zur Brust die Bluse auf; es kam ein schöner Ausschnitt zustande – schön, weil er von den Brüsten etwas sehen ließ. «Mal was andres!» sprach die Tochter.

Jetzt blickten alle die Mutter an. Was würde sie sagen, was würde sie tun! Nichts sagte sie, doch sie tat etwas. Sie griff nach der Glasplatte, die auf dem Tisch lag, und hob sie empor. Hei, wie glitt und stürzte da alles herunter, Schüsseln, Teller und

Gläser, wie zerschellten sie lustig am Boden! Die Mutter jedenfalls fand es lustig, und als sie laut lachte, lachten die Drei mit «Mal was andres!» rief die Mutter, von Heiterkeit geschüttelt und schlug sich auf die Schenkel. «Mal was andres!» johlten die Anderen.

Von nun an war kein Halten mehr. Wir können nicht aufzählen, was die Übermütigen alles anstellten; nur einiges sei berichtet. Sie sprangen über die Stühle, beschmierten die Bilder an der Wand mit Senf und rollten sich in den Teppich ein. Sie spielten Haschen, wobei viele Gegenstände zerbrachen, tanzten wild auf dem Tisch herum, und als der Diener das Dessert brachte, rissen sie ihm das Tablett aus der Hand und warfen es durch die Fensterscheiben. Die hereinströmende Mailuft machte sie vollends toll: sie schrien laut und schlugen Purzelbäume. Anfangs war der Diener sehr erschrocken; dann aber stürzte auch er sich in das närrische Treiben.

Gegen neun Uhr, als es zu dunkeln begann, erscholl draußen plötzlich Musik. Alle liefen ans Fenster und blickten hinaus. Da stand eine kleine Gruppe von Schaustellern, die ankündigen wollten, daß am nächsten Abend eine Vorstellung stattfinde. Die Gaukler waren offensichtlich eine Familie: Vater, Mutter, Sohn und Tochter, genau wie die Familie im Fenster. Welch hübscher Zufall!

«Heda!» rief der Vater im Fenster dem Vater auf der Straße zu, als das Musikstück geendet hatte. «Wollt Ihr nicht mit uns tauschen?» Und da der Andere nicht sogleich begriff: «Ich meine, wollt Ihr dieses Haus haben samt allem, was darin ist, und uns dafür Eure Habe überlassen? Es ist mir ernst damit – uns zieht es auf die Straße, in die Ferne.»

Die Schauspieler berieten sich und meinten dann, man müsse den Fall aushandeln. «Ja, kommt nur herauf!» rief der Vater im Fenster. Mißtrauisch betraten die Gaukler das vornehme Haus, schüchtern schoben sie sich in den Speisesaal. Doch als man ihnen kräftig die Hand schüttelte und nachdrücklich erklärte, das Anerbieten sei wirklich ernst gemeint, faßten sie allgemach Vertrauen.

Nun wurden sie rasch einig, die beiden Familien. Im Nu

wechselten sie die Kleider und das Dasein. Ein wenig drollig sahen die feinen Leute in dem verwegenen Aufputz aus; doch waren sie glücklich. Nur der Diener weinte, denn er wäre gerne mitgezogen, aber er mußte unbedingt zurückbleiben, damit der Tausch vollkommen sei und es den Hausbesitzern nicht an Bedienung mangle.

«Mal was andres!» bettelte er und warf sich sogar auf die Knie, doch es half ihm nichts.

«Wir lassen dir vier neue Gesichter zurück», sprach der Hausherr im Fortgehen. «Das ist Abwechslung genug.»

«Mal was andres!» sangen die neuen Schausteller im Chor, als sie auf der nächtlichen Straße fortzogen, und winkten denen im Fenster. Der Sohn blies die Trompete ganz leidlich, die Tochter spielte hübsch auf der Ziehharmonika und der Vater zupfte besessen seine Gitarre. Nur die Mutter wußte mit der großen Trommel noch nicht so richtig umzugehen.

Die Sonnenblumen

Leuchtend fuhr ein Meteor vom Himmel nieder und schlug tief ins Erdreich. Indianisches Volk näherte sich zögernd dem Boten aus einer anderen Welt und faßte erst Mut, als der Priester voranschritt. Hundert eifrige Hände gingen daran, den Stein freizulegen und zu säubern, bis er glatt, schwarzgrün, bedrohlich dastand, ein rechter Opferstein für den Sonnengott. Der Stamm nämlich, der in dieser verlorenen Gegend lebte, hing den alten Göttern an, und so wurde der Ort für heilig erklärt, der Stein zum Altar bestimmt.

Ein junger Indio, der sein Blut lassen sollte, damit der Sonnengott dem kleinen Volke gnädig sei, liebte die Schönheit dieser Welt so innig, daß er entfloh, die großen Wälder durchwanderte und sich weit fort, in einem anderen Lande, als Gummizapfer verdingte. Doch die Fremde, die mühsame Arbeit, die neuen Gefährten – sie vermochten nicht jenen Ruf zu übertönen, den der erzürnte Gott nach ihm aussandte. Lange sträubte der Indio sich gegen die Mahnung; eines Tages aber hielt er mitten in seinem Tun inne und wanderte den Weg zurück, den er gekommen war.

Aus dem Baumsaft, den man an seiner Arbeitsstätte fand, wurde Gummi, wurde zuletzt ein buntscheckiger, lackierter Spielball, mit dem Kinder sich vergnügten. Während sie einst im Walde spielten, entlief ihnen der Ball und rollte einen steilen Abhang hinunter. Ein Unhold, der Verwirrung in die Kleinwelt trug, erschreckte der Ball die Käfer, stieß unsanft die Pilze an und störte das Ameisenvolk bei seinem emsigen Treiben; die schwarzen Gesellen hatten lange zu werken, ehe der Schaden behoben war.

Durch den Wald gingen zwei verliebte Menschen, ein Ehemann und ein Mädchen. Sie wähnten, füreinander bestimmt zu sein, sie sprachen von der Zukunft, von Scheidung und von Heirat. Als der Ball heranrollte, bückte sich der Mann und hob ihn auf. Die Bewegung, mit der er es tat, war so abstoßend, und seine Hände griffen so gierig zu, daß das Mädchen tief erschrak. «Warum habe ich nie auf seine Hände geachtet?» fragte sich die Junge und erkannte plötzlich, daß er der Rechte nicht sei. Sie sagte es ihm gleich, blaß mit stoßenden Worten, und verließ ihn. Der Mann wanderte nach Hause. Im Garten stand seine Frau, einen Korb mit Äpfeln in den Händen; er küßte sie. Stumm erlitt sie die unwahre Liebkosung und lächelte betrübt dazu, denn sie kannte ihres Mannes heimliche Wege.

Ein Dichter, der just vorüberging, fand Gefallen an dem Paar im Garten. Er nahm es für ein Bild des Glücks und dichtete ein Lied, das von Liebe und Äpfeln handelte. Sein Freund gab zu den Worten eine hübsche Melodie.

Das Lied gefiel, betörte, ging um die Welt. Es machte die Einen wehmütig froh, die Anderen angenehm traurig; beides spendete die bittersüße Melodie. Ein Graveur, der an der Platte für eine neue Briefmarke stichelte, ließ das Lied in sich eindringen wie schweren Wein. Da wußte er plötzlich, daß er des Nachbars Tochter liebte; aber er wußte nicht, daß ihm indes bei der Arbeit ein Fehler unterlaufen war. Die Marke wurde gedruckt. Stolz auf sein Werk, brachte der Graveur dem Mädchen etliche Abzüge zum Geschenk. Eine Woche später kam der Fehler zutage; man stampfte die Auflage ein und entließ den Graveur, der einen so argen Verlust angerichtet hatte. Die fehlerhafte Marke jedoch erlangte hohen Wert. Als das Mädchen davon hörte, veräußerte es die Marken, kaufte eine stattliche Aussteuer und heiratete einen Anderen.

Ein Farmer, der dem Liede lauschte, hörte nur die Äpfel heraus und fand es an der Zeit, seinen großen Apfelbaum abzuernten. Viele Zentner holte er herab, die Körbe füllten sich mit blanken Früchten. Schon glaubte der Farmer die Arbeit beendet, da sah er hoch droben im Gezweig einen einzelnen Apfel leuchten. Er nahm eine Stange und schlug nach ihm, doch der Apfel kam nicht herunter; es war wie List und Spott. «Du entgehst mir nicht!» murmelte der Farmer ärgerlich. Die Leiter brachte ihn an den Widerspenstigen nicht hin, und so mußte er klettern, auf immer dünneren Ästen. Als er gerade nach dem Apfel greifen wollte, krachte es unter ihm; er stürzte und brach ein Bein.

Der Schaden heilte schlecht, das Bein blieb steif – schlimm für den Farmer, der darüber verbitterte und fortan die Welt mit den Augen eines Krüppels ansah. Was behende dahineilte, verdroß ihn, denn ihm war es versagt. Seinem verqueren Gemüt behagte es, störend in die Natur einzugreifen, so wie der Sturz vom Apfelbaum in seine Natur eingegriffen hatte. Wer, der es versteht, will's ihm verdenken? Als der Hinkende eines Tages bei einem Bergbach vorüberkam, der munter über die Kiesel plätscherte, sprach er bei sich: «Bruder Leichtfuß, du sollst hinfort einen Weg machen müssen, der um vieles beschwerlicher ist.» Und er grub dem Bächlein ein neues Bett, ein tückisches, das im Zickzack verlief und den fröhlichen Lauf immer wieder hemmte und staute. Mit seinem Werk zufrieden, hinkte er davon. Der Bach aber schlug ihm ein Schnippchen. Er bohrte und wusch sich in sein altes Bett zurück. Ehe eine Woche vergangen war, schoß er wieder so silbrig, so hurtig dahin, als sei ihm nichts widerfahren.

Das flinke Wässerchen gab dem Lehrer des Dorfes Reisegedanken ein. «Fort von hier – dem Bache gleich!» rief er sich zu. «Ich ersticke in dieser Enge!» Er hastete nach Hause, nahm die Landkarte vor und stach mit einer Nadel ins Blaue. Das angerufene Schicksal machte sich einen Spaß: es nannte dem Lehrer einen Ort, der sich von seinem Dorfe nicht sonderlich unterschied. Doch der Mann war folgsam; ohne zu murren, packte er seinen Koffer und reiste ab. O Himmel, welch öde Gegend, welch trauriges Gasthaus fand er vor! Aus reiner Verzweiflung trank er abends mehr, als ihm gut tat, und ging mit der Magd schlafen. Als die Sonne den Lehrer weckte, befiel ihn Ekel. Still kehrte er in sein Dorf zurück. Die Magd aber ward schwanger; sie gebar einen Knaben, der zuchtlos aufwuchs und ein Taugenichts wurde.

Nirgends lange gelitten, weil er träge und unehrlich war, strich der Bursche von Ort zu Ort, bis er unter den Dieben und

Zuhältern einer Hafenstadt die passende Kumpanei fand. Eines Tages machte ein abscheulicher Mord im ganzen Lande von sich reden. Die Spuren führten auf den Burschen zu: er war der Täter. Da man die Todesstrafe nicht anwenden mochte, ward der Mörder zu lebenslangem Kerker verurteilt; auf einem kleinen Eiland sollte er seine Schuld abbüßen. Man brachte ihn an Bord eines Kanonenbootes und legte ihn in Eisen. Während der Überfahrt herrschte drückende Hitze. Langsam zog das Kanonenboot übers blaue Meer; kein Windhauch bewegte das Wasser, es war, als fahre man durch geschmolzenes Blei. Aus schattigen Winkeln bewachten Matrosen den Übeltäter, der auf Deck saß und stumpf vor sich hin stierte. Als man eben eine Insel passierte, die ihres ehrwürdigen Klosters wegen berühmt war, zerbarst das Schiff. Niemand wurde gerettet – außer jenem Häftling, den die Explosion auf treibende Holztrümmer geschleudert hatte. Fischer, die mit ihren Booten zu Hilfe eilten, nahmen ihn auf und schauderten später, als man ihnen sagte, wen sie geborgen hatten.

Der Fall erregte großes Aufsehen, zum einen, weil die Ursache der Katastrophe nicht geklärt werden konnte, zum anderen, weil von allen Menschen, die sich an Bord des Schiffes befunden hatten, just der schlechteste mit dem Leben davongekommen war. Einem Mönch des Inselklosters ließ das widersinnige Ereignis keine Ruhe; er wurde mit ihm nicht fertig und begann, an der Gerechtigkeit Gottes zu zweifeln. Außer sich vor Qual und Verwirrung, eilte er zur Klause des Priors und trat ein, ohne anzuklopfen. Der Unselige hatte nicht bedacht, daß ein heftiger Wind ging, und daß er, indem er die Tür aufriß, einen Luftzug entfachte, der von des Priors Tisch Papier aufwirbelte und es zum offenen Fenster hinaustrug. Das Fenster aber lag über dem Meer, und so waren die Papiere unwiederbringlich verloren. Das hätte hingehen können, wenn es sich um unbedeutende Niederschriften gehandelt hätte. Doch leider stand es so, daß der Prior seit zwei Stunden von einer Erleuchtung befallen war und hastig notierte, was die innere Stimme ihm ansagte. Starr vor Entsetzen blickte er den Menschen an, der ihn um die großen Gedanken seines Lebens gebracht hatte; er war zu verstört, um ein Wort hervorzubringen Der Mönch begriff, daß Schlimmes angerichtet sei, und drückte sich zum Zimmer hinaus. Traurig lauschte der Prior dem Winde nach.

Der Wind aber fuhr brausend dahin, fegte über Meer und Land, zauste die Bäume und rüttelte an den Häusern. Er tat viele Wirkungen, auch kleine und kleinste. Zum Beispiel löste er ein wenig Kalk von der Decke des Raumes, in dem ein Uhrmacher über seiner Arbeit saß; der Zufall wollte es, daß ein winziges Körnchen davon in das Getriebe einer Uhr sprang. An die fünfzig Uhren tickten in der Werkstatt; des Handwerkers feines Ohr aber hörte heraus, daß eine unter ihnen plötzlich stille stand. Unruhig erhob er sich, um nachzusehen, welche es sei, und fand die böse Ahnung bestätigt: es war seine eigene Uhr, die nicht mehr weitertickte. Er erschrak, denn für ihn bestand seit jeher kein Zweifel daran, daß zwischen der Uhr und seinem Leben eine geheime Beziehung obwalte. Einen Augenblick lang überlegte er, ob er die Uhr wieder in Gang bringen solle, doch unterließ er es, weil ihm der Eingriff frevlerisch dünkte. Er stellte die Uhr zurück, ging auf den Lehnstuhl zu und ließ sich nieder. Er suchte seine Gedanken auf das Ende zu richten, doch sie gehorchten ihm nicht. In der Todesangst rief er nach seiner Frau – einmal, zweimal, dreimal. Warum ließ sie ihn allein? Ach, er konnte ja nicht wissen, daß er zwischen dem ersten und zweiten Ruf gestorben war. Er war tot und erkannte es noch nicht; fast allen Toten geschieht solches. Die Frau hatte den Ruf wohl gehört, sich aber Zeit gelassen; jetzt trat sie ein. Verwundert sah der Mann im Lehnstuhl, wie sie mit einem Schrei auf ihn zulief, sich um ihn bemühte und dann weinend von ihm abließ. Er sprach zu ihr, doch sie hörte ihn nicht; er faßte sie beim Arm, doch sie fühlte es nicht. Als sie ans Fenster eilte und den Nachbarn rief, stand er auf und ging ihr nach. Sie aber wandte sich an ihm vorbei und ging wieder zu dem Lehnstuhl hin. In diesem aber saß er selbst, halb umgesunken, bleich und starr. Da endlich begriff er, daß er gestorben sei. Nun trat auch der Nachbar ein, der Freund, und schritt so dicht, daß er ihn streifte, auf die Leiche im Lehnstuhl zu; ihn nahm er nicht wahr. Nur der Hund des Nachbarn spürte den Toten; er winselte und drückte sich scheu in die Ecke.

Als der Nachbar abends allein zu Hause saß, fröstelte ihn. Er hatte einen Freund verloren, und das ist, als sei die Welt kälter und ärmer geworden. Er erhob sich und entzündete den Ofen, doch ob das Feuer auch lustig prasselte – ihn vermochte es nicht zu wärmen. «Was sind wir», dachte er, «ohne Jene, die wir lieben und die uns lieben?» Zuinnerst frierend, glitt er in einen halben Schlaf. Träume hasteten durch sein Hirn. Miteins aber zerflossen die wirren Bilder, und eine Stimme rief ihm zu: «Wärmt das junge Holz dich nicht? Alte Wälder brennen besser!» Er fuhr auf, grübelte den Worten nach und fand die Lösung nicht. Am folgenden Tag fand er sie. Als ihn ein besinnlicher Spaziergang in die Landschaft lenkte, entdeckte er eine Spur, die auf alte, versteinerte Wälder hinwies – auf Kohle. Ohne den geträumten Hinweis wäre er achtlos vorübergeschritten, wie vor ihm alle Anderen; so aber sah er schärfer hin, ging seiner Beobachtung nach und verhalf der halbvergessenen Sage, wonach die Gegend verschüttete Gruben berge, zu neuem Ansehen. Das Kohlevorkommen erwies sich als bedeutend; es wurde den Menschen dieses Landstrichs zum Schicksal und ein Gegenstand der Politik.

Es verging kein Jahrzehnt, da erhob sich zwischen zwei Mächten Streit um das Kohlegebiet. Gütliche Verhandlungen scheiterten, es kam zum Krieg. Während des Feldzuges wurde ein Häuflein Soldaten, das sich im flachen Marschland festzukrallen suchte, bis zum letzten Mann niedergemäht. Der Krieg ging weiter, niemand achtete der Toten. Ihr Fleisch verweste, Tiere tilgten es aus, Staub wehte die Skelette ein, Erde überlagerte sie. In den Taschen aber hatten die Soldaten Sonnenblumenkerne getragen, Notproviant für schlechte Tage. Kaum daß sich das faulende Tuch der Erde verband, trieben die Kerne aus und sandten mit der Zeit dicke Schäfte empor, auf denen sich gelbe Riesenblüten – größere als irgendwo in der Welt – der Sonne entgegenreckten.

Nihilit

Ein Mann namens Rotnagel erfand einen neuen Klebstoff der sehr vertrauenswürdig aussah und nach Oleander duftete; viele Frauen bedienten sich seiner, um angenehm zu riechen. Gegen diese Unsitte kämpfte Rotnagel heftig an – er wünschte, daß seine Erfindung sinngemäß verwendet werde. Gerade das aber bot Schwierigkeiten, denn der neue Klebstoff klebte nichts, jedenfalls nichts Bekanntes. Ob Papier oder Metall, Holz oder Porzellan – keines von ihnen haftete am gleichen oder an einem fremden Material. Bestrich man einen Gegenstand mit dem Klebstoff, so glitzerte dieser vielversprechend, aber er klebte nicht, und darauf kam es ja eigentlich an. Trotzdem wurde er viel benutzt, weniger aus praktischen Gründen, sondern wegen des herrlichen Oleanderduftes.

Rotnagel war kein Narr. Er sagte sich: ein Klebstoff, der nichts klebt, verfehlt seinen Zweck; es muß also etwas erfunden werden, das sich von ihm kleben läßt. Sicherlich wäre es einfacher gewesen, die Erzeugung einzustellen oder seinen Mißbrauch durch die Frauen hinfort zu dulden, doch der bequeme Weg ist verächtlich. Darum gab Rotnagel drei Jahre seines Lebens daran, einen Werkstoff zu entdecken, der sich von dem Klebstoff kleben ließ, allerdings nur von diesem.

Nach langem überlegen nannte Rotnagel den neuen Werkstoff Nihilit. In der Natur kam Nihilit nicht rein vor, man hat auch nie einen Stoff finden können, der ihm von ferne glich; es wurde mit Hilfe eines überaus verwickelten Verfahrens künstlich erzeugt. Nihilit hatte ungewöhnliche Eigenschaften. Es ließ sich nicht schneiden, nicht hämmern, nicht bohren, nicht schweißen, nicht pressen und nicht walzen. Versuchte man dergleichen, so zerbröckelte es, wurde flüssig oder zerfiel zu Staub; manchmal freilich explodierte es. Kurzum, man mußte von jeder Verarbeitung absehen.

Für Zwecke der Isolation kam Nihilit nicht recht in Frage, weil es sehr unzuverlässig war. Bisweilen isolierte es Strom oder Wärme, bisweilen nicht; auf seine Unzuverlässigkeit konnte man sich allerdings verlassen. Ob Nihilit brennbar sei, blieb umstritten; fest stand nur, daß es im Feuer schmorte und einen ekelhaften Geruch verbreitete. Dem Wasser gegenüber verhielt sich Nihilit abwechslungsvoll. Im allgemeinen war es wasserfest, doch kam auch vor, daß es Wasser gierig in sich aufsog und weitergab. Ins Feuchte gebracht, weichte es auf oder verhärtete, je nachdem. Von Säuren wurde es nicht angegriffen, griff aber seinerseits die Säuren heftig an.

Als Baumaterial war Nihilit schlechterdings nicht zu gebrauchen. Es stieß Mörtel geradezu unwillig ab und faulte, sobald es mit Kalk oder Gips beworfen wurde. Dem erwähnten Klebstoff war es gefügig, doch was half das bei der Neigung zu plötzlichem Zerfall? Wohl ging es an, zwei Stücke Nihilit so fest aneinanderzukleben, daß sie untrennbar wurden, aber das führte auch nicht weiter, denn das nun größere Stück konnte jeden Augenblick zerbröckeln, wenn nicht gar mit lautem Getöse zerspringen. Deswegen sah man davon ab, es im Straßenbau zu verwenden.

Aus den Zerfallserscheinungen des Nihilits wiederum war kaum etwas zu profitieren, weil keinerlei Energien dabei frei wurden. Zu wiederholten Malen wurde festgestellt, daß der neue Werkstoff sich nicht aus Atomen zusammensetzte; sein spezifisches Gewicht schwankte ständig. Nihilit hatte, das sei nicht vergessen, eine widerliche Farbe, die dem Auge weh tat. Beschreiben kann man die Farbe nicht, weil sie keiner anderen vergleichbar war.

Wie man sieht, wies Nihilit im Grunde wenig nützliche Eigenschaften auf, doch ließ es sich mit Hilfe des Klebstoffs kleben, und dazu war es ja erfunden worden. Rotnagel stellte den neuen Werkstoff in großen Mengen her, und wer den Klebstoff kaufte, erwarb auch Nihilit. Obwohl die Explosionsgefahr nicht gering war, lagerten viele Menschen ansehnliche Bestände bei sich ein, denn sie liebten es, mit dem Klebstoff umzugehen, weil er so herrlich nach Oleander duftete.

Die Pantoffel

Mittags – so war es befohlen – sollte das Heer abrücken, doch über hunderterlei Verzögerungen ging der Nachmittag dahin, und es wurde Abend, bevor der kriegerische Haufen zu Fuß, zu Pferd und auf Rädern sich vor den Toren sammelte. Nur eine schwache Nachhut blieb in der Stadt. Schlecht unterrichtete Gegner zu täuschen, mochte sie hinreichen; einem kräftigen Angreifer mußte sie erliegen. Der Feind aber war, das hatte sich gezeigt, gut unterrichtet.

Inmitten der gespannten Unrast vor dem Aufbruch fiel einem jungen Leutnant plötzlich ein, daß er seine Pantoffel im Quartier habe stehen lassen. Wie schwer ein solch kleiner Verlust wiegt, begreift nur jemand, der die Wohltat kennt, nach langem Ritt sich die Stiefel von den Beinen zu streifen und die müden Füße in leichtes, kosiges Schuhwerk zu betten. Dieser Erholung sah sich der Leutnant beraubt; auch liebte er die Pantoffel ganz besonders, denn sie waren ein Geschenk aus Frauenhand. Wann immer er sie überstreifte, wehten zärtliche Erinnerungen ihn an; bei den Fußsohlen beginnend, stieg hold und lösend ein prickelnder Strom zu seiner Brust hinauf.

Der Anblick seines Saumpferdes betrübte ihn. Sorgfältig hatte er, des Burschen Hilfe zurückweisend, selber gepackt und dabei wohl trotz aller Umsicht die Pantoffel nicht mitbedacht. Die Unterlassung erschien ihm so töricht, daß er in zornigem Aufwallen Schadenfreude empfand. Gleich darauf aber überlegte er, ob der Schaden nicht gutzumachen sei.

Er ritt zum Hauptmann und erkundigte sich beiläufig, wann man aufbrechen werde. Der Hauptmann wiegte den Kopf. «Gesetzt ist eine Viertelstunde. Wenn wir in zwei Stunden abrücken, will ich zufrieden sein.»

Das hörte sich günstig an, doch nun hieß es, den Oberst zu gewinnen. Mit der nichtigen Wahrheit durfte man ihm selbstverständlich nicht kommen, und so verwandelte sich, als der Leutnant vor dem Gestrengen hielt, das weichliche Pantoffelpaar in zwei blitzende Pistolen, die der junge Offizier zurückgelassen haben wollte, und die eilends zu holen er um Erlaubnis bat.

«Das nächste Mal», knurrte der Oberst, «werden Sie Ihr Pferd vergessen oder den Degen. Wie soll man mit solchen Soldaten Krieg führen? Ich gebe Ihnen zehn Minuten Zeit und wünsche danach die Pistolen zu sehen.»

Der Leutnant salutierte, riß das Pferd herum und jagte davon. Die auferlegte Bedingung machte ihm keine Sorgen, in seiner Satteltasche steckten zwei Pistolen. Wie ein Pfeil schoß er durch die wartenden, die anmarschierenden Truppen, von Vielen für den Träger wichtiger Nachricht gehalten. Welch hallendes Gelächter wäre ausgebrochen, wenn man erfahren hätte, daß der junge Reiter dahinpreschte, um ein Paar Pantoffel einzuholen!

Am Stadttor mußte der Leutnant Rede und Antwort stehen, bevor man ihn einließ; alle Zugänge wurden scharf bewacht. Auf den Wällen schritten die Posten ihre Strecken ab, die Geschütze standen feuerbereit. Der Leutnant sah es wie durch einen Schleier – Nebel stieg auf, jener flinke, böse Nebel, der binnen kurzem alle Sicht verhindern würde.

«Ich muß mich sputen!» dachte der Leutnant. «Sonst finde ich die Truppe nicht wieder.» Er trieb sein Pferd voran und ritt durch eine Stadt, die ihm fremd dünkte, obwohl er Wochen und Monate in ihr zugebracht hatte. Die alte Ordnung war aufgehoben. Verdächtige Gestalten huschten durch die diesige Luft; sie hielten Nachlese in den Quartieren oder plünderten gar, auf Rechnung der Soldaten.

Als der Leutnant bei seinem Quartier anlangte, fühlte er sich angeschaut, blickte hoch und begegnete dem Antlitz einer Frau, die sich aus einem schmalen Fenster zu ihm beugte. Die Frau war schön, und ihr Auge, das in unverhohlenem Wohlgefallen auf ihm ruhte, verwirrte im Nu seine Sinne. Er hielt an. Doch da war die Frau verschwunden; keinem Fenster des roten Hauses sah man an, daß es geöffnet worden sei.

Der Leutnant schüttelte den Kopf. «Muß sich das just in der Stunde des Abschieds begeben? Vier Monate lang stand der rote Kasten schläfrig und verschlossen – jetzt zeigt er sein Kleinod her.» Er sprang vom Pferd und schritt auf das Häuschen zu, in dem er gewohnt hatte. Auch hier waren die Nebelgestalten am Werk gewesen: sie hatten davongetragen, was sich bewegen ließ, und dazu gehörten, allem voran, die Pantoffel.

Trotzdem suchte der Leutnant eigensinnig nach ihnen, selbst dort, wo sie schlechterdings nicht liegen konnten – in der Hoffnung, die diebische Hand habe die Beute verstellt und vergessen; aber er fand die Pantoffel nicht. Indem er kramte und räumte und stöberte, ward ihm plötzlich bewußt, daß er wie auf Geheiß die Zeit vertue. Eine Lähmung hatte ihn befallen; das Auge der Unbekannten band ihn an die Stadt.

«Es kostet mich Kopf und Kragen!» rief er sich zu und schüttelte den Bann ab. Als er aber zu Pferd stieg, ging sein Blick zu dem roten Haus hin, und so kam es, daß er ein Zettelchen erhaschte, das auf ihn niederflatterte; droben schloß sich ein Fensterspalt. «Ich erwarte Dich heute abend», stand zierlich und deutlich auf dem Papier geschrieben.

Der Leutnant führte den Zettel an die Lippen, küßte ihn und machte gegen das Fenster eine Gebärde, die ausdrückte, daß es ihm verwehrt sei, zu tun, was er für sein Leben gern täte. Dann gab er dem Pferd die Sporen.

Eine halbe Stunde mochte es her sein, daß er in die Stadt eingeritten war; mächtige Dämpfe hatte inzwischen der Nebelkessel gebraut. «Sie werden das Heer nicht finden!» meinte der Offizier von der Torwache. «Die Luft ist weiß wie Milch.»

Zuerst ging es noch an – der Brodem ließ sich zur Not durchdringen. Bald aber wogte er dem Reiter dichter entgegen, ein schleichender Wall, der jeden Wegpunkt verschluckte. «Alles entgeht mir heute», murmelte der Leutnant. «Die Pantoffel, die Frau, die Truppe.»

Er lenkte sein Pferd, das zögernd Huf vor Huf setzte, willkürlich voran; zu wiederholten Malen stieg er ab und untersuchte den Boden, ob dieser Spuren zeige. Doch der Grund war steinig, er gab keine Auskunft.

Einige Stunden irrte der Leutnant umher, bald die Straße unter sich spürend, bald auf weichen Ackerboden verschlagen. Daß das Heer längst aufgebrochen sei, stand außer Zweifel; ihm zu folgen, war sinnlos, solange der Nebel andauerte. Schweren Herzens entschloß der Reiter sich zur Umkehr. Was er selber nie vermocht hätte, brachte des Tieres Spürsinn zuwege; das Pferd trug ihn durch die dämpfigen Schwaden zum Stadttor hin.

Wie zum Hohn, als sei sein Zweck erreicht, hatte sich zwischen den Häusern der Nebel verflüchtigt. Der Leutnant ritt zum Stadtkommandanten, ließ sich melden und trat ein. Versonnen hörte der Alte den Bericht an. «Haben Sie Ihre Pistolen gefunden?» fragte er. «Ja», gab der Leutnant zurück.

Der Kommandant blickte ihn ernst an. «Es ist mir lieb», sprach er, «daß Sie umkehren mußten – ich muß mit jedem Mann rechnen. Des Heeres Abzug, so rasch und heimlich er geschah, ist dem Feind bekanntgeworden; Verräter stecken in der Stadt. Wo wir zu täuschen glaubten, sind wir selbst getäuscht worden. Eine starke Streitmacht rückt an, sie wird heute nacht angreifen. Ich habe Kuriere ausgeschickt, um das Heer zurückzurufen, doch wenn es Jenen ergeht wie Ihnen, dürfen wir auf Entsatz nicht hoffen. Begeben Sie sich in Ihr Quartier, Leutnant, und warten Sie das Kommende ab. Werden wir nicht eingeschlossen, so mögen Sie morgen früh reiten.» Ein Nicken entließ den jungen Offizier.

Verschwor sich nicht alles zu Gunsten des Stelldicheins? Der Stundenzeiger wies auf Gefahr, der Minutenzeiger auf Liebe. «Eine gute Zeit», dachte der Leutnant. «Bevor der Kampf beginnt, soll der Augenblick mich haben.»

Er stieg zu Pferd und ritt dem süßen Ziel entgegen. Die Stadt lag still wie nie zuvor, eingehüllt in Nacht und Angst. Viel zu laut klapperten die Hufe auf dem Pflaster; das harte Getrappel lief dem Reiter weit voraus und zog widerhallend hinter ihm her.

Der Leutnant hielt es für geraten, sein Pferd im Quartier unterzustellen. «Fürchte nichts!» flüsterte er dem Tier zu. «Wir sehen uns wieder.»

Im roten Hause hatte man seine Wiederkunft erspäht – ja man hatte, als sei das Unwahrscheinliche selbstverständlich mit ihr gerechnet. Vor dem Näherkommenden tat sich lautlos ein Pförtchen auf, und als er eintrat, fand er sich beim Arm geführt, einen Gang entlang, eine Treppe hinauf. Der Schritt ward ihm schwer unter der Bürde seiner Lust.

Wer ihn führte, war im Dunkeln nicht zu sehen. Ehe seine Hand den Begleiter abtasten konnte, öffnete sich eine Tür. So schnell geriet er in den wartenden Raum, daß er nicht zu sagen wußte, ob er hineingedrängt oder von dem rosigen Licht angesogen worden sei. Vor ihm stand die Schöne, kleiner und zierlicher, als er sie vermutet. Die Beiden schauten einander an.

«Seit langem liebe ich dich», sprach die Frau. «Wenn du ausrittest, stand ich am Fenster und liebkoste dich mit Blicken. Hast du sie nie gespürt?»

«Was du mir voraus hast», erwiderte der Leutnant, «hole ich in einem Atemzug ein.»

«Du mußtest heute abend zurückkehren – mein Wunsch hat dich hergezogen. Wie konntest du dich von mir entfernen, der du mein Herz bei dir führst und mein Leben?»

Der Leutnant lächelte. «Ich habe einen kleinen Umweg gemacht, einen kleinen nur. Das Schicksal wollte mir zeigen, was ich ums Haar verloren hätte.»

«Leg deine Uniform ab!» flüsterte die Schöne. «Hier bist du kein Krieger.»

Derweil der Leutnant den Gurt abschnallte, die Stiefel auszog und das Wams aufknöpfte, brachte die Frau hübsche, bestickte Pantoffel und einen seidenen Morgenrock herbei. Die Pantoffel glichen den seinen, doch waren sie rot, nicht blau wie jene. Indem er sie anzog, beschloß er, sie sich als Geschenk zu erbitten, damit sein törichter Ritt nicht ganz umsonst gewesen sei. Der Seidenkittel und die Pantoffel waren von morgenländischer Herkunft. Morgenländisch war auch das Zimmer eingerichtet, war der breite Pfühl, auf den die Beiden sich niederließen und von dem sie viele Stunden lang nicht wieder aufstanden.

Gegen drei Uhr morgens begann eine heftige Kanonade

Der Feind war angelangt, hatte Feldgeschütze aufgestellt und schoß in die Stadt. Da und dort brach Feuer aus. Eigentlich hätte der Leutnant jetzt davoneilen müssen, doch hielt die Liebe ihn fest umfangen. «Ach was!» dachte er. «Das da draußen ist Vorgeplänkel. Zum Kampf komme ich noch zurecht.»

Auch war es so, daß die Gefahr, in der sie sich befanden, die Liebesleute anfeuerte und sie einem Taumel zutrieb. Die heulenden Kugeln, die sirrenden Brandpfeile waren in ihren Ohren keine üble Musik; daß sie nach Tod schmeckte, machte das Lieben tief und köstlich.

Plötzlich aber fuhr die Frau empor und lauschte.

«Mein Mann ist zurückgekehrt!» flüsterte sie hastig. «Du mußt dich verbergen!» Er sprang auf, fand die Pantoffel und streifte den Schlafrock über. Da stand die Geliebte schon bei der Tür zum Balkon, und als er rasch herzutrat, drängte sie ihn hinaus und schloß die Flügel hinter ihm.

Der Balkon war schmal, ein halber Käfig, und die Nachtluft wehte nicht eben mild. Daß nur ein Sprung ihn von der Straße trennte, mochte beruhigen; doch bangte er um die Frau. Durch die Scheibe sah er sie drinnen ein Stück Hexerei vollbringen. Rascher, als man denken konnte, verschwanden seine Kleider, ward der Pfühl hergerichtet, ordnete sie ihr Haar und das Gewand – gerade zur rechten Zeit, denn nun ging die Tür auf, und zwei Männer traten ein.

Den Hausherrn erkannte man unschwer an dem lässigen Gehaben, mit dem er sich – ein mächtiger, verwegener Patron – in einen Sessel sinken ließ. Sein Begleiter stand gut im Speck; als er einen weichen Hocker heranzog, kam Polster zu Polster. Ein wenig ermattet, dabei aber spöttisch und selbstzufrieden, blinzelten die Männer einander an; sie hatten die gleichen schlauen Augen.

«Worauf wartest du?» rief der Hausherr seiner Frau zu, die zögernd stand. «Empfängt man heimkehrende Krieger so?» Er faßte nach dem Klingelzug und riß an ihm. Das Gesinde mußte wohl seine Ankunft erwartet haben, denn kurz darauf ließ die Tür einen Schwarm von Bedienten ein, die sich beflissen nützlich machten. Zwei dampfende Wannen wurden hereingetragen, dazu kleine Tische mit Speisen und Getränken. Der Leutnant auf dem Balkon sah es nicht gern; er hatte das Abendbrot überschlagen und verspürte Hunger.

Derweil die Männer sich von den Dienern entkleiden ließen, verschwand die Frau aus dem Zimmer. Sobald die Beiden aber, wohlig grunzend, in ihre Wannen gestiegen waren, über die man Platten aus feinem Holz legte, kam sie wieder herein, bereitete ihnen die Teller und füllte die Gläser. Es war kein schöner Anblick, die fleischigen Kumpane schmausen zu sehen. Lüstern faßten ihre Finger nach den Leckereien, sie naschten mehr, als daß sie sich redlich sättigten. Als sie sich die Lippen wischten, brachte man eine Wasserpfeife herbei, aus der sie einträchtig rauchten.

Der neue Genuß lockerte ihre Zungen. Sie begannen, sich ihrer Taten zu brüsten, und so erfuhr der Lauscher, daß sie den Feind herbeigeholt hatten und nun darangehen wollten, ihn in die Stadt einzulassen.

Bei aller Erregung, die den Leutnant befallen hatte, rührte ihn die junge Frau. Wohl meisterte sie ihre Unruhe, doch verriet manch kleine Bewegung, daß sie sich Gewalt antat. Die Arme wußte den Freund auf späherischem Posten und mochte sich denken, daß er handeln werde. Mitten in das kriegerische Spiel geworfen, mußte sie Partei ergreifen und hatte samt dem Geliebten die Fahne gewählt – gegen ihr Haus, gegen ihren Stamm.

Abermals entfernte sie sich aus dem Zimmer, denn die Männer hatten des Badens genug. Sie ließen sich abtrocknen und zogen Morgenröcke über. Die Tischlein und die Wannen wurden hinausgetragen. Als der Hausherr bemerkte, daß gelbe Pantoffel für ihn bereitstanden, geriet er in hellen Zorn und schrie nach den roten Pantoffeln: sie seien ihm die liebsten, die einzig erträglichen. Doch wie ängstlich und eifrig das Gesinde nach ihnen suchte – sie fanden sich nicht an, freilich nicht, denn der Leutnant trug sie ja an seinen Füßen und war ihrer froh in der kühlen Nacht.

Zum Glück für die Bedienten traten jetzt mehrere Männer ins Zimmer. Der Leutnant auf seinem Hochsitz hatte sie nicht gehört; sie mußten durch die Gärten gekommen sein. Falls noch Zweifel bestanden, machte ihre ehrerbietige Haltung es gewiß, daß der Hausherr die Verschwörung leitete. Von ihm empfingen sie Weisung, um fünf Uhr die Wache am östlichen Tor zu beseitigen und dem Angreifer die Stadt zu öffnen. Nachdem Einzelheiten beredet waren, verließen die Männer den Raum. Der Hausherr rieb sich zufrieden die Hände; die roten Pantoffel hatte er vergessen. Er setzte sich, lud den feisten Freund an die Wasserpfeife und befahl zwei Musikanten herbei, damit bei Tabak und Saitenspiel die kurze Zeitspanne angenehmer verstreiche.

Der Leutnant fror nicht mehr; fiebrige Hitze durchströmte ihn, denn es ging auf fünf Uhr. Viel war zu tun und mußte eilig getan werden – eilig und noch dazu im Morgenrock. Als er sich eben übers Geländer schwingen wollte, hörte er marschierende Schritte: eine Patrouille bog um die Ecke. Rufen durfte er nicht; seine Stimme hätte die sanfte Musik übertönt und alles vereitelt. So zog er denn einen Pantoffel vom Fuß und warf ihn haargenau dem Führer der Patrouille an den Kopf. Der Mann hielt an, und mit ihm standen die Anderen. Fünf Soldaten blickten erstaunt zu dem Balkon empor, auf dem eine wunderliche Nachtgestalt sie durch Zeichen beschwor, sich still zu verhalten. Gottlob war ihre Verblüffung so groß, daß der Leutnant schnell und leise herabklettern konnte. Er hatte Mühe, den Anführer zu überzeugen, daß er zum Heer gehöre und Offizier sei. Glauben fand er erst, als einer der Männer ihn wiedererkannte. Da nahm man auch seinen Bericht für wahr und begriff die wichtige Aufgabe: der Beiden dort droben habhaft zu werden.

Sachte drangen die Soldaten durch die kleine Pforte ins Haus. Der Leutnant durfte nicht abwarten, ob sie ihre Sache gut machen würden – er mußte fort. Im Laufen behinderte ihn der lockere Pantoffel; er zog ihn aus, um nicht auch ihn einzubüßen, und jagte barfuß weiter. Falls man ihn unterwegs aufhielt oder gar festnahm, war alles verloren. Er betete, daß es nicht geschehe, und siehe: es geschah nicht.

Indem er sich dem Osttor näherte, wurde er vorsichtiger. Er

lief nicht mehr, er schlüpfte – o verfluchter, bunter Seidenrock! – von einer dunklen Stelle zur anderen. Wie recht er daran tat, erwies sich bald, denn als er den Wall erstiegen hatte, sah er drunten, ein katzenhaftes Rudel, die Verschwörer anschleichen. Wieder hatte er Freund und Feind zugleich im Auge, wieder durfte er nicht rufen! Bei den Zinnen schritten die Wachtposten auf und nieder; ein Offizier kam daher und redete mit ihnen. Wie sollte der Leutnant sie warnen?

Da warf er auch schon den zweiten Pantoffel und traf den Wachoffizier an der Brust. Das lautlose Spiel wiederholte sich. Der Offizier erblickte den Mann im seidenen Kittel, kam mißtrauisch näher, erkannte sein Gesicht und ließ sich flüsternd unterweisen. Eilends wurde die Wachmannschaft geweckt, wurde Hilfe herbeigerufen. Als die Verschwörer den Wall erstiegen, trafen sie einen lauernden Gegner, der sie rasch überwältigte; nur wenige kamen davon.

Auch hier durfte der Leutnant nicht verweilen; die Gefahr dauerte an, und die Rettung war in seine Hand gegeben. Den Wall entlangzulaufen, empfahl sich nicht, des bunten Morgenrockes wegen. Darum wählte er den Weg durch die Stadt und machte in barfüßigem Lauf die längere Strecke wett. Kaum noch Atem in den Lungen, langte er beim Stadtkommandanten an, überrannte den Posten und überrannte auch des alten Mannes zögernde Verwirrung.

Was der Leutnant vorschlug, ward befolgt. In aller Hast zog man die Truppe zusammen und schaffte Geschütze zum Osttor. Um fünf Uhr ging die Brücke nieder, öffneten sich die schweren Flügel, als sei die Verschwörung gelungen. Der Feind strömte ein und geriet in die Falle. So viele, als man zu vernichten sich zutraute, wurden durchgelassen; dann hob die Brücke sich wieder, und der Kampf begann. Aller Vorteil lag bei den Verteidigern. Sie nutzten ihn, sie fügten dem Gegner das Bittere zu, welches er ihnen zugedacht hatte.

Kaum hatte der Strauß geendet, entstand draußen, in der Ebene vor der Stadt, neue Bewegung. Das Heer war im Eilmarsch zurückgekehrt und warf sich auf den zwiefach überraschten Feind, der nicht lange standhielt. Verwirrung fiel ihn an; er wandte sich zur Flucht, er wurde verfolgt und geschlagen. Der Sieg war vollkommen.

Müde schritt der Leutnant durch die Straßen, dem roten Haus entgegen. Er hatte Zeit gefunden, sich schicklich zu bekleiden, doch paßten die entlehnten Sachen ihm nicht recht auf den Leib. Auch war er gefeiert und ausgezeichnet worden, als Einer, der zwar nicht die Schlacht entschieden, jedoch die Verteidiger vor einem schlimmen Ende bewahrt hatte. Unterwegs begegnete er einer Schar Soldaten, die in ihrer Mitte die beiden Verschwörer führten.

Durch die angelehnte Pforte, durch offene Türen gelangte der Leutnant in das rote Haus. Vergebens suchte er die Geliebte; es fand sich niemand an, der ihm Auskunft geben konnte. Wo die Frau seine Kleider verborgen, wußte er, denn er hatte es ja mitangesehen. Er öffnete den Wandschrank und stieß auf die lang und peinlich entbehrten Dinge. An seinem Wams aber steckte eine dunkelrote Rose.

Der Leutnant kleidete sich um. Er verließ das Haus und sah über der Straße, bei seinem Quartier, den Burschen mit dem Saumpferd stehen. Rasch schritt er hinüber. Eine Ahnung trieb ihn, in den Mantelsack zu greifen. Als seine Hand wieder hervorkam, zog sie die blauen Pantoffel mit, die er beim Aufbruch nicht zurückgelassen, sondern gedankenlos eingepackt hatte.

Der Große Wind

Die Insel mitten im Fluß samt dem stattlichen Haus, das man in der Gegend «das Schloß» nannte, und den reichen Gärten war mein Erbe. Ich hatte lediglich eine Familie hinzugebracht, die Frau und drei Kinder. Mehrten oder verzehrten wir den Besitz? Ich glaube, wir erhielten ihn – falls er sich nicht selbst erhielt, denn er war gleichermaßen schön und nützlich angelegt, ein rechtes Mustergut, das sich nur mit Gewalt herunterwirtschaften ließ.

An den steilen Hängen des Flußtales wuchsen Reben. Was dort je besonders wohlgeraten war, hatten meine Vorväter in die Weinkeller eingelagert, die sich unter der ganzen Insel hinzogen. Selbst wenn ich gesoffen hätte wie ein Bürstenbinder, wäre ich des ungeheuren Bestandes zeitlebens nicht Herr geworden. Das gab mir Rückhalt, denn ich trinke gern; der Reichste konnte sich nicht sicherer dünken als ich.

Um die Zeit, die alles so jäh veränderte, sprach und schrieb man viel über einen neuen, furchtbaren Wind. Von anderen Winden weiß man, wie sie entstehen, wessen sie fähig sind und wohin ungefähr sie sich wenden; von diesem wußte man es nicht. Viele nannten ihn den Weltwind, um auszudrücken, wie unheimlich er ihnen sei. In Asien hieß er Kadharta, in Amerika Sizzon, in Afrika Turdusi. Wir Europäer gaben ihm so viele Namen, wie wir Sprachen haben. Es verlautete, er sei eisig und von tödlicher Gewalt; nichts widerstehe ihm, alles zerstöre er oder reiße es mit sich fort, nur Trümmer lasse er zurück. Das Arge war, daß man ihn immer und überall fürchten mußte. Er kam auf, er sprang um, wie es ihm beliebte. Hatte er gestern in Korea gewütet, so fegte er heute durch Spanien; er reiste geschwinder als jeder andere Wind. Die Berichte waren voller Widerspruch. Manche meldeten, er verdunkle das Firmament und dröhne tief wie eine Orgel; andere behaupteten, ihn begleite ein hoher, pfeifender Ton. Nun, ich sollte ihn gründlich kennenlernen.

An einem freundlichen Maitag war ich in die Kellereien hinabgestiegen, um nach dem Rechten zu sehen. Als ich eben ergründen wollte, welchem von zwei trefflichen Weinen der Vorrang gebühre, vernahm ich ein Sirren, das schrill anschwoll und in den Ohren schmerzte; zugleich fiel die Kellertür zu. Obwohl die Gewölbe tief unter der Erde lagen, zitterten sie, als schreite ein Heer von Riesen darüber hin. Wo immer ein Schacht oder Spalt aus dem Keller nach oben führte, ward Luft hineingepreßt, in kurzen, bösen Stößen. Da wußte ich, daß der Große Wind in unser Flußtal gekommen war.

Ich versuchte, hinauszugelangen, doch der Wind litt es nicht; fest hielt er die Tür verschlossen. Ich schickte mich ins Warten und stellte mir unter Qualen vor, welcher Anblick auf mich harre, sobald der Orkan vorüber sei.

Mit dem Schlimmsten glaubte ich gerechnet zu haben. Ach, wie weit blieb es hinter dem Schlimmeren zurück! Man glaube mir: von allem, was mein Leben, meine Freude und meinen Besitz ausgemacht hatte, bestand nichts mehr – nichts. Das Haus mit der Frau und den Kindern, die Gärten, die Bäume, die Reben an den Berghängen waren verschwunden. Die Gegend sah aus, als habe man ihr die Haut abgezogen. Mußte ich nicht wahnsinnig werden?

Vermutlich wurde ich es deshalb nicht, weil ich das Ausmaß meines Unglücks nicht zu fassen vermochte. «Seltsame Gegend!» murmelte ich vor mich hin. «Hier bin ich noch nie gewesen», und das war so töricht nicht, denn ich stand unverändert inmitten einer veränderten Welt. Kopfschüttelnd, mit blödem Blick, tappte ich in den Keller zurück, zur einzigen Zuflucht, die mir geblieben war, und trank solange, bis ich zu Boden sank.

Wir Menschen sind Ameisen. Was uns zerstört wird, richten wir sogleich wieder auf; das Aufrichten richtet uns auf. Nachdem die ersten schlimmen Tage vergangen waren, Tage der Lähmung, der Trauer und des Hungers, erwies es sich, daß gleich mir ein junges Mädchen mit dem Leben davongekommen war. Die Jungfer stammte aus einem nahen Winzerdorf und hatte sich, als das Unheil hereinbrach, ebenfalls in einem unterirdischen Weinkeller befunden. Da das Tal verödet war und kein Mann sie mir streitig machte, wurde sie meine Frau – meine zweite Frau. Wir plagten uns redlich, ein Häuschen zu bauen, und zogen aus der mißhandelten Erde ein wenig Gemüse. Ins Bescheidene zurückgeworfen, hatten wir viel Freude an kleinen Erfolgen; ich fürchte fast, daß der erste Salat uns mehr erregte als die Flitterwochen.

Unser Beispiel zog andere nach. Zwei Jahre später sah es ringsum schon ganz leidlich aus. Häuser und Hütten streuten sich in das Tal, und den Boden überzog allenthalben grüner Wuchs; sogar Rebstöcke wurden wieder gepflanzt.

Als man eben Hoffnung schöpfte, fiel der Große Wind aufs neue bei uns ein und riß alles Gedeihende mit sich fort. Abermals bewahrte mich der Weinkeller vor dem Schicksal, das alle Übrigen traf; abermals war ich zum Witwer geworden.

Doch es gefiel dem Winde, sich bei seinem zweiten Besuch von einer neuen Seite zu zeigen: er nahm nicht nur, er gab auch. Als ich – nach einem gehörigen Trauertrunk, der drei Tage währte – auf meiner Insel Umschau hielt, fand ich in all der Verwüstung einiges Zugebrachte: sechs Negerinnen, zwei australische Schafe, ein Ruderboot und einen Schrank mit hübschen Frauenkleidern. «Immerhin!» dachte ich bei mir. «Besser als nichts und kein übler Anfang.»

Freilich waren die Gaben des Großen Windes von zufälliger, fast unsinniger Natur – hingestreute Almosen, die man nur aufgriff, weil einem keine Wahl blieb. Hätte ich sie verachten sollen? Ach, Freunde, wer zweimal eine sinnvolle Umwelt eingebüßt hat, fragt nicht mehr danach, ob die dritte sinnvoll sei oder nicht. Er nimmt, was er findet, und richtet sich ein, so gut es geht; stärker als das Verlangen nach Sinn ist die Lust am Leben. So kam es, daß ich hinfort australische Schafe züchtete, Fischerei betrieb und sechs schwarze Frauen mein eigen nannte. Nackt waren sie aus der Luft gefallen, doch ich vermochte sie – je nach meiner Gunst – prächtig zu kleiden. Das war gut und war schlecht zugleich, denn ich kam nie dahinter, wen sie eigentlich begehrten: mich oder die schönen Gewänder.

Von nun an brauste der Große Wind alljährlich, meist im Herbst, durch unser Tal; die Gegend hatte es ihm wohl angetan. Von allen, die zeitweilig mit mir auf der Insel lebten, witterte ich allein die nahende Gefahr, jedoch erst im letzten Augenblick, so daß ich niemanden rechtzeitig warnen oder gar retten konnte. Immer langte ich mit knapper Not im Weinkeller an – falls ich mich nicht schon ohnehin dort befand.

Man wird mich fragen, warum ich damals das Tal nicht verließ. Nun, es war meine Heimat, ich liebte die Insel, den Fluß und die Berghänge, auch als ihre Schönheit zergangen war; nicht ihre Schönheit hatte ich geliebt, ich liebte sie selbst. Zudem war es dahin gekommen, daß ich an meinem unbeständigen Dasein eine Art von Lust empfand. Die erste Vernichtung hatte meinen Augen alle Tränen abgepreßt und in meinem Kopfe das Wort Besitz gelöscht; um die zweite Frau vermochte ich nicht mehr zu weinen. Sie und alle, die nach ihr kamen, sah ich für Durchreisende an, für flüchtige Gefährten, ja, für Gespenster. Obwohl ich selber unbeweglich blieb und die Anderen an mir vorüberzogen, kam es mir vor, als befinde ich mich auf Reisen. Meine Lust war Reiselust und Neugier darauf, was der nächste Wechsel bringen werde.

Die mit mir auf der Insel oder im Tale lebten, waren entweder hergeweht worden oder ließen sich dort nieder, weil sie meinten, der Große Wind werde endlich von dem geschundenen Landstrich ablassen. Sie glichen dem Manne, der auf einen Sohn hoffte und darüber vierzehn Töchter bekam – buchstäblich, denn nicht weniger als vierzehnmal suchte das Verderben uns heim; schon nannte man uns das «Tal des Großen Windes». Mir war es recht, daß die Narren blieben, denn so hatte ich wenigstens Nachbarn, wenn auch nur für kurze Zeit.

Mit dem Umstand, daß unser Tal eng und steil ist, mag es zusammenhängen, daß der Wind dort so viel zurückließ; ins Schmale gepreßt, entleerte er seine Taschen. Ich war recht froh darüber, denn anderenorts tat er das nicht, und ohne die Windgeschenke wäre mein Leben viel eintöniger verlaufen. Nicht alles, was der Große Wind brachte, war unversehrt oder brauchbar; manchen Leichnam mußte ich einscharren, manch zerfetzten Gegenstand in den Fluß werfen. Gelegentlich kehrte Verlorenes wieder. Beispielsweise fand sich nach der neunten Katastrophe meine erste Frau an, ein wenig gealtert und ohne die Kinder. Ich müßte lügen, wenn ich sagte, ihre Wiederkunft habe mich erfreut. Zu sehr war ich das Unbeständige gewohnt, als daß ich einen alten Bund erneuern mochte. Auch kam die Brave ungelegen, nämlich gleichzeitig mit einer jungen Araberin, der ich durchaus den Vorzug gab. Wir verbrachten ein peinvolles Jahr, bis der Große Wind beide Frauen davonwirbelte. Gegen Ende der Zeit, von der ich berichte, setzte der Wind bisweilen junge Menschen ab, die ich als meine Kinder erkannte oder die vorgaben, meine Kinder zu sein. Sie waren mir – falls man das sagen kann – ebenso lieb wie gleichgültig: Zufallskinder, die der Spender beim nächsten Besuch wieder mitnahm.

So wäre es, mir zur Abwechslung, Jahr um Jahr fortgegangen, wenn der Große Wind sich nicht plötzlich von unserem Tal abgewandt hätte. Vier Jahre lang ist er seither ausgeblieben, und ich weiß nun ganz gewiß, daß er nie wiederkehren wird. Konnte er nicht noch ein letztes, fünfzehntes Mal die Drehscheibe wirbeln lassen? Ich habe es nämlich schlecht getroffen. Als ich die fette Mexikanerin zu mir nahm, das Blockhaus zimmerte und Rosenkohl pflanzte, hatte ich keinerlei Dauer im Sinn; nicht einmal den Rosenkohl gedachte ich abzuernten. Doch nun ist mir das alles geblieben, für immer geblieben, und lastet schwer auf mir.

Großer Wind, warum hast du mich nicht gewarnt, bevor du mir deine Feindschaft entzogst? Was du nicht vermocht hast, wird die Flaute vollbringen: sie wird mich töten.

Ein gewisses Zimmer

Ein etwas sonderbarer, um nicht zu sagen anrüchiger Herr namens Payk (er handelte mit Wasserflöhen, zahmen Bibern und Mädchen, und es kam ihm gar nicht darauf an, was davon er verkaufte) hatte herausgefunden, daß in einem gewissen Zimmer mehr unsichtbare Fäden zusammenliefen als an irgendeinem anderen Ort der Welt. Die gegenseitige Verknüpfung aller irdischen Erscheinungen ist sehr viel größer, als man gemeinhin annimmt; da sich jedoch das Hin und Her der unzähligen Wechselwirkungen im Geheimen vollzieht, erfährt man wenig darüber. Wollte man übertreiben, so ließe sich sagen, daß schlechthin Alles mit Allem zusammenhängt, doch das stimmt nicht ganz. Jenes heimliche Gewirk, in das wir versponnen sind, hat lockere und dichte Stellen. Vielerorts überkreuzen sich die Fäden nur, aber bisweilen laufen sie in einem Knoten zusammen, der dann von großer Bedeutung ist. Das Zimmer, von dem wir reden, war ein solcher Knotenpunkt.

Wie Herr Payk es in Erfahrung gebracht hatte, wissen wir nicht. Er wird wohl, Faden für Faden, das Gespinst abgetastet haben und allmählich, über kleinere Verknüpfungen, auf die entscheidende Stelle geraten sein. Eine Unzahl von Fäden mündete hier, und das Bestürzende daran war, daß sie alle ungemein weit reichten; sie umspannten den Erdball und das Weltall dazu.

Das Zimmer gehörte zur Wohnung eines Herrn Klose, eines schlichten Bürgers, und wurde, damit es sich nicht abnutze, selten von ihm oder seiner Familie betreten. Es war eine sogenannte Gute Stube, die nur sonntags ein wenig Geselligkeit sah, und am Werktag nur aufgetan wurde, wenn Herrn Kloses Tochter auf dem Klavier übte. Wie gut und wie böse die Stube war, wie mächtig vor allem, ahnte niemand. Herr Payk allein wußte es und hatte früher, als er ein leidlich gern gesehener Gast war, von diesem unheimlichen Herzpunkt aus manches Weltereignis ausgelöst. Veränderte man nämlich die Lage irgendeines Gegenstandes, der zum Zimmer gehörte, rückte oder hob oder rieb man ihn, so lief durch geisterhafte Fäden ein Strom, der weit, weit entfernt kleine wie große Dinge geschehen ließ.

Eine Blumenvase beispielsweise, die künstliche Lilien enthielt, brachte jedesmal, wenn sie gedreht wurde, den Gelben Fluß in China zum Überlaufen und verursachte großen Schaden. Schlug ein Finger die Taste mit dem Ton fis an, so brachen, keinem Arzt erklärlich, in Neuseeland plötzlich die Pokken aus. Doch das Zimmer beschränkte sich nicht auf schädliche Wirkungen (wobei einzuschalten wäre, daß man über den Nutzen oder Schaden einer Sache bis zum Morgengrauen streiten kann) – es trieb auch freundliche hervor. Fiel es jemandem bei, an der gehäkelten Tischdecke zu zupfen, so meldeten die Fischer in Norwegen überreichen Fischfang. Freilich durfte man nur zupfen; wer heftig an der Decke zog, entfesselte Schneestürme in Kanada.

Man wird wissen wollen, auf welche Weise Herrn Payk all diese Zusammenhänge offenbar wurden. Nun, das ging seltsam zu, und der Weg, den Herr Payk verfolgt hatte, bevor er Einsicht erhielt, wird immer dunkel bleiben. An einem Bretterzaun nämlich, auf dem die Anwohner kleine Zettel befestigten, wenn sie etwas zu tauschen oder zu verkaufen wünschten, wenn ihnen ein Gegenstand oder ein Hund abhanden gekommen war, hafteten regelmäßig kleine Papierchen, die in roter Schrift etwa folgende Bemerkungen enthielten: Uhr aufgezogen – Heuschreckenplage in Siam, Teppich gebürstet – Staatsstreich in Argentinien, linkes Fenster bewegt – Zunahme der Sonnenflecken, und dergleichen mehr. Niemand begriff, was das heißen sollte. Nur Herr Payk wußte Bescheid; er schrieb die Meldungen ab und trug sie zu Hause sorgsam ein. Wer die Papierchen anbrachte oder sie wieder entfernte, konnte Herr Payk nie ausfindig machen, obwohl er sich tagelang auf die Lauer legte und auch manche Nacht den Bretterzaun nicht aus den Augen ließ.

Es war, lange Zeit, alles sehr gut gegangen. Als leidlich gern gesehener Gast hatte Herr Payk Gelegenheit gehabt, sonntags oder auch unter der Woche wie beiläufig mit den Gegenständen zu hantieren, die das Zimmer enthielt; er hatte am Bretterzaun ablesen können, was daraus entstanden war, und in aller Ruhe nichts Geringeres angelegt als ein Verzeichnis aller Wirkungen, die von dem Raume ausgingen. Fast aller Wirkungen, müssen wir hinzusetzen, denn bevor das Verzeichnis vollständig war, entzweite sich Herr Klose mit Herrn Payk und verbot diesem sein Haus, richtiger gesagt seine Wohnung, denn das Haus gehörte nicht ihm, sondern einem Herrn Treufler, von dem aber hier nicht die Rede sein soll. Der Streit, welcher Herrn Payks Forschung so jäh beendete, rührte daher, daß dieser vorgegeben hatte, er wolle Herrn Kloses Tochter – jenes junge Mädchen, welches auf dem Klavier übte – ehelichen. Die Verlobung aber hatte, da es Herrn Payk im Grunde nicht ernst damit war, überaus lange angedauert, solange beinahe, wie heute eine Ehe zu dauern pflegt, jedoch ohne in eine solche überzugehen. Ungeduldig und mißtrauisch geworden, spürte Herr Klose den Ursachen der mißlichen Verzögerung nach und entdeckte dabei, daß Herr Payk mit einer dicken, reichen Witwe zusammenlebte. Da er nicht wissen konnte, was Herrn Payk an seinen Hausstand fesselte, nahm er an, der Lüstling wolle aus Gründen der Abwechslung auch das junge Mädchen betören. Herrn Payks Vorhaben empörte ihn so sehr, daß er dem Freier die Tür für immer verschloß, selbst auf die Gefahr hin, daß sich kein anderer einfinden werde.

Seither war es für Herrn Payk außerordentlich schwierig, die Untersuchungen fortzusetzen, denn was gemeinhin in dem Zimmer geschah und was daraus wurde, wußte er bereits. Ihm kam es ja lediglich darauf an, einige fehlende Punkte zu ergänzen – wenn man davon absieht, daß er nun jenes Machtgefühls verlustig ging, das ihn stets überkommen hatte, sobald er von der geheimen Befehlsstelle aus Wirkungen in die Welt jagte. Die Familie Klose tat dies in einem fort, doch sie ahnte es nicht und hatte infolgedessen nichts davon, denn nur bewußte Macht ist Genuß.

Gewiß, Herr Payk hätte diesen oder jenen Bekannten, der mit Kloses Familie Umgang pflog, darum bitten können, in dem gewissen Zimmer gewisse Gegenstände zu berühren oder von ihrem Platz zu rücken. Eine solche Bitte aber wäre vielleicht mit Befremden aufgenommen worden und hätte womöglich den Anderen darauf gebracht, daß es mit Herrn Kloses guter Stube eine eigene Bewandtnis habe. Das wollte Herr Payk unter allen Umständen vermeiden.

Es blieb ohnehin nicht viel Ungeklärtes übrig. Was geschehen würde, wenn man an die Drahtspiralen der Polstersessel geklopft hätte, wollte Herr Payk nicht unbedingt wissen. Er vermutete, daß nur Geringes daraus entspringe. Jedoch wollte er für sein Leben gern ergründen, was ein kleiner, abscheulicher Aschenbecher vermochte und welcher Fernwirkung der rechte Kerzenhalter am Klavier fähig sei. Ob man die beiden Gegenstände rücken, reiben oder dem zugedachten Zweck entsprechend benutzen müsse, damit sie ihre Kraft aussandten, war bislang nicht zu entdecken gewesen, und auf Feinheiten kam es ja gerade an. Unendlich fein ist das große Weltnetz gesponnen.

Schließlich aber fand Herr Payk einen Mittelsmann, der so dumm und zugleich so verschwiegen war, daß man ihn ohne jede Erklärung bitten durfte, sich an den beiden Gegenständen zu versuchen. Dreimal – es ging viel Zeit darüber hin, denn der Besucher wurde nur sonntags angenommen – befaßte sich dieser vergeblich mit dem Aschenbecher; nichts geschah. Erst als er, plaudernd und rauchend, Zigarrenasche hineinfüllte, vermeldete bald darauf ein Zettel, der Bürgermeister von Bayonne habe sich den Arm verstaucht. Daß auch kleine Wirkungen von dem Zimmer ausgingen und daß sie sich gegen einzelne Personen richteten, war etwas Neues. Herr Payk mußte einsehen, daß sein Verzeichnis noch längst nicht vollständig sei, und er, jeden Gegenstand sehr viel gründlicher ausprobierend, sich hinfort auch über unbedeutende Ereignisse unterrichten müsse.

Er hatte das Gefühl, an einem Wendepunkt zu stehen, als er seinem Sendboten auftrug, beim nächsten Besuch die rechte

Kerze an Kloses Klavier zu entzünden. Fürs erste mißlang es, denn Herr Klose war sparsam und sah nicht ein, warum man bei Tag Licht brennen sollte. Am zweiten Sonntag aber, als Herr Klose den Raum auf kurze Zeit verließ, glückte das Unternehmen. Die Kerze brannte, und Herr Payk, der es ahnungsvoll merkte, obwohl er nicht dabei war, empfand ein großes Hochgefühl – zu früh allerdings, denn die brennende Kerze richtete nichts an.

Erst als vor Herrn Kloses nahendem Schritt das Lichtlein ausgelöscht wurde, geschah etwas. Doch davon erreichte Herrn Payk keine Kunde mehr, denn er war schon tot, als ein rot beschriebenes Zettelchen meldete: rechte Kerze ausgelöscht – Herr Payk verstorben.

❋

Der nackte Mann

An jenem Tage wehte der Lurdo, ein eisiger Wind, der den Körper auskühlt und die Augen rötet. Mich fröstelte in meinem Mantel, ich schritt rascher aus und freute mich auf mein warmes Häuschen. Als ich um die große Schlehdornhecke bog, stand ein nackter Mann vor mir. Er fror entsetzlich – seine Haut war bläulich, seine Nase violett.

«Ich bin», sprach er zähneklappernd, «von allem entblößt.»

«Man sieht es», erwiderte ich. «Ich will Ihnen gerne helfen.»

«Haben Sie eine Zigarette bei sich?»

«Gewiß.» Ich holte die silberne Dose hervor. Seine Finger zitterten so sehr, daß er keine Zigarette greifen konnte. Ich steckte ihm eine zwischen die blauen Lippen.

«Und Feuer?» murmelte er.

Wohl ein Dutzend Streichhölzer mußte ich anreiben, ehe die Zigarette brannte, so heftig blies der Wind.

Der nackte Mann stieß eine Rauchwolke aus, die sofort zerstob.

«Ein Anzug», meinte er, «wäre bei diesem Wetter nicht übel.»

Er dauerte mich tief. «Sie sollen einen haben. Kommen Sie mit.»

Es war mir recht, daß der kalte Lurdo die Leute von den Straßen hielt, denn ich mochte nicht gern in Gesellschaft eines nackten Mannes gesehen werden. Unterwegs bemerkte ich an den Fenstern nur die alte Jungfer Pittenhart; seither weicht sie mir auf der Straße geflissentlich aus oder drückt sich flach an die Hausmauern. Sie will von mir nicht gegrüßt werden.

Erleichtert schloß ich die Haustür auf, ließ den nackten Mann eintreten und sperrte die Kälte aus.

Einmal ins Geben geraten, gab ich ihm alles, was er verlangte; ich bin nicht für halbe Sachen. Er bekam einen Anzug, keinen von den besten, aber auch nicht den schlechtesten; es war ein karierter, der mich an Schachbretter erinnerte, und beim Schach verliere ich immer – darum gab ich ihm den Anzug. Er bekam Geld, denn ohne Geld kann man nicht menschenwürdig leben, und er war doch nun einmal ein Mensch.

«Sie werden einsehen», sprach er bei Tisch, «daß ich eine Wohnung benötige. Nach allem, was Sie für mich schon getan haben, möchte ich Ihre Gastfreundschaft nicht länger beanspruchen.»

«Morgen miete ich Ihnen eine Wohnung», gab ich zurück. «Bitte nehmen Sie noch etwas Pfirsichkompott. Wieviel Zimmer sollen es sein?»

«Danke, keine Pfirsiche mehr.» Er führte den Zahnstocher zum Munde und blickte mich sinnend an. «Drei Zimmer könnten genügen.»

«Nur nicht zu kleinlich!» riet ich ihm. «Der Mensch braucht Auslauf. Bei starkem Regen kann man nicht spazierengehen, man ist auf die Wohnung angewiesen.»

Er lächelte fein. «Der Mensch braucht noch mehr – beispielsweise eine Geliebte.»

Ich mußte ihm beipflichten. «Das versteht sich, wir alle unterliegen dem Naturgesetz. Soll ich Ihnen eine aussuchen?»

Er drohte scherzhaft mit dem Finger. «Nein, Verehrter, das besorge ich lieber selbst.»

So kam es, daß er eine prächtige Wohnung bezog und die Tänzerin Zadina zu sich nahm. Jeder Einheimische hätte anders gewählt, denn es war bekannt, daß die Zadina ihre Liebhaber gründlich ausnahm und das Geld beiseite legte. Natürlich waren meine Ausgaben sehr groß, aber ich wollte – wie gesagt – auf halbem Wege nicht bleiben, und so versorgte ich ihn, bis er auf eigenen Füßen stand.

Zu meinem Glück ließ das nicht lange auf sich warten. Er warf sich auf die Blumenspekulation, hatte Erfolg und wurde bald ein reicher Mann, der von mir nichts mehr annahm, weder Geld, noch Ratschläge.

«Nein», sprach er, «Sie haben wirklich genug gespendet. Schonen Sie Ihr Geld und sparen Sie Ihren guten Rat – auch er ist wertvoll. Beides werden Sie noch einmal gut gebrauchen können.»

Er hatte zweifellos recht, denn schon damals war meine Lage bedenklich. Abgesehen von den Summen, die ich ihm dargebracht hatte, verzehrte sich der Rest meines Vermögens in Geschäften, die kläglich stockten oder fehlschlugen.

Man muß nämlich wissen, daß unser Städtchen der Zucht schöner Blumen obliegt und daß alle seine Einwohner ständig in Spekulationen verstrickt sind. Wer Blumen gezogen oder sein Geld in solchen angelegt hat, die plötzlich Mode werden, kann Reichtümer anhäufen, die Welt bezahlt ihm närrische Preise. Welche Blumen in Mode kommen werden, ist allerdings nie zu erraten; es hängt von allerlei Zufällen ab und stellt sich immer erst im Frühsommer heraus, wenn nichts mehr zu ändern ist. Meist wird eine einzige Blume die erklärte Königin und nur zwei oder drei andere Sorten bestehen neben ihr. Alle übrigen gelten so gut wie nichts, sie müssen, wofern sich überhaupt ein Abnehmer findet, billig verhökert werden.

Ja, unser Städtchen führt ein eigenartiges Leben. Seinem biederen Gehaben zum Trotz, ist es die reinste Spielhölle. Man kann von einem Tag auf den anderen sehr reich und ebenso schnell wieder arm werden. Wer mitspekuliert – und das tun alle, bis auf die ganz kleinen Kinder –, genießt Spannung und Gefahr. Am ärgsten treiben es die Greise; erst ihr Tod erlöst sie von ihrer Leidenschaft.

Der Leser errät, daß ich auf die falschen Blumen gesetzt hatte, und ich will es auch gar nicht verhehlen. Leider war es mehrmals geschehen, zum Schaden meines früheren Wohlstandes. Das Häuschen gehörte mir längst nicht mehr, der Pfandleiher sah mich fast alle Tage. In dieser Not beschloß ich den Mann aufzusuchen, den ich einst gekleidet und genährt hatte.

«Sie kommen ungelegen», sprach er mißmutig. «Geht's nicht ein anderes Mal?»

Ich schilderte ihm den Stand der Dinge und bat um Hilfe.

Alte Rechnungen hervorzukramen, liegt mir nicht; ich wollte nur ein Darlehen. Binnen kurzem, versicherte ich ihm, sei ich über den Berg.

Er lachte auf. «So reden alle, die schlecht zu Fuß sind. Ich halte nichts von Darlehen, ich bessere keine Krücken aus. Da haben Sie einen Notgroschen!» Er hielt mir eine Silbermünze hin.

Ablehnung hätte ihn sicherlich gekränkt; darum nahm ich das Almosen an. Aber seine Haltung verdroß mich doch ein wenig. «Das Glücksrad», sprach ich mahnend, «kann sich drehen.»

«Gewiß», entgegnete er. «Wichtig ist nur, daß es bei der richtigen Nummer hält; bei meiner Nummer. Auf Wiedersehen – aber erst, wenn es Ihnen besser geht.»

Ich verließ sein Haus. Eigentlich hätte meine Küche einiger Zufuhr bedurft, denn es ging schmal her bei mir, doch die Spielsucht trieb mich am Metzger, am Bäcker vorbei zum Samenhändler. Da ich dort gut bekannt war, durfte ich in den Regalen wühlen. Ich hatte es auf die alten, verstaubten Bestände abgesehen, bei denen man viel gewinnen und wenig verlieren konnte. Einerseits mochte einem eine schöne Entdeckung gelingen, andererseits war es zweifelhaft, ob die dürren Samen noch keimfähig waren.

Nun, mir fiel etwas Seltenes in die Hand. Meine Finger bebten, als ich nach den staubigen Tütchen faßte, ich hatte das Gefühl, Juwelen zu ergreifen. Um den Fang zu tarnen, kaufte ich noch dieses und jenes und ging erregt nach Hause.

Freilich konnte ich enttäuscht werden, denn es war durchaus nicht ausgemacht, daß die altertümliche, verschollene Nelkensorte den Preis erringen werde. Doch ich setzte nun einmal meine Hoffnung darauf. In den folgenden Monaten mußte ich bitter darben; mein Leib schnurrte zusammen wie eine Dörrpflaume, und ich weiß heute nicht zu sagen, wovon ich mich damals genährt habe.

Das Unternehmen ließ sich gut an. Im Mistbeet wuchsen zierliche Setzlinge heran, die ich beizeiten ins Freie umpflanzte. Die Erde schmeckte ihnen, Sonne und Regen gingen mir zur Hand. Als die ersten Knospen sich öffneten, bat ich Professor Amerang, den besten Blumenkenner unseres Städtchens um einen Besuch.

Er kam, machte große Augen und ließ sich die Tütchen zeigen. «Sie haben uns», sprach er feierlich, «eine verlorene Kostbarkeit wiedergeschenkt. Die sagenhafte Blume aus dem Wappen der Gulfings, die Wundernelke, von der mein Freund Balthasar auf dem Totenbett sprach, die er verzückt beschrieb und mit seinen bleichen Fingern in die Luft malte, obwohl er sie nie gesehen hatte – hier steht sie, auf Ihrem Beet ist sie gewachsen. Es kann keinem Zweifel unterliegen, welche Blume in diesem Jahr triumphieren wird.»

So sprach er und so geschah es. Der Erfolg war beispiellos, noch nie hatte ein Blumenzüchter solches Glück gehabt. Natürlich kam es daher, daß geheimnisvoller Reiz die vergessene Blume umwebte; doch war sie auch schöner als alle anderen Nelken. Man bezahlte mir Unsummen für jedes einzelne Stück und kaum weniger für den Samen, den ich zog. Und wie sonderbar: auch meine anderen Blumen verkauften sich gut und teuer – sie gehörten gleichsam zum Gefolge der Herrscherin. Ich wurde fast reicher, als es mir lieb war.

Der Spender des glückbringenden Silberstückes jedoch hatte falsch spekuliert, nicht nur in diesem Jahr, sondern zuvor schon. Sein Reichtum stand auf schwanken Füßen – der Arme wußte es bloß noch nicht. Er war eben ein Fremder in unserem Städtchen, und mit Fremden nimmt es selten ein gutes Ende, weil ihnen die Erfahrung fehlt. Wir Einheimischen mögen zeitweise Pech haben, so wie ich es an mir erfuhr, aber zum Schluß kommen wir mit heiler Haut davon. Uns hilft der Ortsgeist, und die alten Hausgötter stehen uns bei.

Mitleid hieß mich den Toren aufsuchen. Sein Haus war festlich erleuchtet, er gab eine große Einladung. Als ich mich melden ließ, erschien er sogleich und eilte auf mich zu. «Welch lieber Besuch!» rief er aus. «Und wie so anders als der letzte. Jenen Bittgang hätten Sie sich wahrlich ersparen können.»

Ich wußte es besser, sagte jedoch nichts davon. Nun trat auch die Zadina ein, schön anzusehen und herrlich gekleidet

Sie nahm mich beim Arm. «Wir lassen Sie nicht fort, wir heben die Glückspilze.» Obwohl ich mich wehrte, wurde ich ins Getümmel des Festes entführt.

Eine Viertelstunde gab ich daran, doch war ich nicht gesonnen, länger die Luft des Unheils einzuatmen. Ich zog den Hausherrn beiseite. «Sie waren», sprach ich, «neulich so gütig, mir einen Notgroschen zu schenken. Er hat mir tüchtig fortgeholfen. Heute tue ich dasselbe an Ihnen. Bewahren Sie ihn gut.»

Er nahm das Goldstück in die Hand und lachte laut. «Nein!» rief er. «Notgroschen ziehen Not an – ich will keinen haben. Wer braucht Geld?» wandte er sich an die Gäste. Als keine Antwort kam, warf er die Münze mitten unter sie. Zuerst mochte niemand sie aufheben, aber dann bückte sich der steinreiche Baron Gulfing nach ihr und steckte sie schmunzelnd ein. «Geld kommt zu Geld!» sagte er.

Ich verabschiedete mich und ging. Acht Tage darauf brach das reiche Haus zusammen. Man nahm dem Unglücklichen alles, was er besaß, und es reichte nicht hin, die Schulden zu tilgen. Niemand half; auch die Zadina verließ ihn.

Bei einem Spaziergang trat er mir abermals nackt in den Weg. Ihn fror, denn wieder blies der kalte Lurdo.

«Ich bin», sprach er zähneklappernd, «von allem entblößt.»

«Man sieht es», erwiderte ich.

«Wissen Sie, was es heißt, alles zu verlieren?»

«Ich habe es vor Ihnen gewußt.»

«Helfen Sie mir!»

«Nein», sprach ich. «Ich helfe nur einmal. Leben Sie wohl!» Damit ließ ich ihn stehen und wanderte weiter. Als nackten Mann hatte ich ihn kennengelernt, als nackten Mann sah ich ihn zum letztenmal. Er ist bald danach außer Landes gegangen.

Die Zadina wurde meine Geliebte. Ich bot ihr einen bescheidenen, jedoch auskömmlichen Unterhalt, und sie willigte ein, denn ich war ja kein Fremder. Herbstliche Liebesglut zog in mein Haus – gerade das Richtige für mich. Vor zwei Jahren haben wir geheiratet, und so ist auch das Geld, welches ich einst dem nackten Manne gab, zu mir zurückgekehrt. Wie gesagt: uns Einheimischen hilft der Geist des Ortes, und unsere alten Hausgötter stehen uns bei.

Wer ist man?

Als Herr Boras um halb elf Uhr vormittags ins Erdgeschoß seines Hauses hinabstieg, kam er sich federleicht vor und verspürte unbändige Lachlust. Am Abend vorher hatte er mit einem Freunde tüchtig getrunken, zuerst Wein, dann Schnaps, dann Bier, dann alles durcheinander. Es war wohl ein bißchen viel gewesen, denn auf den Heimweg konnte er sich durchaus nicht mehr besinnen. Wozu auch? Er hatte heimgefunden, das stand fest, das genügte, er war spät aufgestanden, und nun erwartete ihn drunten das Frühstück. Das Frühstück? Das Spätstück! Erwartete das Spätstück ihn oder erwartete er das Spätstück? Vielleicht lauerten sie beide aufeinander. Die Vorstellung, daß er das listige Spätstück sogleich überrumpeln werde, erheiterte Herrn Boras, er prustete los wie ein Zerstäuber. Es war sein letztes Lachen an diesem Tage.

Im Erdgeschoß angelangt, beschloß Herr Boras, einen Blick in den Garten zu tun. Er hörte seine Frau in der Küche hantieren, doch zog es ihn zu ihr nicht hin. Leute, die früh aufgestanden sind, haben eine hohe Meinung von sich und behandeln Spätaufsteher streng, verletzend oder gar hämisch. Ein Garten hingegen ist die reine Güte; er schaut einen nicht an, sondern läßt sich anschauen. Er ist da, nur da und sehr grün. Grün aber braucht der Mensch, weil es ihn erfrischt – Grünes sehen, ist fast so gesund wie Grünes essen.

Herr Boras erging sich ein wenig im Garten. Als er zu den Himbeersträuchern kam, gewahrte er seinen Hund, der eifrig ein Loch in die Erde scharrte. Er pfiff ihm. Das Tier hielt inne, äugte und lief herbei. Anstatt aber freudig an seinem Herrn hochzuspringen, umkreiste es ihn drohend, mit bösem Geknurre und Gebell.

Er hat etwas gegen mich, dachte Herr Boras. Vielleicht wit-

tert er den Alkohol, der mir aus den Poren dunstet. «Komm
her!» befahl er und klopfte begütigend an sein Bein, doch der
Hund nahm es für eine Herausforderung – er schnappte nach
ihm, und als Herr Boras zuschlug, biß er ihn in die Hand. Zorn
packte diesen, gleich darauf aber Angst. Am Ende war das Tier
tollwütig! Er trat den Rückweg an, um mit seiner Frau darüber
zu reden. Langsam nur kam er von der Stelle, denn er mußte
den Hund im Auge behalten; einem Kreisel gleich, drehte er
sich seinem Hause zu.

«Was tun Sie in unserem Garten?» schrillte es, und als Herr
Boras sich umwandte, blickte er in das Gesicht seiner Frau. Er
konnte nicht lange hinblicken, weil er sich des Hundes erwehren mußte, der ihn nun noch ärger bedrängte.

«Martha!» rief er. «Ihr seid wohl alle verrückt geworden!»

«Noch einmal meinen Vornamen, und ich rufe die Polizei!»
Wahrhaftig, so sprach sie mit ihm. Es war nicht zu glauben: eines kurzen Rausches wegen verleugnete sie die lange Ehe.

«Wer ist der Onkel?» erkundigte sich eine Kinderstimme
Herrn Boras traf das besonders schmerzlich, denn er liebte seinen Sohn. Und nun hatte man den Jungen aufgehetzt!

«Hinaus!» rief die Frau.

«Hinaus!» schrie der Knabe, mutig im Schutz der zornigen
Mutter, und der Hund bellte dasselbe. Alle Drei rückten gegen
Herrn Boras vor. Da gab der Mann nach, wie ein Dieb verließ
er sein eigenes Grundstück.

Ratlos durchschritt er die Straße, bog um die nächste Ecke,
ging weiter, bog wieder ein und so fort, eine ganze Weile lang;
seine Gedanken wollten sich gar nicht ordnen. Plötzlich fiel
ihm ein, er könne sich vielleicht am Abend zuvor, bei der trun-
kenen Heimkehr, übel betragen und den Abscheu seiner Familie erregt haben. Wahrscheinlich war das freilich nicht, aber es
war immerhin möglich; im Rausch ist vieles möglich, eigentlich alles.

Vielleicht, überlegte Herr Boras, hat Kilch mich gestern
nach Hause gebracht, vielleicht weiß er mehr. Ich werde ihn
fragen.

Der Freund wohnte nicht weit; fünf Minuten später läutete

Herr Boras an seiner Tür. Kilch öffnete und blickte Herrn Boras kühl an. «Sie wünschen?» fragte er.

«Kilch!» rief Herr Boras. «Was soll der Unsinn?»

Der Andere zog ein spöttisches Gesicht. «Das frage ich mich auch!» sprach er und warf die Tür zu.

Selbst der Freund stand gegen ihn! Was mochte geschehen sein, daß alle Türen sich vor Herrn Boras schlossen?

Ich blicke nicht durch, gestand sich der Arme. Zu den Meinen kann ich nicht zurück, jedenfalls heute nicht, die waren gar zu böse. Wo aber soll ich nächtigen? Bei Carlo natürlich. Er ist der bessere Freund, ich hätte es wissen sollen, wir kennen uns seit der Schulzeit, das bindet.

Carlo aufsuchen, hieß eine kleine Reise tun, und daran war allmählich der Umgang mit dem Freunde erloschen. An diesem Tage aber überwand Herr Boras seine Trägheit, er fuhr eine gute halbe Stunde, bis er bei Carlos Wohnung anlangte. Auf der Treppe stolperte er. Schlecht! dachte Herr Boras. Schon den ganzen Tag stolpere ich.

Er läutete. Schritte kamen näher, die Tür ging auf, der Schulfreund zeigte sich. «Ich kaufe nichts!» sagte er unfreundlich. «Ich bestelle nichts, ich unterschreibe nichts, ich habe kein Geld. Guten Tag!» Die Tür fiel ins Schloß. Während Herr Boras die Treppe hinabstieg, überkam ihn abermals das Empfinden, er sei federleicht und schwebe. Auch die Lachlust meldete sich wieder, doch war es eine andere als vorhin.

Auf der Straße – endlich, endlich! – begriff Herr Boras, was geschehen sei: ihm war, kurz gesagt, die Gleichheit mit sich selber abhanden gekommen. Er hatte seine Vergangenheit eingebüßt wie eine Brieftasche, er konnte sich nicht mehr ausweisen. Sonderbar! dachte Herr Boras. Zwar lebe ich, doch scheint es, als hätte ich nie gelebt, denn es sind keine Spuren geblieben. Und dabei war ich von meinem Dasein so fest überzeugt! Nein, es kann keine Einbildung gewesen sein. Wie aber habe ich das alles verloren? Vielleicht durch eine ungeschickte Bewegung? Richtig, so wird's sein: ich bin aus dem Weltplan herausgerutscht und passe nun nirgends mehr hinein. Jeder Komet ist planmäßiger als ich.

Inzwischen war es ein Uhr nachmittags geworden. Obwohl Herr Boras, wie er meinte, dem Gefüge der Welt nicht mehr angehörte, spürte er Hunger, denn um diese Zeit pflegte er zu essen – sofern er überhaupt von Gepflogenheiten reden durfte. Er hielt Umschau nach einer Gastwirtschaft, doch damit stand es in dieser Gegend nicht zum besten; der abgelegene Vorort war nur zum Wohnen eingerichtet.

Trübe schritt Herr Boras an vielen Gärten, an vielen Häusern vorbei; manche ähnelten ungemein dem Hause, das er bislang für das seine gehalten hatte. Deshalb war er auch nicht sonderlich erstaunt, als eine Frau sich aus einem Fenster beugte und ihm zurief: «Zeit, daß du kommst! Die Suppe steht schon auf dem Tisch.»

Ohne lange zu überlegen, klinkte Herr Boras die Gartenpforte auf und trat ein; er hatte Hunger. An der Haustür sprang ihm ein Knabe entgegen. «Vati, es gibt Eierkuchen!»

«Fein, mein Junge!» erwiderte Herr Boras. Er streifte den Staub von den Schuhen, warf seinen Hut an den Haken, gab der Frau einen flüchtigen Kuß setzte sich zu Tisch und begann die Suppe zu löffeln. Während des Essens betrachtete er die Frau und den Jungen, vorsichtig, damit es ihnen nicht auffiel, denn sie hielten ihn offenbar für den Hausvater. Die Frau war nicht übel, und auch der Junge gefiel ihm; das Essen schmeckte gut.

Ach was, dachte er, Familie ist Familie, die Hauptsache bleibt, man hat eine. Ich kann von Glück reden, daß ich wieder untergeschlüpft bin, es sah vorhin trübe aus. Gewiß, ich habe mir die Beiden hier nicht ausgesucht, doch was sucht man sich schon aus? Man wählt ja immer, wie man muß. Nein, nein, der Tausch ist ganz gut, er verspricht sogar einiges – zumindest Abwechslung.

«Was schaust du uns so an?» fragte die Frau. «Hast du etwas auszusetzen?»

Herr Boras wischte sich die Lippen mit dem Mundtuch ab. «Im Gegenteil, alles ist in bester Ordnung.» Er griff in die Obstschale, nahm einen Apfel und begann ihn zu schälen. Bald, das wußte er, würde er sich eingewöhnt haben. Vielleicht hatte er immer schon hier gelebt und sich das andere Dasein nur eingebildet. Wer weiß schon genau, ob er träumt oder lebt?

Es läutete. «Bleib sitzen!» sprach die Frau, stand auf und ging hinaus. Da sie die Tür angelehnt ließ, konnte man genau hören, was im Flur vor sich ging.

«Wohin? Was soll das!» erklang streng die Stimme der Frau. «Sofort hinaus – oder ich rufe meinen Mann!»

«Du bist wohl nicht bei Trost!» antwortete eine Männerstimme. «Laß die Späße, ich habe Hunger.»

«Hier ist keine Armenküche. Hinaus! Ich werde Sie lehren, mich zu duzen!» Nun, der Streit ging weiter, doch nicht lange Der Mann räumte das Feld, und die Tür knallte hinter ihm zu.

Mit rotem Gesicht trat die Frau wieder ein. «Solch eine Frechheit! Und du stehst mir natürlich nicht bei.»

«Der Bursche tat mir leid», entgegnete Herr Boras. «Sicherlich plagte ihn der Hunger oder er hat unser Haus mit dem seinen verwechselt.»

«Verwechselt?» rief die Frau. «Der hat bestimmt kein Haus, auch keine Familie.»

Herr Boras erhob sich eilig. «Eben darum will ich ihm ein Mittagessen spendieren. Ich bin sofort zurück.» Er lief hinaus und holte den Fremden an der Gartenpforte ein. Der Mann war bleich vor Erregung, seine Augen blickten verwirrt.

«Ich kann mir denken», sprach Herr Boras, «wie Ihnen zumute ist, und ich will helfen.» Er zog sein Notizbuch, kritzelte eine Zeile und riß das Blatt ab. «Hier, mein Freund, haben Sie eine gute Adresse. Fahren Sie hin, aber rasch – sonst wird das Essen kalt.»

Der Andere nahm den Zettel, fand jedoch keine Worte. Er hätte sie auch nicht mehr anbringen können, denn Herr Boras enteilte bereits.

«Du bist viel zu gutmütig», meinte die Frau, als er eintrat. Herr Boras setzte sich und nahm den Apfel wieder vor. «Durchaus nicht. Ich habe nur vorsorglich gespendet. Was heute ihm passiert, kann morgen mir zustoßen.»

Am nächsten Tag fuhr Herr Boras in die Stadt und suchte die Straße auf, in der er gewohnt hatte. Als er bei seinem Hause vorbeischritt, sah er seine Frau mit dem Anderen im Garten sitzen. Die Frau strickte, der Mann las die Zeitung; beide schauten zufrieden drein. Da war auch Herr Boras zufrieden.

Ein Brief aus China

Seitdem das Ehepaar Bullgrien einen chinesischen Koch in seine Dienste genommen hatte, gab es für Frau Bullgrien im Haushalt nicht mehr viel zu tun – genau genommen: überhaupt nichts. Der Mann aus China (er hieß Wang und war von kleinem, rundlichem Wuchs) fand nämlich an der Küchenarbeit kein Genügen, sondern besorgte auch alles übrige; er hielt die Zimmer sauber, wusch die Wäsche, besserte sie aus, putzte die Schuhe, stopfte die Strümpfe und ging einkaufen. Es kam so weit, daß er das Ehepaar abends entkleidete und ins Bett brachte. Morgens half er den Beiden beim Waschen und Anziehen; nur die Zähne putzten sie selber.

Solchermaßen bedient und verwöhnt, wußte Frau Bullgrien, die vordem eine fleißige Frau gewesen war, nichts Rechtes mit sich anzufangen. Darum saß sie meistens in dem Gehäuse einer großen Standuhr und blickte durch das Glas ins Zimmer. Sie saß keineswegs bequem, weil die Standuhr (der Name sagt es) nicht zum Sitzen eingerichtet war, doch schien ihr gerade die Unbequemlichkeit eine gewisse Lust zu bereiten – wohl zum Ausgleich dafür, daß sie müßig dahinlebte. In früheren Zeiten hätte Frau Bullgrien sich in der Standuhr nicht aufhalten können, wegen des Uhrwerks und des Perpendikels, die viel Raum einnahmen und zudem Anspruch darauf hatten. Da jedoch die Uhr seit Jahren nicht mehr ging, hatte Wang die erwähnten Teile ausgebaut, um sie in seiner Freizeit, die eigentlich seine Schlafenszeit war, wieder instand zu setzen.

Herrn Bullgrien ging es besser. Er war nicht zum Müßiggang verurteilt, er übte einen Beruf aus, den Wang niemals hätte zusätzlich übernehmen können, aus Zeitmangel, aber auch aus Unkenntnis, denn der Einkauf von Spaltleder will gelernt sein. Da Herr Bullgrien seine Frau liebte, tat sie ihm leid, und

er verfehlte nie, ihr zuzuzwinkern, so oft er durch das Zimme
ging, in dem die Uhr stand. Bisweilen versuchte er sogar, si
durch Grimassen oder drollige Bewegungen zu erheitern, doch
glückte ihm das selten. Ernst, fast grämlich blickte die Frau ihr
durch das Glas an.

Als Herr Bullgrien am Sonnabend, dem neunten Februar de
laufenden Jahres, nach Hause kam, nachmittags gegen fünf Uhr
widmete er seiner Frau allerdings nur geringe Aufmerksamkeit
denn er hatte sich vorgenommen, im Garten endlich einen alten, mächtigen Baumstrunk auszuroden, der schon seit lange
Zeit sein Auge ärgerte. Zu Herrn Bullgriens großem Erstauner
hatte sich nämlich Wang nicht bereit gefunden, an seiner Stat
diese Arbeit zu verrichten. Der Garten gehe ihn nichts an, hatte er erklärt, und außerdem sei er Baumanbeter, könne also be
bestem Willen an einem solchen Frevel nicht teilhaben.

So nahm denn Herr Bullgrien einen Spaten und eine Axt zu
Hand, ging in den Garten und mühte sich ungeschickt, de
Baumstrunk freizulegen. Je mehr er grub und grub, um so ver-
zweigteres Wurzelwerk trat zu Tage; es hatte den Anschein, al
durchziehe des Baumes Unterbau den ganzen Garten. Ermüde
gab Herr Bullgrien sein Vorhaben auf und kehrte ins Haus
zurück. Nun, da eine Arbeit, von der er sich Zeitvertreib und
Spaß erhofft hatte, plötzlich entfallen war, stand er der nackter
Langeweile gegenüber und besann sich dabei auf seine Frau. Er
klopfte an die Scheibe, hinter der sie in der Uhr saß, und rief
«Ich langweile mich. Was könnte ich bloß tun?»

Frau Bullgrien überlegte nicht einen Augenblick, so daß
man vermuten darf, sie habe sich die Antwort im vorhinein zu-
rechtgelegt, freilich ohne viel Aussicht, daß jemals die passende
Frage an sie gerichtet werde. «Du könntest», erwiderte sie, und
ihre Stimme tönte dumpf aus dem Uhrgehäuse, «zum Bahnhof
fahren und jemanden abholen.»

«Wen denn?» erkundigte sich Herr Bullgrien.

Seine Frau zuckte die Achseln und sprach: «Irgend jemanden. Einen Reisenden, der gerade eintrifft. Meinetwegen einen
Mann mit einem Vollbart. Es geht ja nur darum, daß du Gesellschaft hast.»

«Du hast recht», sagte Herr Bullgrien. «Ich werde es tun.» Er setzte seinen Hut auf, ging aus dem Hause, bestieg eine Straßenbahn und fuhr zum Bahnhof. Als er dort anlangte, liefen gerade dicht nebeneinander zwei Züge ein. Herr Bullgrien stellte sich an die Sperre und hielt Ausschau nach einem vollbärtigen Mann, merkte jedoch bald, daß Bärte ganz und gar aus der Mode gekommen waren. Schnurrbärte sah er genug, wenn auch keine stattlichen, aber ein richtiger Vollbart kam ihm nicht zu Gesicht. Schon wollte er sich einem zwickelbärtigen Greis nähern, als er eines kräftigen Mannes gewahr wurde, der einen dichten, schwarzen Vollbart trug.

Kaum daß der Mann die Sperre durchschritten hatte, trat Herr Bullgrien auf ihn zu, lüftete höflich den Hut und sprach: «Darf ich Sie abholen, verehrter Herr? Hätten Sie wohl Neigung, mit mir nach Hause zu fahren und mein Gast zu sein – für heute abend oder, wenn Ihnen das angenehmer ist, bis morgen früh?»

Der Mann mit dem Vollbart blickte Herrn Bullgrien scharf an. «Ja», gab er zurück. «Ihre Einladung kommt mir sehr gelegen, ich nehme sie mit Dank an. Da ich in dieser Stadt fremd bin, ist ein wirtliches Dach genau das Richtige für mich. Lassen Sie uns gehen!»

«Wir werden lieber fahren», bemerkte Herr Bullgrien. «Es spart Zeit ein.» Der Mann nickte. «Um so besser.»

Zu Hause angelangt, fand Herr Bullgrien einen gedeckten Tisch vor, auf dem auch eine Flasche Wein stand; Wang hatte vorgesorgt. Als Herr Bullgrien den Gast mit seiner Frau bekannt machte, sah er zu seinem Erstaunen, daß diese ein anderes, schöneres Kleid trug; entweder hatte sie unterdes die Uhr verlassen oder sich das Kleid dorthin bringen lassen. Hold und puppenhaft lächelte sie hinter der Scheibe hervor und nickte freundlich, als Herr Rottacher (so hieß der Fremde) sich vor ihr verneigte.

Herr Rottacher fand nichts dabei, daß Frau Bullgrien in dem Gehäuse saß. «Die Uhr steht Ihnen vorzüglich, gnädige Frau», sagte er. «Nicht jede Frau paßt in eine Standuhr. Wird Ihnen die Zeit nicht lang?»

Frau Bullgrien schüttelte vergnügt den Kopf. «Ich bin ja selber die Zeit!» rief sie hinter der Scheibe hervor. «Uhren zeigen die Zeit an, und da diese Uhr mich herzeigt, bin ich die Zeit.»

Der kleine Scherz ward gründlich belacht. Nachdem Herr Rottacher umsonst versucht hatte, Frau Bullgrien aus der Uhr herauszulocken, setzten sich die Männer zu Tisch und taten von Wang bedient, den Speisen alle Ehre an. Frau Bullgrien ließ sich ein Gläschen Likör in die Uhr reichen, nippte daran und trällerte vor sich hin. Als Herr Bullgrien eben eine zweite Flasche Wein entkorken wollte, klingelte es. Wang ging zur Haustür und kehrte mit einem Brief zurück, der an Herrn Rottacher gerichtet war. «Wer hat den Brief gebracht?» fragte Herr Bullgrien.

«Der Postbote.»

«Seltsam!» meinte Herr Bullgrien. «Um diese Zeit kommt doch sonst keine Post. Und woher weiß man, daß Herr Rottacher bei mir ist?»

Inzwischen hatte Herr Rottacher den Brief erbrochen und gelesen. Seine Miene verfinsterte sich, er blickte Herrn Bullgrien sonderbar an.

«Ich brauche eine Axt und einen Spaten», sagte er.

«Das können Sie haben», entgegnete Herr Bullgrien. «Beides liegt draußen im Garten. Darf man fragen, wozu Sie diese Gegenstände benötigen?»

Herr Rottacher runzelte die Brauen. «Die Erklärung ist mir sehr peinlich, weil Ihr Haus mich so gastlich aufgenommen hat. Ich bin in diese Stadt gekommen, um jemanden zu erschlagen und im Garten zu verscharren, und erfahre soeben, daß es sich dabei leider um Sie handelt. Ein merkwürdiges Spiel des Zufalls!»

Bei diesen Worten erschrak Herr Bullgrien tief ins Herz hinein; Frau Bullgrien ließ das Likörglas fallen und begann zu schluchzen. Wang öffnete die Standuhr, klaubte die Glasscherben auf und trug sie hinaus.

Herr Bullgrien beschloß, um sein Leben zu kämpfen. «Wer hat Ihnen den Auftrag erteilt?» fragte er.

«Mogus .»

«Wer ist Mogus?»

«Das weiß ich nicht. Ich weiß nur, daß ich seinen Befehlen zu folgen habe.»

«Ließe sich die … die Ausführung des Befehls nicht noch ein bißchen verschieben? Wir sitzen doch so gemütlich beisammen.»

Herr Rottacher wiegte den Kopf hin und her. «Um zwei, drei Stunden – ja. Aber nicht bis morgen früh. Ich muß mit dem letzten Nachtzug zurückkehren.»

Herrn Bullgrien stand der Schweiß auf der Stirn. «Erlauben Sie», sprach er, «daß ich mich ein Weilchen im Garten ergehe? Mir ist plötzlich so heiß.»

«Tun Sie das», erwiderte Herr Rottacher. «Aber laufen Sie mir bitte nicht davon. Es hätte wenig Zweck, ich würde Sie überall aufspüren. Auch fände ich es ungastlich, wenn Sie mir meinen Auftrag erschweren wollten.»

Im nächtlichen Garten wimmelte es von kleinen Katzen, die dort ihre Spiele trieben. Herr Bullgrien sah ihnen nachdenklich zu und hätte sie gern um Rat gefragt, doch er konnte sich nicht verständlich machen, und die Katzen achteten seiner nicht. «Offenbar ein Katzenfest», sprach er zu sich selber. «Ob es wohl mit meinem Tode zusammenhängt?» Sein Fuß stieß an etwas Klirrendes; da lagen Axt und Spaten. «Katzen», setzte Herr Bullgrien seine Gedanken fort, «sind sehr ichsüchtige Tiere. Selbst wenn ich ihre Sprache beherrschte, würde ich sie wohl kaum für meinen Fall erwärmen können.»

In diesem Augenblick tauchte Wang vor ihm auf. «Ich habe alles gehört», flüsterte er. «Soll ich die Seidenschnur bringen?» Er machte die Gebärde des Erwürgens.

Herr Bullgrien erschrak aufs neue. «Für wen?»

«Für Herrn Rottacher.»

«Um Himmels willen!» rief Herr Bullgrien. «Nicht mit Gewalt! Herr Rottacher ist mein Gast.»

Wang lächelte. «Gut – dann anders.» Er verschwand im Dunkel, und Herr Bullgrien begab sich sorgenvoll in sein Haus. Obwohl man nun die zweite Flasche Wein trank und auch noch eine dritte, kam kein rechtes Gespräch in Fluß Herrn Rottachers Auftrag lähmte die Geselligkeit, er war ungesellig. Frau Bullgrien ließ sich nacheinander acht Gläschen Likör in die Uhr reichen und schlief danach ein.

Gegen neun Uhr klingelte es abermals. Herr Bullgrien ging zur Haustür. «Ich gehe mit», erklärte Herr Rottacher mißtrauisch und folgte ihm. Als Herr Bullgrien die Haustür öffnete, stand draußen Wang, in der Uniform eines Postboten.

«Wohnt hier Herr Rottacher?»

«Jawohl», entgegnete dieser.

Wang überreichte ihm einen Brief. «Aus China. Für Sie.»

Herr Bullgrien schloß rasch die Haustür. «Briefe aus China», erklärte er, «werden von chinesischen Postboten ausgetragen. So will es die Vorschrift.»

«Seltsam», meinte Herr Rottacher. «Dieser Chinese sah Ihrem Koch ziemlich ähnlich.»

Herr Bullgrien fuhr mit der Hand durch die Luft. «Alle Chinesen sehen einander ähnlich. Es ist das Chinesische an ihnen. Möchten Sie meinen Koch nochmals sehen – zum Vergleich?»

Herr Rottacher zupfte unruhig an seinem Bart. «Ich bitte darum», sprach er.

Die Männer kehrten ins Wohnzimmer zurück. Herr Bullgrien hob eine Glocke vom Tisch und läutete. Sogleich erschien Wang, als Koch gekleidet. «Räume ab!» befahl Herr Bullgrien.

«Das überzeugt mich», sprach Herr Rottacher. Er riß den Brief auf, las ihn und lächelte. «Ich bin ganz erlöst. Mogus gibt Gegenbefehl, aus China. Er schreibt mir, ich solle nicht Sie erschlagen und verscharren, sondern einen Baumstrunk in Ihrem Garten ausgraben. Das fällt mir viel leichter.»

Darin irrte er sich. Beim Schein einer Petroleumlampe, die Herr Bullgrien frohgemut in der Hand hielt, mal in der linken, mal in der rechten, arbeitete der kräftige Mann drei geschlagene Stunden hindurch, bis er seinen Auftrag erfüllt hatte. Mit knapper Not erreichte er den letzten Nachtzug. Herr Bullgrien brachte ihn zum Bahnhof und nahm gern Abschied von ihm. Als er nach Hause kam, schlief seine Frau immer noch.

So groß ist der
Unterschied nicht

Herrn Pottachs Gedächtnis war seit einigen Jahren unzuverlässig geworden – es notierte die Wirklichkeit nicht mehr getreu, sondern veränderte sie nach Willkür. Dies erklärt, warum Herr Pottach Bekannte nicht wiedererkannte und Fremde auf der Straße grüßte, als kenne er sie seit Jahren, warum er Verstorbene für lebend und Lebende für verstorben hielt. Als ein Nachbar, dessen Gruß er nicht erwidert hatte, ihn zur Rede stellte, antwortete er kühl: «Ich grüße keine Gespenster.» Hinzu kam, daß Herr Pottach Menschen oder Dinge oder Zustände, die einander bloß ähnlich waren, für gleich hielt. Er zog alle Frauen, die einen Silberfuchsmantel trugen, zu einer einzigen Person zusammen und wunderte sich, daß er ihr so häufig begegnete. Er ging aus, um einen Regenschirm zu kaufen, und ließ sich statt dessen ein Zelt ins Haus schicken. Fragte ihn unterwegs jemand nach der Neckarstraße, so wies er ihm den Weg zur Rheingasse. Seinen Zigarrenhändler, der Bungert hieß, nannte er hartnäckig Vogel, weil des Mannes Nase ihm schnabelhaft vorkam. Auf Vorhaltungen ging Herr Pottach zögernd und verlegen ein. «Gar so groß», meinte er, wenn ihm wieder eine Verwechslung unterlaufen war, «gar so groß ist der Unterschied nicht.»

Am neunten Juli des Jahres neunzehnhundertfünfzig verhielt Herr Pottach sich nicht anders als sonst – er brachte lediglich mehr zuwege. Abends zuvor hatte er auf einen Merkzettel geschrieben: «Onkel Julius (Chrysanthemen).» Als er des Morgens den Zettel erblickte, zweifelte er nicht daran, daß sein Onkel gestorben sei, und er, Herr Pottach, zum Leichenbegängnis erwartet werde. Er zog also einen dunklen Anzug an, wärmte Kaffee auf und frühstückte in der Küche, denn er wähnte sich unverheiratet. Im Treppenhaus begegnete er seiner Frau, die vom Einkaufen kam; er grüßte sie schelmisch, in der Meinung, es sei eine Untermieterin aus dem Hause. Vor der Haustür hielten zwei Wagen, ein Auto und eine Autodroschke. Das Auto gehörte Herrn Pottach, doch war ihm dies entfallen. Aus der Autodroschke stieg ein beleibter Herr und entlohnte den Chauffeur. Herr Pottach schritt an ihm vorbei. Er war noch nicht weit gekommen, da rief der Dicke hinter ihm her: «He – wo läufst du hin?»

Wieso duzt er mich? dachte Herr Pottach verwundert, ich kenne ihn ja gar nicht. Um nicht unhöflich zu scheinen, lüftete er kurz seinen Hut und bog um die nächste Straßenecke. Er hatte ganz und gar vergessen, daß sein Freund Brache, den er seit sechs Jahren nicht gesehen, sich bei ihm angesagt hatte. Der Freund wollte durch Herrn Pottachs Vermittlung ein Haus in der Stadt kaufen, denn Herr Pottach, das ist nachzutragen, war Häusermakler.

Im Blumenladen fand Herr Pottach keine schönen Chrysanthemen vor; er kaufte also einen großen, dunklen Kranz. Der Weg zum Sterbehaus war nicht weit, aber im Dahinschreiten kamen Herrn Pottach auf einmal Zweifel, ob sein Onkel wirklich gestorben sei. Hatte der Alte am Ende wieder geheiratet? Oder lebte seine Frau noch, und man feierte die silberne Hochzeit? Herr Pottach war sehr erleichtert, als er vor dem Hause, in dem sein Onkel wohnte, einen Leichenwagen stehen sah.

Während er die Treppe emporstieg, mühte er sich, Trauer und Mitgefühl über sein Gesicht zu zwingen. Im dritten Stock läutete er. Drinnen hörte man muntere Stimmen, auch Klirren, wie von Gläsern. Ein junger Mann mit weinfeuchten Augen riß die Tür auf und starrte Herrn Pottach an. Es war sein Neffe Eugen, Herr Pottach erkannte ihn ohne weiteres und freute sich dessen. (In Wirklichkeit war es ein anderer Neffe, Wolfgang, doch das ist unerheblich, wir teilen es nur der Ordnung halber mit.) «Was soll der Kranz?» flüsterte der junge Mann. Herr Pottach wies hilflos ins Treppenhaus: «Drunten – der Leichenwagen. Ist denn Onkel Julius nicht gestorben?» Der junge Mann schüttelte den Kopf: «Ach wo! Großonkel Julius feiert seinen fünfundsiebzigsten Geburtstag, das solltest du wissen. Gestorben ist Herr Wagner, der Mieter im zweiten Stock. Geh! Geh rasch, bevor dich jemand mit dem Kranz sieht!»

Verwirrt, auf den Fußspitzen, schritt Herr Pottach die Stufen hinab. Wohin mit dem Kranz? Oh, da gab es eine Lösung. Herr Pottach läutete im zweiten Stock, überreichte seine Gabe, vernahm ein Schluchzen, drückte zwei Dutzend Hände und wurde eingeladen, an dem Begräbnis teilzunehmen. Man sah in ihm einen Freund des Verstorbenen, und auch Herr Pottach kam es nun vor, als habe er Herrn Wagner gekannt, ganz gut gekannt – doch nicht gut genug, um seiner letzten Fahrt zwei Stunden Zeit zu widmen. Er hatte Glück: es klingelte, die Sargträger traten ein, und in dem allgemeinen Wirrwarr konnte Herr Pottach sich unbemerkt entfernen.

Schräg hinter dem Leichenwagen, auf der anderen Straßenseite, hielt ein Automobil. Herr Pottach, der unterdes vergessen hatte, daß er zu Fuß gekommen war, nahm an, es sei sein eigener Wagen. Als er sich ans Steuer setzte, bemerkte er auf dem Rücksitz eine schlafende Frau, offenbar seine Frau. Sie ist anhänglich, dachte er, sie begleitet mich gern durch die Stadt. Er fuhr los, hastig, denn man hatte ihn, das wußte er genau, vor eine hohe Behörde geladen – ja, vors Gericht, in eigener oder in fremder Sache, es würde sich schon herausstellen. Nun, er war natürlich von einer ganz anderen Behörde vorgeladen worden, aber Behörde ist Behörde, und da sich das Gericht herrisch in seine Gedanken schob, fuhr er eben dort hin.

Das Amtsgericht hatte viele Gänge, viele Zimmer. Herr Pottach irrte umher, in der Hoffnung, ein Fingerzeig verrate ihm, warum er herbestellt sei. In einem schattigen Gang wurden Zeugen aufgerufen, und als ein Name fiel, der seinem Namen nicht unähnlich war, meldete er sich. Im Gerichtssaal war er anfangs nicht sicher, ob der Fall ihn wirklich anging. Doch er lebte sich rasch ein, und je länger er den Angeklagten betrachtete, der sich wegen kaufmännischer Untreue zu verantworten hatte, um so vertrauter dünkte dieser ihn. Der Richter mußte Herrn Pottach dreimal auffordern, vor die Schranken zu treten, weil Herr Pottach sich den ähnlichen Namen nicht gemerkt hatte und weil der Name jetzt auch nicht mehr so ähnlich klang. Herr Pottach war inzwischen zu der festen Überzeugung gelangt, der Angeklagte sei früher sein Mitarbeiter gewesen, und so stellte er ihm ein prächtiges Zeugnis aus. Er rühmte seine Redlichkeit, seinen Fleiß, er verstieg sich zu der Behauptung, die Anklage sei haltlos und widersinnig. Derweil Herr Pottach mehr redete, als man ihn gefragt hatte, schaute der Angeklagte ihn unverwandt an, halb ängstlich, halb froh. Seine Sache, die vorher im Argen gelegen hatte, verschob sich zum Guten hin. Wir möchten nicht behaupten, daß Herrn Pottachs Aussage den Freispruch bewirkte, aber sie half doch dazu, ihn herbeizuführen.

Befriedigt, weil er einem alten Mitarbeiter beigestanden hatte, verließ Herr Pottach das Amtsgericht und bestieg den Wagen, den er für seinen Wagen ansah. Die Frau auf dem Rücksitz, seine Frau, schlief noch immer, weich in die Polster geschmiegt wie eine Katze.

Ich muß zu Onkel Julius, überlegte Herr Pottach, um die verpfuschte Gratulation wieder gutzumachen. Ich werde einen Korb mit Weinflaschen mitbringen, die sind immer willkommen.

Aber nun fiel ihm ein, daß im Geschäft eine dringende Besprechung seiner wartete. Mit wem war er wohl verabredet? Na, das würde sich ja zeigen, genau wie im Amtsgericht. Er fuhr zum Geschäft, stieg leise aus, schloß leise die Wagentür, damit die Schlafende nicht erwache, und begab sich in sein Arbeitszimmer – durch reinen Zufall, möchte man sagen, denn er setzte sich oft in Geschäftsräume, die ihm nicht gehörten, und arbeitete dort so lange, bis man ihn auf den Irrtum hinwies.

Im Besucherstuhl saß sein Freund Brache, jener, den er morgens nicht erkannt hatte. Jetzt aber erkannte Herr Pottach ihn auf der Stelle. Nicht nur dies: er wußte auch, weshalb der Andere gekommen war. Herzlich schüttelte er dem Freund die Hand; der freilich erwiderte die Begrüßung etwas mißmutig, weil er den halben Vormittag unnütz verwartet hatte. «Du willst dein Haus verkaufen», sprach Herr Pottach. «So ist es doch?»

«Im Gegenteil», entgegnete der Freund. «Ich besitze gar kein Haus, ich will hier in der Stadt eines kaufen.»

«Richtig!» rief Herr Pottach. «Es gibt ja nur die beiden Möglichkeiten: verkaufen oder kaufen.» Er klingelte, ließ sich Pläne bringen und zeigte dem Freund, was er ihm anzubieten hatte. Eine halbe Stunde später einigten sie sich auf ein Haus, das hübsch lag, gut erhalten war und nicht allzu viel kostete.

«Ich zeige es dir», sagte Herr Pottach. «Wir fahren sofort hin.»

Unterdes war die Frau im Wagen erwacht, sehr verdutzt, sich an diesem Ort zu finden. Sie setzte sich rasch ans Steuer und fuhr fort.

Kurz darauf hielt ein anderer Wagen vor Herrn Pottachs Geschäft; dieses Mal war es sein eigener Wagen, und die Frau, die ihn steuerte, war wirklich seine Frau. Sie wollte gerade aussteigen, als die beiden Männer an den Wagen traten.

«Sieh da!» sprach Herr Pottach. «Hast du endlich ausgeschlafen?» Frau Pottach zuckte die Achseln; sie zog es vor, in ihres Mannes Vorstellungen nicht einzudringen.

Herr Pottach gab seiner Frau einen Klaps. «Fahr mit, Schlafkatze – wir besichtigen ein Haus!»

Da das Haus in der Falkenstraße lag, lenkte Herr Pottach den Wagen in die Axtmannstraße, denn sein Zahnarzt, ein Dr. Axtmann, hatte eine gewisse Ähnlichkeit mit dem anfangs erwähnten Zigarrenhändler Bungert, der wiederum – wir wissen es – einem Vogel glich, wenn nicht gar einem Falken. Außerdem unterschied sich das Haus, vor dem Herr Pottach nun hielt, nicht merklich von dem Haus, das er seinem Freund anbieten wollte. Die Drei stiegen aus und besichtigten das Haus, vom Keller bis zum Speicher. Die Mieter, gutartige Leute, ließen sie gern in ihre Wohnungen ein; sie wunderten sich nur, daß der Bau den Herrn wechseln sollte. Der Freund war recht zufrieden. «Ich kaufe das Haus», erklärte er. «Wir können nachher den Vertrag aufsetzen.»

Als sie wieder an den Wagen kamen, bemerkte Herr Pottach, daß er den Bauplan hatte liegen lassen. Er ging zurück und begegnete im Treppenhaus einem Mann, der ihm den Plan reichte. «Ich bin der Hausmeister», sagte der Mann, «und habe soeben erfahren, daß Sie das Haus einem Käufer gezeigt haben. Sie sind Makler?»

«Jawohl», erwiderte Herr Pottach. «Sie möchten sicherlich gern Ihr Amt behalten?»

Der Mann lächelte. «Ich behalte es ohnehin. Das Haus ist nämlich nicht verkäuflich.»

Oh, weh – das war mißlich! Ein Blick auf den Bauplan belehrte Herrn Pottach darüber, daß er dem Freund ein falsches Haus gezeigt hatte. Er mochte aber seinen Irrtum nicht gern eingestehen, jedenfalls nicht jetzt in dem Augenblick, da der Freund zum Kauf entschlossen war. Man konnte ja später darüber reden, abends oder am nächsten Tag. Ja, morgen wollte Herr Pottach den Freund in das richtige Haus bringen und ihm einreden, es sei das nämliche, welches er besichtigt habe; die beiden Häuser glichen einander ja zum Verwechseln.

Als Herr Pottach wieder am Steuer saß, erinnerte er sich des Korbes mit Weinflaschen, den er Onkel Julius zum Geburtstag schenken wollte. Diesmal machte er Ernst damit. Er hielt vor einem Feinkostladen, erstand die Festgabe und fuhr zu Onkel Julius. Seine Frau und der Freund wollten nicht mit ihm hinaufgehen – die Frau, weil sie Onkel Julius nicht schätzte, der Freund, weil er ihn nicht kannte.

So sehen wir denn Herrn Pottach abermals die Treppe ersteigen. Als er droben klingelte, öffnete ihm wieder sein Neffe Eugen, der eigentlich Wolfgang hieß, und starrte wieder auf Herrn Pottachs Geschenk – nunmehr auf den Korb mit Flaschen. Seine weinfrohe Miene war verflogen, er sah bleich aus.

«Wo fehlt's?» fragte Herr Pottach unruhig. «Ist das kein schönes Geburtstagsgeschenk?»

Sein Neffe blickte ihm entsetzt in die Augen. «Ja, weißt du denn nicht ...»

«Was denn?» fragte Herr Pottach.

«... daß Großonkel Julius vor einer Stunde plötzlich gestorben ist – am Herzschlag – mitten in der Geburtstagsfeier.»

«Oh!» sagte Herr Pottach. «Das tut mir leid. Aber dann war der Kranz doch das Richtige.»

Der junge Mann warf die Tür zu. Herr Pottach nahm den Korb, er wandte sich der Treppe zu. Erst im zweiten Stock, vor der Tür des verstorbenen Herrn Wagner, kam ihm der Gedanke, auch bei Onkel Julius sein Beileid kundzutun; den dunklen Anzug hatte er ja an. Doch da war dieser aufgeregte Neffe und der verdammte Korb! Morgen, sagte sich Herr Pottach, morgen macht man das besser ab.

«Onkel Julius ist plötzlich gestorben», meldete er drunten und ließ den Beiden Zeit, einige Worte des Bedauerns zu finden. «Deshalb», fuhr er fort, «konnte ich mein Geschenk nicht anbringen. Das Beste wird sein, wir fahren nach Hause und trinken den Wein selber aus.»

So geschah es. Man saß gemütlich beisammen und trank und plauderte. Die kleine Feier wurde nur zweimal kurz gestört, durch Telefongespräche. Zuerst rief der Mann an, den Herr Pottach vor Gericht entlastet hatte, und bedankte sich sehr. Er war, das stellte sich später heraus, tatsächlich ein redlicher Mensch. Danach rief der Besitzer des Hauses an, das die Drei besichtigt hatten. Er ließ Herrn Pottach wissen, das Haus sei nun doch zu verkaufen. Der Hausmeister habe es noch nicht wissen können, weil der Verkauf erst zur Stunde nötig geworden sei.

«Na, also!» sprach Herr Pottach und kehrte zu seinem Glas zurück.

Wein auf Lebenszeit

Schlimm, schlimm, schlimm: das Faß war leer – leer bis zum letzten Tropfen. Es war früher zur Neige gegangen als das Leben des alten Herrn Klontig, obwohl dieser sich vor dreizehn Jahren genau ausgerechnet hatte, es werde ihm und seinem Freund Rademann zeitlebens Wein spenden. Doch in der Rechnung stak ein arger Fehler: nämlich Herrn Klontigs Annahme, er werde mit siebenundsiebzig Jahren sterben. Inzwischen war er jedoch wohlbehalten in sein achtundsiebzigstes Jahr gelangt, und da die beiden Alten munter weitergezecht hatten, brauchten sie sich nicht zu wundern, daß aus dem Faß kein Wein mehr floß. Aus war es mit ihren fröhlichen Gelagen, bei denen Herr Klontig drei Liter Wein trank und sein Freund Rademann einen Liter mittrinken durfte! Aus mit ihren närrischen Gesprächen, ihrem lauten Gesang zur Nachtzeit! Ohne Wein wußten sie nicht zu feiern.

Traurig saßen die beiden Greise in Herrn Klontigs Keller, starrten auf das leere Faß und vermieden es, einander in die Augen zu schauen. Wie sollte ihr Leben weitergehen? Fürs Essen war gesorgt, am Familientisch, aber man gab ihnen kein bares Geld in die Hand, und just dessen hätte es nun bedurft, um Wein zu kaufen – für heute abend, für morgen abend und für alle kommenden Abende. Herr Klontig schalt sich einen Toren. Warum hatte er mit fünfundsechzig Jahren seinem Sohn Haus und Hof vermacht? Warum bloß ein Dachstübchen zum Wohnen und einen Keller zum Trinken für sich behalten? Wahrlich, er hatte sich vorzeitig selbst entmündigt.

«Ich werde mit meinem Sohn reden», sprach Herr Klontig. «Er muß uns helfen, es ist seine Pflicht.»

Rademann schwieg dazu. Er wußte so gut wie Herr Klontig, daß dessen Sohn überaus sparsam war und zudem die Trinkgelage der alten Männer mißbilligte – schon allein wegen des Lärms, der ihm, seiner Frau und seinen sieben Töchtern die Nachtruhe schmälerte. Nie würde er Geld hergeben, um eine Gepflogenheit zu unterstützen, die er für ein Laster ansah.

«Ich gehe!» sprach Herr Klontig mit entschlossener Stimme. Da Rademann nichts erwiderte, verließ er den Keller, stieg ins erste Stockwerk und trat bei seinem Sohn ein.

«Wir haben nichts mehr zu trinken», erklärte er. «Das Faß ist leer.»

Sein Sohn, der im Lehnstuhl ein Nickerchen gehalten hatte, blinzelte ihm müde zu: «Was geht das mich an?»

«Es geht dich sehr viel an, denn ich habe dir vor dreizehn Jahren meinen ganzen Besitz vermacht. Du bist also mein Schuldner. Darum wirst du mir ein neues Faß Wein kaufen, und zwar sogleich, damit wir heute abend etwas zu trinken haben.»

«Ich denke nicht daran», erwiderte der Sohn. «Im Gegenteil, es freut mich, daß euer nächtliches Treiben im Keller endlich aufhört. Männer deines Alters sollten nicht trinken, sondern sich des Weines enthalten, Würde zeigen und in der Bibel lesen. Meine Töchter schämen sich deiner, man ruft ihnen auf der Straße nach, ihr Großvater sei ein Trunkenbold. Keinen Pfennig gebe ich her!»

Da drehte sich Herr Klontig auf der Stelle um, schritt hinaus und warf die Tür hinter sich zu. Seinem Freund Rademann die Niederlage zu melden, ging ihm wider den Stolz; darum entwarf er flugs einen anderen Plan. Er beschloß, den Weinhändler aufzusuchen, der ihm vor Zeiten das Faß Wein verkauft hatte. Erst unterwegs fiel ihm ein, daß jener inzwischen gestorben war. «Gleichviel!» sprach er bei sich. «Dann wende ich mich eben an seinen Sohn. Vielleicht beschämt er meinen Sohn.»

Der Weinhändler war ein freundlicher Mann. Er bot Herrn Klontig einen bequemen Sessel an, erkundigte sich nach seinem Befinden und – späterhin – nach seinen Wünschen.

«Ich habe», begann Herr Klontig, «vor einiger Zeit bei Ihrem Vater ein Faß Wein gekauft.»

Der Weinhändler nickte. «Ich entsinne mich dessen. Aber

es muß schon recht lange her sein, denn mein Vater ist vor elf Jahren gestorben.»

«Ein Weilchen mag es her sein», gab Herr Klontig zu. «Ein kleines Weilchen – obwohl mir vorkommt, als sei es gestern gewesen. Alten Leuten vergeht die Zeit rasch.»

Wieder nickte der Weinhändler. «Man sagt es. Waren Sie mit dem Wein zufrieden? Möchten Sie ein neues Faß bestellen?»

«Nein», erwiderte Herr Klontig, «ich war mit dem Wein durchaus nicht zufrieden. Ich möchte das Faß zurückgeben und an seiner Statt ein neues Faß erhalten.»

Dieses Mal nickte der Weinhändler nicht. «Ihre Beanstandung kommt ein wenig spät. Was fehlt dem Wein?»

«Er schmeckt säuerlich.»

«Das wundert mich. Vielleicht haben Sie ihn nicht richtig behandelt. Oder Ihr Geschmack hat sich geändert. Oder Sie sind ihn einfach leid geworden. Nun, wir werden den Fall untersuchen. Ich schicke Ihnen morgen meinen Kellermeister und lasse mir von ihm Bericht erstatten.»

«Es wird wenig Zweck haben», entgegnete Herr Klontig, «denn das Faß ist leer.»

Der Weinhändler machte große Augen. «Wie?» rief er. «Sie haben das ganze Faß ausgetrunken, obwohl der Wein Ihnen nicht schmeckte? Und jetzt soll ich Ihnen für ein leeres ein volles Faß liefern?»

Herr Klontig sah den Anderen streng an. «Ich habe den Wein nicht getrunken – ich habe ihn probiert. Ich hielt es für möglich, daß er mir eines Tages schmecken werde, denn ich wollte ihn ungern zurückgeben, um Sie nicht zu kränken. Aber der Wein hat mir nicht geschmeckt. Er ist zu sauer, er bekommt mir nicht. Ob ich mich am Ende doch noch an ihn gewöhnt hätte, weiß ich nicht, denn er ist ja vorzeitig zur Neige gegangen.»

«Elf oder gar zwölf Jahre haben Sie den Wein probiert!» rief der Weinhändler. «Und erst jetzt kommen Sie darauf, daß er Ihnen nicht schmeckt?»

«Dreizehn Jahre lang», berichtigte Herr Klontig. «Der Eine merkt es gleich beim ersten Schluck, der Andere erst nach einem Faß. Die Menschen sind eben verschieden.»

Der Weinhändler begann zu lachen. «Sie sind ein Schelm, Herr Klontig! Der Wein hat Ihnen prächtig geschmeckt, Sie möchten ein neues Faß bestellen und kleiden Ihre Bestellung zum Scherz in ein Narrengewand. Sie sind ein rechter Schelm!»

Herr Klontig setzte sich steif auf. «Ein Irrtum. Ich beanstande eine Weinlieferung und fordere Ersatz.»

Nun wußte der Weinhändler nicht mehr, was er von der Sache halten sollte. «Aber Sie geben mir ja meine Ware nicht zurück! Sie bieten nichts und wollen dafür sehr viel haben. Das ist nicht handelsüblich.»

«Ich gebe Ihnen das Faß zurück», widersprach Herr Klontig.

«Ja – aber leer!»

«Leer? Sicherlich, doch nur infolge meiner Geduld. Kein anderer Kunde hätte sich mit einem sauren Wein so viel Mühe gegeben.»

Der Weinhändler dachte nach. «Das große Faß in ihrem Keller», meinte er dann, «kommt mir gelegen. Ich laß es heute noch abholen und liefere Ihnen dafür ein kleines Faß mit gutem Wein. Einverstanden?»

Auf den Gedanken, daß ein leeres Faß verkäuflich sei, war Herr Klontig noch nicht gekommen. Er verbarg jedoch seine Freude darüber und sprach: «Gut, schicken Sie mir das kleine Faß – als Kostprobe, nicht aber etwa als Gegenwert für das große, leere Faß, denn mir steht ein großes, volles Faß zu.»

«Darüber kann man streiten», entgegnete der Weinhändler.

Herr Klontig erhob sich. «Nicht mit mir!» sprach er und verließ den Raum.

Der Weinhändler hielt Wort. Am späten Nachmittag rollte ein kleines Faß in Herrn Klontigs Keller, und das alte, große Faß wurde weggeholt. Wehmütig blickte der Greis dem Ungetüm nach, das siebzehntausend Liter zu fassen vermochte. Dann wandte er sich dem neuen Fäßchen zu. «Ein Zwerg!» sprach er und beklopfte es. «Aber es klingt wenigstens nicht hohl, es hat einen vollen Bauch.»

«Der hohle Klang war schrecklich», bestätigte Rademann. «Er hat mir die beiden letzten Jahre vergällt.»

Und so begannen, zum Verdruß von Herrn Klontigs Sohn, wieder die nächtlichen Gelage. Es ging dabei sogar noch etwas lauter her als vordem, denn die beiden Alten hatten nicht allein eine böse Gefahr hinter sich gebracht: sie blickten einer viel ärgeren Gefahr entgegen. Das verlangte Mut, und mutige Menschen sind nun einmal laut.

Als das Faß halb leer war, goß Herr Klontig eine Flasche Essig hinein und stattete dem Weinhändler abermals einen Besuch ab. «Sie scheinen überhaupt nur saure Weine zu führen», beschwerte er sich. «Auch der neue Wein ist sauer. Kosten Sie doch selbst einmal davon.»

Der Weinhändler ging mit. Er probierte den Wein und blickte Herrn Klontig mißtrauisch an. «Sie Schelm!» sagte er. «Ein drittes Mal legen Sie mich nicht herein. Ich ersetze Ihnen das Faß, heute noch, aber bevor ich es Ihnen schicke, probieren wir beide den Wein. Und hinterher gibt es dann keine Mäkeleien mehr!»

«So rasch kann ich einen Wein nicht beurteilen!» rief Herr Klontig. «Ich brauche Zeit, um mir ein gediegenes Urteil zu bilden.» Aber es half ihm nichts; der Weinhändler bestand auf seinem Vorschlag. Auch war nicht mehr die Rede davon, daß das große Faß zu ersetzen sei. Das neue Fäßlein wurde geprüft, für gut befunden und gegen das andere ausgetauscht. Es war kleiner als dieses, fast halb so klein, und es war das letzte Fäßlein, auf welches Herr Klontig rechnen konnte.

Drei Wochen später hatten die Alten ihr Werk verrichtet. Das Fäßlein war leer, und ob sie es auch hochkippten: kein Tröpflein kam hervor. Traurig, verzweifelt hockten sie im Keller. Dieses Mal wußten sie, daß keine Hoffnung mehr sei.

Die Stunden gingen dahin. Keiner sprach ein Wort; man hörte nur hin und wieder ein Räuspern, ein Füßescharren oder ein Stöhnen. Welch eine Nacht! Welch eine Finsternis draußen und in den Herzen der alten Männer!

Gegen elf Uhr sprang Herr Klontig plötzlich auf. «Ich hab's!» rief er und packte Rademann bei den Schultern. «Wir bilden uns einfach ein, wir hätten ein riesiges Faß im Keller, und trinken eingebildeten Wein!»

«Das kann man doch nicht», erwiderte Rademann. «Ich kann's jedenfalls nicht.»

Herr Klontig lief aufgeregt umher. «Du kannst es! Ich sage dir: du kannst es! Und du darfst fortan mehr als einen Liter trinken. Zwei Liter sollst du haben, meinetwegen auch drei! Siehst du das große Faß dort stehen? Ist es nicht riesengroß? Ist es nicht herrlich?» Er klopfte in die Luft, als sei da wirklich ein Faß. «Und ganz voll!»

Da sah auch Rademann das Faß vor sich stehen. Wahrhaftig, es war ein gewaltiger Anblick und ein tröstlicher dazu! «Ich sehe es!» schrie er. «Wir haben wieder zu trinken!»

Herr Klontig holte einen Krug, hielt ihn unter den unsichtbaren Hahn und öffnete diesen; dann füllte er den Wein in die Gläser. «Prost!» rief Herr Klontig dem Freunde zu. «Prost!» erwiderte Rademann. Sie tranken. Sie schlossen die Augen, sie schmatzten, gurgelten und nahmen noch einen Schluck. «Köstlich!» riefen sie wie aus einem Munde. Und dann tranken sie weiter.

Sie tranken so ungestüm und so viel, daß sie bald einen gehörigen Rausch hatten. Es litt sie nicht mehr auf ihren Stühlen. Sie schritten auf und ab und gossen gelegentlich, im Stehen, ein Glas Wein hinunter. Rademann versuchte umsonst, das vorgestellte Faß zu erklimmen; er glitt immer wieder ab, fiel auf den Boden und mußte von Herrn Klontig aufgerichtet werden, was aber selten gelang. Meist fiel Herr Klontig dabei gleichfalls auf den Boden, und da kein Dritter den Beiden hochhalf, blieben sie mitunter lange Zeit nebeneinander liegen, wobei sie sich jauchzend in die Rippen stießen oder an den Haaren zogen. Um wieder auf die Beine zu gelangen, krochen sie einfach zu den Stühlen hin, packten diese und stemmten sich empor. Denn kräftig waren sie ja noch, die alten Burschen – so kräftig, daß sie zum Schluß gar das Riesenfaß durch den Keller rollten. Das brachte sie in Schweiß, und so legten sie ihre Kleidung ab, bis auf die Unterwäsche. Nein, war das drollig anzusehen! Ein Jeder fand, der Andere fordere das Gelächter der ganzen Welt heraus – sie lachten, daß der Leib sie schmerzte, und als sie unbedacht ein Glas zum Munde führten, überfiel das Lachen sie aufs neue, und sie prusteten sich gegenseitig den Wein ins Gesicht.

In dieser Nacht schlief weder Herrn Klontigs Sohn, noch dessen Frau, noch eine seiner sieben Töchter. Ein einziges Mal, um vier Uhr morgens, stieg der Sohn in den Keller hinab, um dort Ruhe zu stiften, aber es war ihm kein Erfolg beschieden, denn gegen unsichtbaren Wein kommt man nicht an. Am nächsten Morgen, kaum daß der Weinhändler sein Geschäft betreten hatte, sprach Herrn Klontigs Sohn bei ihm vor und bestellte für seinen Vater, den alten Herrn Klontig, ein großes Faß Wein.

Die Belagerung

Da die Stadt Tottenburg sich weigerte, eine ihr willkürlich auferlegte, überaus hohe Steuer zu entrichten, sandte der Kaiser ein Heer aus, mit dem Befehl, die Unbotmäßige zu stürmen und zu brandschatzen. Doch die Bürger hatten rechtzeitig davon Kunde erhalten, und als das Heer anrückte, fand es eine entschlossene Trutzburg vor, die mit Vorräten reichlich versorgt war. Gedemütigt kehrte der kaiserliche Unterhändler aus der Stadt zurück: man hatte ihn nackt ausgezogen, mit Butter gesalbt, mit Safran bestäubt und ihm einen Lendenschurz aus Würsten umgehängt, zum Zeichen, daß es den Bürgern an nichts mangle.

«Das wird sich ändern!» meinte der Feldherr und ordnete eine gründliche Belagerung an. Schon am nächsten Tag zog sich rings um Tottenburg ein Gürtel aus roten Zelten und ein zweiter, engerer Gürtel aus schwarzen Kanonen. Es sah hübsch aus, wie Schmuck, wie Spiel, war aber bitterer Ernst.

Als ein Monat vergangen war und man annehmen durfte, die Hochstimmung der Bürger sei abgeklungen entschloß der Feldherr sich zum Angriff. Drei Tage lang spien die Kanonen dicke Eisenkugeln aus, und eine davon riß dem Bäckermeister Apt, der am Osttor Wache stand, den Kopf ab. Dies war der einzige Schaden, den die Stadt erlitt, und wer Apt gekannt hatte, hielt den Schaden nicht für groß. Die Mauern bröckelten unter der lebhaften Kanonade ein wenig ab, doch entstand nirgends eine Bresche. Am vierten Tag gingen die Soldaten vor, legten ihre Sturmleitern an und erstiegen sie. Doch die Tottenburger stießen die Leitern um, sie gossen brühendes Wasser und siedendes Pech über die Angreifer. Zum Schluß warfen sie alle Kanonenkugeln, die in die Stadt geflogen waren, von den Mauern herab, wie wenn sie damit sagen wollten: Da habt ihr sie zurück – versucht's noch mal! Der Sturm war mißlungen.

«Kommt Zeit, kommt Rat!» meinte der Feldherr und entschloß sich, die Stadt auszuhungern. Damit hub für die Soldaten ein träges, eintöniges Leben an, denn sie durften das Lager nicht verlassen und starrten den ganzen Tag auf die Mauern von Tottenburg, die ihnen allmählich zuwider wurden. Ihre Untätigkeit brachte sie auf absonderliche Einfälle. Viele nahmen die Gewohnheit an, von morgens bis abends zwischen der Zelten umherzuspazieren, wobei sie stets zwei Schritte vor und einen Schritt zurück machten; sie wurden argwöhnisch beobachtet von Denen, die verworrene Linien in den Boden geritzt hatten und streng darauf hielten, daß niemand diese Linien betrete. Andere wetteiferten darin, wer am besten Tierstimmen nachahmen, rülpsen, niesen, furzen, lispeln, stottern, schielen mit den Ohren wackeln oder wer am längsten auf einem Bein stehen, den Atem anhalten, sich mit den Zähnen irgendwo aufhängen, die Muskete auf der Nase balancieren könne.

Es gab Zelte, in denen man sich zum Spaß gegenseitig bestahl, um den Meisterdieb zu ermitteln; es gab Zelte, in denen man nur in Reimen redete oder die Wörter verkehrt herum aussprach; und es gab Zelte, in denen man allen Gegenständen menschliche Vornamen verlieh und sich laut mit ihnen unterhielt. Befehle, die der Feldherr erließ, drangen selten durch; entweder wurden sie absichtlich entstellt, wobei sie jeglichen Sinn einbüßten, oder sie wurden von Befehlen durchkreuzt, die der Feldherr nicht erlassen hatte. Der stärkste Mann des Lagers, ein Feldwebel, spielte auf einem kleinen Jagdhorn tagaus, tagein dasselbe Lied; er brachte alle, die in seiner Nähe hausten, fast um den Verstand. Ein Anderer hatte einen Igel gefangen und mühte sich, ihm kleine Kunststücke beizubringen, die das stachlige Tier indes nicht begriff. Dieser Mann lebte in großer Sorge, jemand könne ihm den Igel entwenden, ihn schlachten und aufessen.

Denn zugleich mit der Langeweile war der Mangel ins Lager eingezogen. Schon seit geraumer Zeit gab es keinen Wein mehr zu trinken, das Essen wurde immer karger, immer schlechter, und selbst wenn der längst fällige Sold ausbezahlt worden wäre, hätten die Marketender den Soldaten nichts anbieten können; ihre Wagen, ihre Kästen, ihre Körbe waren leer. Und das kam daher, daß der Kaiser sein Heer nicht mehr versorgte. Die Belagerer, die Tottenburg aushungern wollten, litten nun selber Hunger.

«Ohne Geld kein Krieg!» meinte der Feldherr und entschloß sich, dem Kaiser zu schreiben. Doch der Kurier kam mit dem Bescheid wieder, das Heer möge endlich die Stadt Tottenburg erstürmen und sich an ihr schadlos halten; für Nichtstuer habe man kein Geld übrig. Dies zu hören, verdroß den Feldherrn. Wie sollte er eine Stadt einnehmen, die sich einfach nicht einnehmen ließ, die besser versorgt war als seine Soldaten und es ihnen zu alledem noch deutlich vor Augen führte? In ihrem Übermut hatten die Bürger nämlich eine freche Sitte ausgeheckt: sie tafelten, weithin sichtbar, auf der Stadtmauer und tranken den Soldaten höhnisch zu. Nicht genug damit, warfen sie jeden Abend einen Korb herab, der mit köstlichen Speisen gefüllt war und die Aufschrift trug: «Dem siegreichen Feldherrn!» Es sei nicht verschwiegen, daß der Feldherr die Speisen nachts, wenn sein Schreiber zu Bett gegangen war, heimlich aufaß und daß sie ihm schmeckten. Aber eine Kränkung war das geschenkte Essen trotzdem, und der Feldherr schwor sich, sie den Tottenburgern heimzuzahlen; er wußte bloß nicht, wie.

Eines Nachts biß der Feldherr, als er gerade eine tottenburgische Taubenpastete verzehrte, auf etwas Hartes – auf eine kleine Kapsel, in der ein Brief steckte. Der Brief kam vom Bürgermeister der Stadt und schlug dem Feldherrn eine Zusammenkunft vor, die beiden Partnern nützlich sein könne. Vom Kaiser arg enttäuscht, fand der Feldherr nichts dabei, einen Einblick in die Gedanken des Feindes zu tun, und ließ den Bürgermeister wissen, er nehme seinen Vorschlag an. Die Männer trafen sich, von den Soldaten unbemerkt, in einer Felsennische bei der Stadt und führten eine lange, vernünftige, ergiebige Unterredung. Es wurde ausgemacht, daß die Belagerung hinfort nicht mehr so gründlich zu handhaben sei, sondern in ein nachbarliches Verhältnis übergehen solle. Als Gegenleistung nahm die Stadt es auf sich, den längst fälligen wie den künftigen Sold der Truppe auszuzahlen, wobei sie freilich Steuern einbehalten müsse. Auch seien die Soldaten gehalten, sich in Tottenburg durch allerlei Arbeiten, die man ihnen zuweisen werde, nützlich zu machen, denn es übersteige die Mittel der Stadt, sich ein stehendes Heer zu leisten. Dagegen sei man bereit, die Soldaten neu einzukleiden, nicht gerade unentgeltlich, doch so wohlfeil, daß die Zunft der Tuchmacher (der Bürgermeister war Tuchmacher) ihre Ware halb herschenke. Der Vertrag war segensreich. Als es ruchbar wurde, daß das Lager wieder über Geld verfüge, kamen von weither Händler und Bauern herbei und versorgten die Marketender mit allen nötigen, sogar mit unnötigen Dingen. Die Soldaten drängten sich danach, in der Stadt zu arbeiten, um feierabends an den Vergnügungen der Stadt teilzuhaben, und es gab Bürger, die freiwillig im Lager Dienst taten, um nebenbei das Kriegshandwerk kennenzulernen. Es wird auch berichtet, daß einige Mädchen aus Tottenburg zu den Marketenderinnen in die Lehre gingen, doch mag dies mehr mit den zahlreichen Liebeshändeln zu schaffen haben, die sich zwischen den Soldaten und dem Weibervolk anspannen. Derlei war unvermeidlich und nahm mit der Zeit einen gewissen Einfluß auf die Zahl der Kinder, die in Tottenburg geboren wurden. Diese Zahl wäre kaum so ansehnlich geworden, wenn die Belagerer und die Belagerten nicht so viele Feste gefeiert hätten. Übrigens kamen, wenngleich in geringerer Zahl, auch Ehen zustande.

Die nächsten Monate brachten neue Erleichterungen, vor allem für die Stadt; aber auch das Heer profitierte davon. Mußte ein Bürger in dringlicher Angelegenheit verreisen, so gab ihm der Feldherr einen Passierschein mit, der zwar befristet war, jedoch vom Reisenden unterwegs nach Belieben verlängert werden konnte. Jedesmal, wenn eine Reisekutsche durchs Lager kam, wurde sie von Soldaten umringt, die dem Abfahrenden Briefe an ihre Familien mitgaben oder – des Schreibens unkundig – ihn inständig baten, daheim Grüße auszurichten und ein bißchen nach dem Rechten zu schauen. Nicht immer kehrten die Reisenden mit guten Nachrichten zurück, denn manche Soldatenfrauen hatten sich, des Wartens müde, inzwischen mit anderen Männern zusammengetan – wohl auch mit den Reisenden selber. Übrigens sei zu deren Ehre vermerkt daß sie sich alle früher oder später wieder einstellten, wiewohl vielleicht nur aus Sorge, ihre eigenen Frauen möchten es jenen Ungetreuen nachtun.

Diese freundlichen, jedoch unmilitärischen Zustände konnten dem Kaiser auf die Dauer nicht verborgen bleiben. Allerdings währte es einige Jahre, bis er dahinterkam, warum die Belagerung keine rechten Fortschritte mache und wer nun eigentlich sein Heer besolde. Der erste Beobachter nämlich, den er an den Kriegsschauplatz entsandte, ließ sich in Tottenburg nieder, heiratete ein hübsches Weib und eröffnete das Gasthaus «Zum kaiserlichen Boten». Der zweite machte es dem ersten nach; er ehelichte die Witwe des Bäckermeisters Apt – des einzigen Opfers, welches die Belagerung bisher gefordert hatte. Erst der dritte Beobachter, ein grämlicher Mensch, setzte den Kaiser ins Bild.

Der Kaiser besaß – wir haben es erfahren – viel Langmut, aber nun war sie zu Ende. Er ernannte einen neuen Feldherrn und schickte ihn zum Heer, damit er den pflichtvergessenen Befehlshaber ablöse. Dieser nahm seine Entlassung ruhig hin. Er begab sich in die Stadt und wurde dort acht Tage später zum Bürgermeister gewählt, weil er sehr beliebt und sein Vorgänger amtsmüde war. Der neue Feldherr erwies sich als ungemein tatkräftig. Er stellte die Manneszucht wieder her; er schnürte die Stadt lückenlos ab; er ließ sie täglich beschießen. Doch er wußte nicht, daß seine Kanoniere hohle Eisenkugeln abfeuerten, die Proviant und Briefe umschlossen; er wußte auch nicht, daß unter einer Falltür im Zelt des Profos ein sehr schmaler, unterirdischer Gang zur Stadt führte. Er wunderte sich nur, daß die Stadt so zäh standhielt. Die Soldaten hatten gegen den Wandel der Dinge zunächst nichts einzuwenden; er brachte ihnen Abwechslung und doppelten Sold, denn der Kaiser entlohnte seine Truppe wieder. Mit der Zeit aber wurden sie des forschen Tones leid; sie fanden, es sei zuvor lustiger zugegangen.

Nach einem Vierteljahr hielt der neue Feldherr die Frucht für reif und machte sich daran, sie zu pflücken. Eine heftige Kanonade leitete den Angriff ein. Dann rückten die Soldaten vor, in musterhafter Schlachtordnung, und legten – wie schon vor Jahren – ihre Sturmleitern an. Dem Feldherrn lachte das Herz, als er sie gleich Ameisenzügen emporklimmen sah. Es fiel ihm wohl auf, daß sie auf keine merkliche Gegenwehr stießen, doch schob er dies auf den Schrecken oder die Entkräftung der Bürger von Tottenburg. Erst als die Soldaten, droben angelangt, ihre Sturmhauben abrissen und den Belagerten um den Hals fielen, begriff er, wie gering die Feindschaft zwischen ihnen sei. Wie groß die Freundschaft war, schloß er aus dem Riesengelächter, das von den Mauern herabschallte und offenbar ihm galt, denn er stand ganz allein vor der Stadt. So ritt er noch am selben Tage ganz allein zu seinem Kaiser zurück. Die Soldaten aber wurden allesamt gute Tottenburger, und kein Heer hat seitdem gewagt, die Stadt anzugreifen – wegen ihrer starken, kriegserfahrenen Besatzung.

Herr G. steigt aus

Die Erde ist gebirgig, hügelig oder eben, sie ist fruchtbar oder karg. Die Menschen sprechen viele Sprachen, aber sie sagen in allen Sprachen das gleiche. Sie verstehen sich nicht darauf, richtig zu leben; nur das Sterben gelingt ihnen ganz gut. Überall und immer wiederholt sich das alte Spiel – es lohnt nicht, hinzuschauen.

So etwa dachte Herr G., während er in seiner Kutsche durch die Länder rollte. Die Fenster waren dicht verhängt; nie schob Herr G. den Vorhang beiseite, nie schenkte er der Gegend, durch die er gerade fuhr, einen Blick. Er kannte das alles: den leidigen Bilderreigen und das törichte Gespreiz der Menschen. Es war angenehm dämmrig in der Kutsche, es roch nach Leder, nach dem Reisenden und auch ein wenig nach Proviant. Erst wenn es dunkelte, ließ Herr G. die Fenster herab und sog die Düfte, die Gerüche des Landes in sich ein. Er gab mehr auf seine feine Nase als auf seine müden Augen.

Vor Zeiten war auch Herr G. neugierig gewesen, wie jeder Reisende. Denn wozu reist man: wenn nicht, um die Welt zu erforschen? Wo immer ein Ort ihn lockte, hatte er dem Kutscher «Halt!» zugerufen, war ausgestiegen und so lange dort geblieben, bis er vermeinte, er habe ihn gründlich studiert. Später, nachdem die große Unlust ihn befallen, stieg Herr G. nicht mehr aus. Er hieß seinen Sekretär neben den Kutscher sitzen und wies ihn an, durch ein Sprachrohr, das in die Kutsche führte, genau zu melden, was draußen zu sehen sei; damals wollte Herr G. dies noch wissen. Eine Weile danach entließ er den Sekretär; der wortkarge Kutscher genügte ihm, ja, er war ihm schon fast zuviel. Lieber wäre es ihm gewesen, die vier Pferde hätten die federnde Kutsche – ein Meisterwerk englischer Wagenbauer – nach Gutdünken fortbewegt, ohne Zügel, ohne Lenker, irgendwohin. Doch die Pferde waren das Gängelband gewohnt und bedurften zudem der Wartung; so mußte der Kutscher bleiben.

Nachts hielt der Wagen vor einem beliebigen Gasthof an. Herr G. stieg aus, ließ sich ein Zimmer anweisen und aß allein. Dann machte er Fechtübungen und vollführte allerlei turnerische Kunststücke, eine Stunde lang, damit sein Leib, der tagsüber träge in der Kutsche saß, geschmeidig bleibe. Bereit zu sein: daran lag Herrn G. viel, wenn er auch nicht wußte, warum und wofür er sich bereit halte. Außerdem empfahl sich eine gewisse Rüstigkeit, weil man ja unterwegs mit Raubüberfällen, einem Achsenbruch oder anderen Widrigkeiten rechnen mußte. Nach den Übungen wusch Herr G. sich von Kopf bis Fuß und atmete, ebenfalls eine Stunde lang, die frische Nachtluft tief in seine Lungen ein. Dann trank er, um müde zu werden, zwei Flaschen Wein und schlief ein wenig. Am frühen Morgen, lange vor Sonnenaufgang, ging die Reise weiter.

Es bleibt unerklärt, ob Herr G. gern in der Kutsche saß oder nicht, und weshalb er, anstatt blind durch die Welt zu reisen, sich nicht lieber in eine kleine Kammer einschloß. Vermutlich liebte er die Wagengeräusche: das Rattern und Poltern der Räder, das Knirschen der Ledergurte, das leise Knarren der Deichsel. Herr G. las nie ein Buch, weder auf der Reise noch im Gasthof. Er hielt nichts von Büchern und schmeichelte sich, er wisse alles, was sie enthielten – und noch einiges dazu. Er dachte auch nicht viel nach, denn das hatte er früher gründlich besorgt, in jüngeren Jahren. Für gewöhnlich versank er in Halbschlaf und träumte, er fahre in einer Kutsche über Land; da er's ohnehin tat, hätte er sich eines von beiden, das Träumen oder das Reisen, sparen können. Manchmal redete er mit sich selbst – oder mit einem zahmen Eichhörnchen, das ihn seit einiger Zeit begleitete. Anders als seine Artgenossen, war das Tier sehr ruhig, fast schläfrig; nur deshalb konnte Herr G. es überhaupt ertragen.

Was Herrn G. bewog, sein eintöniges Leben fortzuführen, wissen wir nicht. Mußte er sich nicht sagen, daß er allmählich auf die einsamste, trübsinnigste Art der Welt altern werde – er samt der Kutsche, die seine Wohnstatt war? Vielleicht nährte er eine kleine Hoffnung, denn ganz ohne Hoffnung kann niemand leben. Welche Hoffnung aber? Wir berichteten vorhin, daß Herr G. abends, wenn es dunkel wurde, die Wagenfenster herabließ und die Gegend beroch, doch wir vergaßen zu sagen, daß er dabei eine gespannte Miene machte, als erwarte er etwas Bestimmtes. Herr G. hatte noch eine andere Eigenheit: er zog in einem fort seine Uhr hervor und sah nach, wieviel Minuten seit dem letzten Blick aufs Zifferblatt vergangen waren. Oft zählte er auch laut die Sekunden, um dann nachzuprüfen, ob die Uhr mit ihm oder ob er mit der Uhr Schritt gehalten habe. Im Hinblick auf Herrn G.'s absonderliche Lebensweise waren diese beiden Gewohnheiten, das Schnuppern und das Zeitablesen, freilich keine Eigenheiten, sondern eher das Gegenteil: natürliche Handlungen, die den Verdacht aufkommen ließen, Herr G. habe am Ende doch ein örtliches Ziel, oder er suche der Zeit, die er gemeinhin so achtlos verrinnen ließ, ein Geheimnis abzulauschen.

Eines Tages, während der Fahrt, erschien es Herrn G. plötzlich, die Zeit laufe schneller ab als sonst. Woran er dies spürte, hätte er nicht zu sagen gewußt; er spürte es eben. Er zog die Uhr zu Rate, doch das half ihm wenig, denn es war ja anzunehmen, daß auch ihr Räderwerk sich rascher bewegte. Herr G. wurde unruhig und faßte nach seinem Puls. Dabei entdeckte er, daß das Pochen seines Blutes aufs feinste mit dem Stoßen des linken Hinterrades übereinstimmte. Das war zweifellos etwas Neues. Als wolle es seinem Herrn recht geben, wurde nun das Eichhörnchen gleichfalls unruhig. Es begann, in der Kutsche umherzuklettern, zerrte den Deckel vom Proviantkorb, wühlte in den Speisen, aß aber nichts. Liefen nicht die Pferde anders als bisher? Herr G. hätte schwören können, daß sie tänzelten. Da hörte er – er traute seinen Ohren nicht – den Kutscher droben laut singen. Hatte der Kerl getrunken? Ach wo, so einfach konnte die Erklärung nicht lauten; da griff doch offenbar Eines ins Andere. Erregt öffnete Herr G. die Wagenfenster. Eine wilde, würzige Luft stieß herein und benahm ihm den Atem. Er riß die Vorhänge zur Seite; draußen lag eine Gegend, die er auf all seinen Reisen noch nie gesehen hatte.

Herr G. lehnte sich aus dem Fenster. «Wo sind wir?» rief er dem Kutscher zu.

«Ich weiß es nicht!» sang der Kutscher. «Herr, ich weiß es nicht – ich weiß es nicht!» Er fand nichts dabei, daß er sang.

In wenigen Sätzen zu sagen, worin die Landschaft sich von anderen Landschaften unterschied, ist so leicht nicht. Sie war ungemein fruchtbar, das stand fest. Ihr Laubwerk glänzte tiefgrün, gelackt, wie nach einem Gewitterregen.

Obwohl kein Wind die Baumkronen anrührte, jagten Wolkenfetzen hastig über den Himmel. Erst als die Pferde im Schritt gingen, bemerkte Herr G. eine seltsame Erscheinung. Er fand heraus, daß die Bäume, die Sträucher zusehends wuchsen oder welkten. Hier schossen junge Pappeln empor, als wollten sie es mit Spargeln aufnehmen; dort spann eine Brombeerhecke sich sachte ein, man konnte es genau verfolgen; und drüben warf ein Apfelbaum mit einem Schlag all seine Früchte ab.

Zunächst wollte Herr G. nicht glauben, was er sah, doch er mußte es wohl; er sah wirklich die Pflanzen sprießen und reifen und vergehen. Als die Kutsche wieder schneller fuhr, konnte er das Wunder nicht mehr so gut beobachten, aber er fühlte ganz deutlich, wie die Landschaft um ihn her sich mächtig regte. Das Eichhörnchen gebärdete sich indes wie toll. Er griff nach ihm, um es zu beruhigen. Da krallte es sich an seinem Ärmel fest, blickte ihn starr an und verschied. Herr G., der Leichen nicht mochte, ließ anhalten. Er trug das Eichhörnchen an den Wegrand und hob mit den Händen eine kleine Grube aus. Es war höchste Zeit, denn schon begann das Tier zu verwesen.

Daß er den Leichnam angefaßt hatte, ekelte Herrn G. In dem Wunsch, irgendwo Wasser zu finden, ging er querfeldein, auf ein Wäldchen zu, das bald ein Wald zu werden versprach: so munter wuchs es in die Höhe und in die Breite. Der Weg dorthin war ein bißchen länger, als Herr G. angenommen hatte, er bescherte ihm sonderbare Schauspiele. Ein grünes Kornfeld zur Linken wurde gelb, wurde reif, und als ein Windhauch drüber hinfuhr, legten sich die fruchtschweren Halme müde nieder. Zur Rechten standen Rebstöcke. Ihre Trauben schwollen an, platzten und verströmten roten Saft – sie kelterten sich selbst. Auch in dem Wäldchen lebte und starb sich's rasch. Junge Vögel schlüpften aus dem Ei, breiteten die Schwingen aus und flogen davon; tote Vögel fielen, mit den Tannenzapfen um die Wette, von den Zweigen herab.

Herr G. hatte Glück, er hörte ein Bächlein rauschen und sichtete es auch gleich darauf; er mußte einen steilen Abhang hinabklettern. In dem Augenblick aber, da er seine Hände netzte, wallte das Wasser auf und stieg erschreckend hurtig, als sei eine Springflut gekommen. Herr G. hatte seine liebe Not, sich bergauf zu retten; fast hätte ein Zug schwerer Fische, der gegen seine Beine fuhr, ihn hingeworfen und elend ertränkt. Von oben her, wo unterdes das Wäldchen zum Hochwald geworden war, blickte Herr G. auf einen unbändigen Fluß hinab, der Bäume mit sich fortriß und sie in seinen Strudeln zerfetzte.

Herr G. lief jetzt, er hatte es eilig, die Kutsche zu erreichen. Doch seine Beine waren, allen nächtlichen Übungen zum Trotz, nicht schnell genug. Als er – endlich, endlich! – bei der Landstraße ankam, fand er von seinem Besitz nicht mehr viel vor. Wo der Wagen gestanden hatte, lag nun ein bißchen Kehricht, ein Gemenge aus Holz, Leder und Eisen. Die Pferde hatten eine rechteckige Figur aus Knochen auf dem Boden zurückgelassen. Und der junge Holunderstrauch, der sich da mitten auf der Landstraße breitmachte: zog er etwa seinen Saft aus den sterblichen Resten des Kutschers? Herr G. wußte es nicht und hatte nur wenig Zeit, darüber nachzudenken.

Eine Stunde später keimte dicht bei dem Holunder ein Pflanzenreis hervor, das eine Birke zu werden versprach.

Drei Männer im Park

Alle Menschen haben irgendwelche Leiden, körperliche, seelische oder beides zusammen. Sie gewöhnen sich jedoch meist daran, indem sie ihre Leiden für etwas ansehen, das ihnen zugehört wie eine Eigenschaft, und unternehmen nichts dawider. Auch Herr Dreyhaupt hätte gern seine Bürde still getragen, aber er vermochte es nicht, sie drückte ihm den Atem ab. So ging er denn zu einem Arzt.

«Ich leide», sprach Herr Dreyhaupt, «unter jeglicher Art von Lärm und bin zu allem Unglück mit einem sehr feinen Ohr bedacht. Da die Welt immer lauter wird, finde ich nachgerade keinen Ort mehr, wo Stille herrscht. Gelingt es mir, dem Lärm der Straßenbahnen, der Kreissägen, der Hunde zu entfliehen, so zirpt bestimmt eine Grille in der Wand oder es quäkt ein Säugling im Nachbarhaus. Ich weiß mir keine Hilfe.»

«Aber ich weiß sie», erwiderte der Arzt. «Der Mensch ist ein Chemismus, er bedarf lediglich der richtigen Pillen. Ich werde Ihnen Pillen verschreiben, die dafür sorgen, daß Ihr Leiden erlischt.»

«Das ist nicht alles», fuhr Herr Dreyhaupt fort. «Ich leide auch an Trunksucht. Wenn der Abend kommt, greife ich zur Flasche, um mich dafür zu belohnen, daß ich einen Tag voller Lärm und Qual hinter mich gebracht habe. Ich kann den Abend kaum erwarten; deshalb sind mir die kurzen Wintertage so lieb.»

Der Arzt runzelte die Stirn. «Sie sollten den Anbruch des Abends auf der Uhr ablesen, nicht an der Dämmerung. Dann blieben Sie länger nüchtern.»

«Ich halte mich aber an die Sonne. Sobald sie untergeht, fange ich an zu trinken und höre nicht auf, bis mich der Schlaf umfängt. Manchmal gehe ich zu später Stunde noch ein biß-

chen spazieren, doch das bekommt mir nicht gut, jedenfalls
nicht, wenn ich Bäumen begegne, und Bäume gibt es fast überall. Es ist nämlich so, daß sie mir dann wie Personen erscheinen, eigentümlicher und feiner, als die Menschen es sind. Sie
reden zu mir, und ich rede zu ihnen; sie sind meine Brüder. Das
ist schön, mitunter auch spaßig, aber es strengt mich an, es bekommt mir nicht.»

«Ihre Trunksucht», sprach der Arzt, «hängt mit Ihrem
Lärmleiden zusammen. Wenn dieses behoben ist, vergeht die
Trunksucht von allein und mit ihr das Baumleiden. Ich brauche
Ihnen also keine weiteren Pillen zu verschreiben – es sei denn,
Sie wünschten Pillen gegen eine ganz bestimmte Art von
Lärm. Aber Sie mögen ja überhaupt keinen Lärm – da ist dieses
Rezept genau das richtige.»

Herr Dreyhaupt nahm das Rezept und ging davon. Er war
an diesem Tage der letzte Patient gewesen, im Wartezimmer
wartete niemand mehr. Da entschloß sich der Arzt, der ebenfalls mit seinen Leiden nicht fertig wurde, einen hochberühm-
ten Amtsbruder um Rat anzugehen.

Der berühmte Arzt wollte sich gerade zum Abendbrot setzen, ließ jedoch den Anderen in sein Sprechzimmer ein und erkundigte sich, was ihm fehle. «Ich leide», sprach der Arzt, «unter Müdigkeit. Wenn ich morgens aufwache, bin ich bereits so
müde, als hätte ich die ganze Nacht Steine gekarrt, und im
Lauf des Tages wird es noch schlimmer.»

«Nehmen Sie Pillen ein?» fragte der berühmte Arzt.

«Ich nehme fast so viele Pillen, wie ich Pillen verschreibe –
Dutzende, Hunderte, Tausende. Der Mensch ist ein Chemismus, er braucht Pillen.»

«Der Mensch ist kein Chemismus», entgegnete der berühmte Arzt. «Sie sollten das Pillenschlucken lassen.»

Der Arzt schüttelte betrübt den Kopf. «Dann kann ich mich
gleich selbst aufgeben – und damit komme ich auf mein Haupt-
leiden: ich glaube nicht mehr an die ärztliche Kunst.»

«Kein Wunder», sprach der berühmte Arzt, «wenn Ihnen
nichts anderes einfällt, als Pillen zu verschreiben und Pillen zu
schlucken! Der Mensch ist ein geistiges Wesen, er muß sich

von innen her aufbauen, Stein bei Stein. Dringen Sie nach innen, nach innen! Das Beste wäre, Sie führten Tagebuch und schrieben ehrlich all Ihre Gedanken nieder.»

«Ich denke wenig, und ehrlich bin ich auch nicht.»

«Warum fragen Sie mich um Rat, wenn Sie nicht gewillt sind, ihn anzunehmen?»

«Ich werde es versuchen», sagte der Arzt und ging davon.

Der berühmte Arzt setzte sich zum Abendbrot. Aber das Essen mundete ihm nicht, er ließ es bald stehen und starrte düster vor sich hin. Auch ihn plagten Leiden, die mächtiger waren als er, und er wußte niemanden, der ihm helfen konnte, weil niemand mehr wußte als er. Eine Stunde, zwei Stunden lang verharrte er so, und seine Gedanken drehten sich im Kreise. Gegen zehn Uhr abends stand er auf, um ein bißchen spazierenzugehen, denn das fördert die Verdauung wie die Gedanken

Er ging durch die Straßen und gelangte in einen kleinen Park. Auf einer Bank saß ein Mann. Wiewohl die Nacht sehr dunkel war, saß er da, als sei es Tag, und eben diese ungemäße Haltung bewirkte, daß der berühmte Arzt zu dem Mann Vertrauen faßte. Er näherte sich ihm, bat um Erlaubnis, bei ihm Platz zu nehmen, und wurde freundlich dazu eingeladen.

«Ich bedarf eines Arztes», sprach er, «eines großen Arztes, der mir helfen kann. Wollen Sie mir helfen, indem Sie mich in der Täuschung bestärken, Sie seien dieser große Arzt?»

Der Mann lachte leise. «Vielleicht ist es gar keine Täuschung. Jeder Mensch ist des Anderen Arzt.»

Die Antwort war in Weindunst gehüllt, doch das störte den berühmten Arzt nicht. Zwar enthielt er sich des Weines, aber er hatte gehört, dies Getränk bringe auf acht Torheiten zwei Einsichten zustande.

«Großer Arzt», sagte er zu dem Mann auf der Bank, zu Herrn Dreyhaupt, denn wir wollen nicht länger verhehlen, daß es Herr Dreyhaupt war. «Großer Arzt, mich quälen böse Leiden. Ich habe Angst vor dem Leben. Ich habe Angst vor dem Tod. Ich schlafe schlecht, fast gar nicht, weil ich nachts darüber nachdenke, was schlimmer ist: zu leben oder zu sterben.»

«Viel auf einmal», meinte Herr Dreyhaupt. «Ich kann mir

vorstellen, daß Sie da nicht zurechtkommen. Auch ich muß mir das ein bißchen durch den Kopf gehen lassen – aber an einem ruhigen Ort, hier ist es zu laut.»

«Laut?» fragte der Arzt erstaunt. «Es ist doch ganz still.»

«Still?» Herr Dreyhaupt war ebenso erstaunt. «Hören Sie nicht den Hund bellen?»

In der Tat bellte weit, weit entfernt, kaum vernehmbar, ein Hund. «Es ist ein Spitz», sagte Herr Dreyhaupt. «Vermutlich ein Zwergspitz. Die Rasse kläfft ganz besonders scheußlich.»

Der berühmte Arzt sah ein, daß man bei Lärm nicht nachdenken kann, und folgte Herrn Dreyhaupt in eine Weinkneipe. Dort war es freilich erst recht laut, doch Herr Dreyhaupt gab eine Erklärung. «Lärm», sprach er, «läßt sich nur durch Lärm vertreiben. Sie werden gleich merken, wie still es hier ist: genau wie im Zentrum eines Wirbelsturms.»

Herr Dreyhaupt behielt recht. Die beiden Männer tranken, und je mehr sie tranken, desto mehr spürten sie inmitten des Lärms die Stille. Sie vernahmen nicht einmal, was der Andere sagte. Jeder redete vor sich hin, und ihr Anliegen hatten sie ganz vergessen. Doch sie fühlten sich wohl.

Als die Kneipe geschlossen wurde, kehrten die Männer in den kleinen Park zurück und setzten sich wieder auf die Bank. Neben die Bank stellten sie einige Flaschen, die Herr Dreyhaupt vorsorglich mitgenommen hatte.

Herr Dreyhaupt entkorkte die erste Flasche und goß ein wenig Wein auf den Boden, als Weihegabe. Er trank und reichte dem berühmten Arzt die Flasche hin. Dann befiel ihn sein Leiden.

«Bäume!» rief er. «Brüder! Da seid ihr wieder. Grüß dich Gott, Ahorn! Du schaust so ernst – fehlt dir etwas? Laß dich doch von deiner Nachbarin aufheitern, der Buche – die steckt doch immer voller Späße. Und du, kleine Linde, was hast du mir heut abend zu sagen?»

So redete er in einem fort, horchte bisweilen, als vernehme er Antwort, nickte und lachte, bis ihm einfiel, daß er nicht allein auf der Bank saß. «Entschuldigen Sie», sagte er zu dem berühmten Arzt, «es ist mein altes Leiden. Die Bäume erscheinen mir wie Wesen, wie Einzelwesen. Sie reden mit mir, und ich rede mit ihnen.»

«Sie sind wirklich ein großer Arzt», entgegnete der berühmte Arzt, «und ein listiger dazu. Sie tun so, als führten Sie mir ein Leiden vor, und dabei reichen Sie mir ein Heilmittel – das habe ich wohl verstanden. Nach außen, nach außen heißt die Losung, nicht: nach innen. Ich werde es beherzigen.»

«Sie mißverstehen mich», sprach Herr Dreyhaupt. «Ich bin wirklich leidend.»

Der berühmte Arzt lachte. «Ich weiß, ich weiß! Prost!»

«Prost!» erwiderte Herr Dreyhaupt. «Glauben Sie nicht, daß die Bäume zu mir reden?»

«Aufs Wort!» rief der berühmte Arzt. «Denn zu mir reden die Büsche, die Stauden, die Blumen, die Gräser – alle reden mit mir! Noch nie war ich in so großer, so heiterer Gesellschaft.»

Herr Dreyhaupt nahm es hin, daß sein Leiden ansteckend sei, und indem er es mit dem Anderen teilte, empfand er es kaum noch als Leiden. Das verdutzte ihn. Er öffnete die zweite Flasche, schüttete die Weihetropfen hin, trank und gab die Flasche an seinen Nachbarn weiter.

In diesem Augenblick ging ein Mann durch den Park, ein Mann, der zu müde war, um schlafen zu können. Der berühmte Arzt erkannte ihn sogleich.

«Pillenschlucker!» rief er. «Können Sie mir Pillen gegen die Gesundheit verschreiben?»

Der Mann schritt davon, er mochte sich mit Betrunkenen nicht abgeben. «Alkohol», murmelte er, «nichts weiter. Der Mensch ist ein Chemismus.»

Im falschen Zug

Die Eheleute Tiegel, beide hoch in den Siebzigern, warteten auf ihren Tod. Frau Tiegel hatte entdeckt, wie bittersüß es sei, sich von der Welt abzukehren und immerfort ans eigene Ende zu denken – ans Leichenhemd, ans Begräbnis, an den ewigen Schlummer. Auch Herr Tiegel spann sich in solche Gedanken ein. Wenn die Alten spazierengingen, auf Stöcke gestützt, mit kleinen, schlurfenden Schritten, redeten sie über nichts anderes.

Damit man an ihrer letzten Liegestatt nicht spare, hatten die Beiden vorsorglich Särge gekauft, kostbare Leichentruhen aus Nußbaumholz, mit vergoldeten Griffen und Füßen. Die Särge standen in einer Kammer, ihre schweren Deckel waren schräg emporgestützt, derart, daß man hineinschauen konnte wie in aufgeschlagene Betten. Abends, vor dem Schlafengehen, zündete Frau Tiegel vier oder fünf Kerzen an, und die Eheleute weideten sich am Anblick der Särge, die so einladend aussahen und so behaglich. Ungern suchten sie ihr Lager auf; sie hätten viel lieber in den Särgen geschlafen, doch diesen Genuß verboten sie sich. Nur einmal wöchentlich, am Sonntag nachmittag, durfte Einer von ihnen sich in seinen Sarg legen, die Augen geschlossen, die Hände gefaltet, und dann oblag es dem Anderen, zu bekunden, wie feierlich sein Partner sich ausnehme.

Während Herr Tiegel mit seinem Sarg zufrieden war, sann seine Frau unablässig darauf, wie sie den ihren verschönern könne – innen, denn außen lohnte es die Mühe nicht, weil die feuchte Erde ihn ja doch zersetzen würde. Sie nähte Spitzenborten ein, sie heftete Glasblumen an den lila Taft, sie klebte Kristallspiegelchen in den Sargdeckel; das Kopfkissen wechselte sie immer wieder aus, keines war ihr schön genug. Eines Ta-

ges aber erstand sie ein herrliches Kissen aus Brokat, da
schlechthin nicht zu übertreffen war. Der Wunsch, recht bal
auf diesem Kissen zu ruhen, mag Frau Tiegels Heimgang be
schleunigt haben – sie starb eine Woche darauf.

Zwischen den Eheleuten galt es von jeher als ausgemacht
daß keiner den Anderen länger als um wenige Tage überlebe
werde. So kam sich denn Herr Tiegel wie ein Halbtoter vo
und überließ alles, was in einem Sterbehaus zu tun ist, einer ält
lichen Nichte, die schon seit Jahren bei ihm wohnte. Wie ei
grauer Bilderstreifen zog es an ihm vorüber: die aufgebahrt
Leiche, die Totenfeier in der Kapelle und die vielen Hände, di
nach seiner Hand griffen. Es erschien ihm seltsam und über
flüssig, daß er den Witwer spielen mußte, denn seine Stunde
waren ja gezählt. Erst hinterher fiel ihm ein, daß er es unterlas
sen hatte, die Vorgänge so andächtig in sich zu bewegen, wi
seine Frau es wohl getan, wenn sie sich in seiner Lage befunde
hätte; doch dazu war es nun zu spät. Betrübt, verstört saß er i
der Wohnung umher. Allein mochte er nicht ausgehen und mi
seiner Nichte erst recht nicht, weil sie sich nicht darauf ver
stand, gebührlich über den Tod zu reden.

Elf Tage nach dem Begräbnis erhielt Herr Tiegel eine An
sichtskarte von einem Mann namens Mönke, den er vor Jahre
auf einer Ferienreise kennengelernt hatte. Herr Tiegel macht
sich nicht das Geringste aus ihm, er hätte Herrn Mönke ger
vergessen, aber dieser brachte sich immer aufs neue durch An
sichtskarten in Erinnerung. Für gewöhnlich schrieb er aus de
Ferien und gedachte scherzhaft der gemeinsam verlebten Feri
en von einst; so auch dieses Mal. Herr Tiegel las die launiger
Worte mit Mißmut und drehte die Ansichtskarte um. Da wa
ein schöner, heller Strand zu sehen und dahinter das Meer
Herr Tiegel wurde traurig. «Ich werde sterben», sprach er z
sich, «ohne das Meer gesehen zu haben. Was habe ich über
haupt von dieser Welt gesehen?»

Er stellte die Ansichtskarte aufs Klavier, gegen eine Vase
Den ganzen Tag über blickte er zu ihr hin, zuerst scheu, späte
ganz unverhohlen, und als es Abend wurde, kam ihm ein Ge
danke. «Was hindert mich denn, ans Meer zu fahren? Die Rei

e ist nicht lang, ich werde sie eben noch überstehen. Wenn ich
das Meer gesehen habe, will ich zufrieden sterben.»

Die Nichte hatte nichts dawider. Im Gegenteil, es war ihr
lieb, den grämlichen, todsüchtigen Alten ein Weilchen lang
nicht erdulden zu müssen. Sie packte ihm ein Köfferchen,
leicht genug, daß er es tragen könne, und brachte ihren Onkel
zum Bahnhof.

Solange der Zug noch stand, war Herr Tiegel versucht,
rasch auszusteigen und wieder nach Hause zu gehen; er hatte
Angst vor dem Unternehmen. Als aber die Fahrt begann, ein
Gleiten anfangs, ein Wiegen dann, ein Sausen und Poltern,
wurde ihm wohler zumute. Doch der freundliche Zustand hielt
nicht vor; als ein Schaffner die Fahrkarten überprüfte, stellte es
sich heraus, daß Herr Tiegel im falschen Zug saß. Anstatt sich
dem Meer zu nähern, entfernte er sich von ihm.

Den Mitreisenden tat der alte Herr leid, der nun zwei Stun-
den hindurch – vorher hielt der Zug nicht – in die verkehrte
Richtung fuhr. Zudem stand es schlecht um die Weiterreise.
Wie immer man den Fahrplan befragte, es blieb dabei, daß
Herr Tiegel auf der nächsten Station fünf Stunden verwarten
mußte. Zweimal zwei und fünf dazu: neun Stunden unnützen
Reisens waren dem Greis auferlegt – welches Ungemach in seinem hohen Alter! Herr Tiegel sah sich auf einmal von lauter
guten Menschen umgeben; man reichte ihm gebratenes Huhn,
Früchte und ein Schnäpschen, man verkürzte ihm mit Geplau-
der die Zeit. Er kam gar nicht dazu, die mitgebrachte Wegzeh-
rung auszupacken, und ehe er sich's versah, war die Station erreicht.

Auch dort, im Wartesaal, traf er gutherzige Leute. Sobald
man aus den ängstlichen Fragen des Alten, wann und wo der
richtige Zug abfahre, sein Mißgeschick erraten hatte, wurde er
gastlich versorgt. Die Reisenden wetteiferten darin, ihn mit
spaßigen Erzählungen zu unterhalten, damit er das lange Warten nicht spüre; sie hörten sich sogar geduldig eine ziemlich
langweilige Geschichte an, die er selbst vorbrachte, und als die
fünf Stunden um waren, geleiteten sie ihn an den Zug, an den
richtigen.

Es war inzwischen Nacht geworden. Herr Tiegel konnt sich seinen Reisegefährten nicht mitteilen, leider, denn si schliefen. Er hätte wohl daran getan, ebenfalls zu schlafen; e war müde, zugleich aber aufgekratzt. Der wechselvoll ver brachte Tag ging ihm im Kopf herum, er empfand nachträglich Vergnügen an seiner Irrfahrt, am Reisen überhaupt und vor al lem am Umgang mit Menschen, die sich um ihn kümmerten «Wozu», überlegte er, «fahre ich eigentlich ans Meer? Viel leicht muß ich noch gar nicht sterben. Vielleicht war de falsche Zug ein Wink – ein Wink, das Meer zu meiden.» A der nächsten Station stieg Herr Tiegel hastig aus und wartete bis ein Zug aus der entgegengesetzten Richtung einlief. Ihn vertraute er sich an. Was sich schon einmal so gut angelassen hatte, mochte auch zum zweiten Mal gelingen.

Es gelang in der Tat. Der Schaffner stellte fest, daß Her Tiegel im falschen Zug saß, die Mitreisenden bedauerten de Greis, sie boten ihm kleine Leckerbissen an, erkundigten sich nach seinen Verhältnissen, fanden Worte der Trauer für Frau Tiegels Tod und erzählten aus ihrem eigenen Leben. Es fie Herrn Tiegel schwer, sich von ihnen zu trennen, aber es mußte ja sein, denn er hatte ein anderes Reiseziel als sie.

An der nächsten Station legte Herr Tiegel abermals eine Pause ein, eine freiwillige und gemächliche. Er wusch sich, ra sierte sich, zog ein frisches Hemd an und frühstückte in de Gaststätte des Bahnhofs. Das Frühstück bezahlte ein Herr an Nebentisch, nachdem Herr Tiegel ihn beiläufig über sein Miß geschick unterrichtet hatte. Damit nicht genug, schenkte de Herr ihm ein Kursbuch und lehrte ihn, wie man es handhabe Noch am Tage zuvor hätte Herr Tiegel sich außerstand erklärt solch vertrackte Lesekunst zu begreifen. Jetzt, da sie ihm dien lich war, machte er sie sich ohne Schwierigkeiten zu eigen. Da Kursbuch wurde sein Ratgeber.

Denn mit jenem Frühstück fing Herrn Tiegels Reiseleben an. Hinfort bestimmte nicht der Zufall, sondern ein fester Plan welche Strecke zu fahren und wo umzusteigen sei. Der Schla kam nicht mehr zu kurz, überall ließ sich ein Nickerchen hal ten. Bahnhöfe mit blitzsauberen Waschräumen gab es genug auch Wärterinnen, die gegen Trinkgeld ein Hemd wuschen oder eine Hose bügelten – Herr Tiegel kam ja alle paar Tage wieder mal vorbei.

Die immer gleiche Szene im Abteil spielte Herr Tiegel vortrefflich. Sein Schreck darüber, daß er den falschen Zug bestiegen habe, wurde immer echter, viel echter als der echte Schreck von einst. Recht gut war auch die gerührt-verschämte Miene, mit der Herr Tiegel die Reisehappen entgegennahm. Er meisterte sie sogar, wenn er enttäuscht wurde: wenn man ihm ein schlichtes Butterbrot reichte oder eine Flasche Limonade.

Es konnte gar nicht ausbleiben, daß die Eisenbahngesellschaft Kunde erhielt von dem wunderlichen Alten, der da unter dem Vorwand, er habe einen verkehrten Zug bestiegen, ständig umherreiste und sich um das Fahrgeld drückte. Hin und wieder geriet Herr Tiegel eben doch an einen Schaffner, der ihn bereits kannte, und so sprach sich die Sache herum. Reisende, die beruflich viel unterwegs waren, kamen Herrn Tiegel ebenfalls hinter die Schliche und hielten Freundschaft mit ihm. Sie vor allem waren es, die überall im Lande von dem reiselustigen Greis erzählten, und ihr Aberglaube machte mit der Zeit aus Herrn Tiegel einen Glücksbringer. Wenn es wirklich stimmte, was sie sagten, war es des öfteren vorgekommen, daß ein Zug, den der Alte verlassen, kurz darauf einen leichten oder schweren Schaden davongetragen hatte, während alle Züge, die Herr Tiegel bestieg, wohlbehalten und außerdem noch besonders pünktlich ihr Ziel erreichten.

Das war so recht eine Geschichte fürs Volk und für die Zeitungen. Es kam dahin, daß furchtsame Menschen eine Reise nur dann antraten, wenn Herr Tiegel mit von der Partie war, und da sich gegen Einbildungen nichts ausrichten läßt, gewann die Eisenbahngesellschaft den Alten dafür, regelmäßig die großen Strecken zu befahren – gegen gute Entlohnung, das versteht sich. Mit diesen Überlandreisen verglichen, waren die Zickzackfahrten von früher geradezu kindisch. Herr Tiegel wußte es so einzurichten daß er erst im letzten Augenblick auf dem Bahnsteig erschien, als die Ängstlichen ihre Koffer schon wieder ausluden. «Herr Tiegel ist da!» erscholl es den Zug entlang. «Es kann losgehen!» Freundlich grüßend schritt der Alte – er trug jetzt immer eine rote Nelke im Knopfloch und weiße Gamaschen über den Schuhen – zwei Drittel des Zuges ab. Er winkte dem Lokomotivführer zu, dem Zugführer, dem Mann mit der roten Mütze, er rief laut: «Gute Fahrt allerseits!» und stieg ein. Auf die Sekunde pünktlich, glitt der Zug aus der Halle, und alle Reisenden waren guter Dinge, denn Herr Tiegel fuhr mit ihnen.

Es war eine Auszeichnung, im gleichen Abteil zu sitzen wie Herr Tiegel. Der Alte hätte daraus ein kleines Nebengeschäft machen können, doch er tat es nicht, er stieg aufs Geratewohl in den Zug und trat ins erste, beste Abteil. Eine Zeitlang gab er allerdings der ersten Klasse den Vorzug, ihrer bequemen Sitze wegen. Als aber die Reisenden der unteren Klassen aufbegehrten, ließ er sich sogleich wieder bei ihnen sehen, denn er wollte niemanden vergrämen. Verwöhnt wurde er in allen Wagenklassen. Es sprach sich herum, was er gern aß, was er gern trank, was er gern rauchte, und auch an anderen Geschenken fehlte es nie.

Ja, Herr Tiegel hatte eine gute Zeit, er lebte munter in die Zukunft. Ans Sterben dachte er nicht mehr, und wenn ihm gelegentlich einfiel, daß daheim sein Sarg auf ihn warte, trank er eins über den Durst; das half immer. Es war aber auch nicht ungefährlich, denn wie leicht konnte es passieren, daß er sich dabei nun wirklich in den verkehrten Zug setzte.

Eines Morgens, gegen sechs Uhr, wachte Herr Tiegel auf, unruhig und von Kopfschmerzen geplagt. Das Poltern der eisernen Räder, sonst so einlullend, tat ihm weh. «Ich hätte», dachte er, «gestern abend genügsamer sein sollen.» Es war schon hell, merkwürdig hell, und die Landschaft war ganz flach, ein blaßgelber Streifen mit einem silbrigen Rand. «Hier war ich noch nie», stellte Herr Tiegel fest. Er gähnte, betrachtete seine Mitreisenden, die noch schliefen, und überlegte, ob er sich ihnen zu erkennen geben sollte.

Plötzlich erschrak er zu Tode. Er wußte mit einem Mal, daß das Silberne da draußen Gefahr bedeute, und als er langsam den Blick zum Fenster wandte, sah er seine Ahnung bestätigt:

a, da zog sich ein Strand hin, und dahinter glitzerte, perlmutt-farben, das Meer.

Nichts hinderte Herrn Tiegel, auf der nächsten Station einen Zug zu nehmen, der landeinwärts fuhr. Doch eben dies widerstrebte ihm. Er hatte das Empfinden, daß er sich, nach so viel List endlich überlistet, dem Schicksal stellen müsse. War nicht das Meer sein Ziel gewesen von Anbeginn? Nun lag es vor ihm und band ihn mit seinen eigenen Worten.

Als der Zug hielt, stieg Herr Tiegel aus und fand sich in einem kleinen Badeort. Der Feriengäste waren nur noch wenige; am Strand sammelte man die Sitzkörbe ein, denn es ging auf den späten Herbst. Herr Tiegel nahm ein Hotelzimmer; zwei Tage darauf mietete er ein abseits gelegenes Häuschen und telegrafierte seiner Nichte, sie möge ihm sofort den Sarg schicken.

Eine Woche dauerte es, bis der Sarg eintraf, und sie kam dem Alten qualvoll lang vor, denn ihn schreckte der Gedanke, er könne unterdes sterben und in einem anderen Sarg begraben werden. Dann aber stand das vertraute Stück bei ihm, und er wurde ruhiger.

Er ging täglich am Meer spazieren. Bisweilen blieb er stehen, blickte zornig auf das große Wasser hinaus und rief: «So schlag doch zu! So mach ein Ende! Ich hab dich ja nun gesehen.»

Doch es geschah nichts, er fühlte sich wohl, die salzige Seeluft bekam ihm. Nachdem ein Monat verstrichen war, ein schöner, milder Oktober, stieg in Herrn Tiegel die Hoffnung auf, daß es mit dem Sterben vielleicht noch eine gute Weile habe. Er hatte sich eben etwas eingeredet, und nun erwies es sich als falsch.

Welch herrlicher Gedanke! Herr Tiegel beschloß, ihn zu feiern. Er zog sich sorgfältig an, besorgte eine rote Nelke fürs Knopfloch und ging ins Wirtshaus. Dort trank er den ganzen Nachmittag, den ganzen Abend hindurch, bis der Wirt meinte, für Einen allein sei das zuviel, und ihn heimschickte. Drei Stunden brauchte Herr Tiegel, um das Häuschen wiederzufinden. Er hielt – und das war richtig – auf den Nordstern zu, aber der Nordstern torkelte am Firmament umher wie ein trunkener Komet. Zuhaus angelangt, konnte Herr Tiegel einer alten Versuchung nicht widerstehen: er legte sich in seinen Sarg und schlief sogleich ein.

Es wurde ein tiefer Schlaf – so tief, daß Herr Tiegel aus ihm nie wieder erwachte.

Alles für die Gäste

Auf Ferdinands Drängen hatte die geliebte Frau ihm endlich zugesagt, sie werde sich binnen einer Woche entscheiden, ob sie ihn heirate oder nicht. Ein Telegramm sollte melden, wie die Selbstbefragung ausgegangen sei. Ferdinand stand auf einem hohen Turm, der rotweiß gestreift war wie ein Leuchtturm, er spähte zur Landstraße hin. Und siehe, in diesem Augenblick radelte der Telegrafenbote aus dem Birkenwäldchen hervor und kam näher. Ferdinand war so erregt, daß er sich nicht zu rühren vermochte. Da klingelte es drunten auch schon, schrill und gebieterisch.

Ferdinand erwachte. Er stand auf keinem Turm, sondern lag im Bett, aber es klingelte wirklich. Er hörte Türen gehen, Stimmen murmeln. Dann klopfte es, und seine Haushälterin rief: «Die ersten Geburtstagsgäste sind da!» Richtig, er hatte Geburtstag, vierzig Jahre war er nun alt, das mußte gefeiert werden. Warum aber schon um sieben Uhr morgens?

Ferdinand besaß eine große Verwandtschaft und viele Jugendfreunde. Da er der Einzige war, der es zu Ansehen gebracht hatte, strömten an seinen Geburtstagen alle herbei, die ihn duzten, denn sie wußten, daß er sie üppig bewirten werde. Ein Geschenk brachte Jeder mit, doch die Meisten nahmen sich vor, das zehnfache oder gar das zwanzigfache dessen, was ihre Gabe wert war, zu verschmausen und zu vertrinken. Ferdinand ahnte es, doch er verübelte es ihnen nicht. Er sah es sogar gern, daß man ihn schädigte. Der Aderlaß half ihm gegen seine Bedenken, es stehe ihm nicht zu, mehr zu verdienen als andere Leute.

Die ersten Gratulanten hatten sich also eingefunden. Jetzt erkannte er auch ihre Stimmen, und damit waren die Störenfriede halb entschuldigt: sie kamen vom Lande, wo man bedenkenlos den ersten Frühzug nimmt. Die Tür ging auf, und Vetter Oskars vier Kinder marschierten herein. Sie stellten sich vor seinem Bett auf, sie feixten verlegen, stießen einander an und schwiegen; man erriet, daß sie eigentlich ein Gedicht aufsagen wollten.

Im Türrahmen zeigte sich der Vetter mit seiner Frau. «Die kleinen Dummköpfe!» rief er. «Sie haben kein Gedächtnis.» Ferdinand tätschelte das Jüngste. «Macht nichts. Ihr könnt euer Gedicht später aufsagen.»

Die Kinder trollten sich aus dem Zimmer. «Zieh dich gemächlich an, Ferdinand!» rief der Vetter. «Wir frühstücken, und nachher bekommst du deine Geschenke.»

Eine Gnadenfrist, dachte Ferdinand. Er verließ sein Bett und kostete die morgendlichen Verrichtungen wohlig aus: das Baden, das Rasieren, das Anziehen. Als er den Eßraum betrat, frühstückte des Vetters Familie noch immer. Ferdinand setzte sich dazu und trank eine halbe Tasse Kaffee, die man eigens für ihn aufgespart hatte. Dann bekam er seine Geschenke – einen Zigarettentöter aus Messing und einen Salzstreuer. Ferdinand bedankte sich herzlich bei seinen Gästen. Um sie zu erfreuen, drückte er seine Zigarette mit dem Zigarettentöter aus und lobte das nützliche Gerät.

Vetter Oskar befahl den Kindern, ihr Geburtstagsgedicht herzusagen. Als es ihnen abermals mißlang, verließ er zornig das Zimmer und nahm ein warmes Bad, weil er zu Hause kein Badezimmer hatte. Dagegen ließ sich nichts sagen; es war jedoch nicht recht von ihm, daß er vorher der Haushälterin seine Hosen zum Aufbügeln gab. Die Arme wußte ohnehin nicht, wie sie ihre Arbeit meistern sollte.

Die meisten Gratulanten kamen gegen elf Uhr, denn um diese Zeit wurden Getränke angeboten. Sie lieferten ihre Gaben ab, wie man ein Eintrittsgeld erlegt, und machten sich sogleich über die kalten Platten her. Sechs Gäste schenkten Zigarettentöter aus Messing, drei Gratulanten brachten Salzstreuer mit. Vetter Oskar ärgerte sich darüber, er schätzte Nachäffer nicht. Kaspar, ein Jugendfreund des Hausherrn, war unterwegs in einen Hagelschauer geraten und überreichte Ferdinand ei-

…en Gummibaum, der keine Blätter mehr besaß. Onkel Walter schenkte Ferdinand einen kupfernen Aschenbecher, den Ferdinand ihm vor zwei Jahren geschenkt hatte; dem alten Mann war dies entfallen. Ferdinand machte gute Miene zu den kärglichen Gaben. Insgeheim aber war er traurig, weil niemand ihm mitbrachte, was er seit Jahren ersehnte: einen Tabaksbeutel aus Leder. Er hätte ihn kaufen können, gewiß, aber er wollte ihn nun einmal geschenkt haben.

Sooft es klingelte, regte sich in Ferdinand die Hoffnung, es sei der Telegrafenbote. Es waren jedoch stets Gratulanten, die ihre Gaben gegen ein Festessen einzutauschen wünschten. Sie kamen nicht vergebens, Ferdinands Haushälterin bereitete ihnen ein köstliches Mittagsmahl. Als man beim Obstsalat war, erschien Onkel Valentin, der sich im Weinkeller umgetan hatte.

Er stellte vier Flaschen hart auf den Tisch. «Da!» rief er. «Das Beste behält er im Keller, und uns setzt er kleine Weine vor!» Alle blickten vorwurfsvoll auf Ferdinand, der sich schämte – ohne Grund, denn man trank einen achtbaren Tropfen.

Nach Tisch wurden die Gäste müde und legten sich hin. Ferdinand, der seit dem frühen Morgen müde war, fand sein Bett besetzt; Vetter Oskars Familie lag darin und schnarchte abscheulich. Da kam ihm der Gedanke, Kissen in die Badewanne zu breiten und dort ein wenig zu ruhen. Doch der Raum war verriegelt, und durch die Tür hörte man ein leises Plätschern; abermals hatte Vetter Oskar einen Nachäffer gefunden. Ferdinand ging in die Küche und trank stehend drei Täßchen Mokka. Seine Haushälterin blickte erschöpft drein, sie sprach kein Wort mit ihm.

Nachmittags kamen neue Gäste. Da ihnen das Mittagsmahl entgangen war, fielen ihre Geschenke bescheidener aus als die vom Vormittag. Zwar wurden noch einige Zigarettentöter abgegeben, aber sie waren aus Gußeisen; einen ledernen Tabaksbeutel schenkte niemand. Gelächter erhob sich, als Tante Ida ihre Gabe auspackte. In ihrer Armut war die Gute darauf verfallen, Ferdinand einen ausgestopften Iltis zu schenken, der seit Jahrzehnten in ihrem Stübchen hing. Weil das Tier schon recht kümmerlich aussah, hatte sie ein buntes Kleidchen genäht, das ihm drollig zu Gesicht stand. «Sing uns etwas vor, Tante Ida!» sprach Vetter Oskar. «Ja!» riefen die Anderen. «Sing uns ein Lied!» Vor Zeiten war Tante Ida eine gute Sängerin gewesen, jetzt war sie es nicht mehr, und gerade deshalb sollte sie singen, den Gästen zum Spaß. Tante Ida zierte sich. Nachdem aber alle auf sie einredeten, gab sie nach und ließ ein dünnes, piepsiges Stimmchen vernehmen. Sie kam nicht weit, ein gewaltiges Lachen übertönte ihren Gesang.

Als sie begriff, daß man sie gefoppt hatte, zog sie ihr Taschentüchlein und betupfte sich die Augen. Da nahm Ferdinand sie in seine Arme. «Laß sie lachen, Tante Ida!» sprach er «Ich habe mich an deinem Lied erfreut.»

Es klingelte, und die Haushälterin brachte Telegramme herein. Vetter Heinz riß sie ihr aus der Hand. «Gratulationen!» rief er. «Das geht uns alle an!» Er stieg auf einen Stuhl und öffnete den ersten Umschlag.

«Halt!» sprach Ferdinand, der annahm, die erwartete Nachricht sei dabei.

Doch Jener ließ sich nicht stören, er verlas ein Telegramm nach dem anderen. Es waren in der Tat lauter Geburtstagstelegramme, bis auf eines. «Seltsam!» sagte er. «Hier steht nur ‹Nein› – sonst nichts.»

Ein böser Schmerz durchfuhr Ferdinand; er mußte sich hinsetzen. «Wer ist der Absender?» rief man, aber Vetter Heinz hörte nicht hin, er stopfte die Telegramme in seine Rocktasche verließ den Stuhl und drängte sich an den Tisch, auf dem die Schnapsflaschen standen.

Ferdinand brauchte ein Weilchen, bis er sich wieder erheben konnte. Schweren Schrittes begab er sich zu Vetter Heinz und zog ihm die Telegramme aus der Tasche. Gleich darauf hätte er den Burschen fast umarmt; das Telegramm war geschäftlicher Art, es kam von einem Manne, der den Grundsatz hatte, man müsse sich so knapp wie möglich äußern.

Da es viel zu trinken gab, tranken die Gäste viel. Am meisten hatte Vetter Heinz getrunken, doch das ahnte Ferdinand nicht – er hätte ihn sonst nicht ermuntert, noch ein paar

Schnäpschen zu nehmen. Eben diese aber machten das Maß voll, sie stürzten den Vetter in düsteren Trübsinn. «Ich bin ein erbärmlicher Mensch!» schluchzte er und lehnte sich an Ferdinands Schulter. «Ich tauge nichts, ich lasse meine Familie darben!»

Das ertrug Ferdinand nicht. Obwohl auch er fand, der Vetter tauge nichts, bot er ihm ein Darlehen an. Da schluchzte Vetter Heinz noch lauter und küßte dem Hausherrn die Hände, zum Zeichen, daß er das Darlehen nicht zurückweise. Alle, die umherstanden, zürnten dem Vetter. Jeder von ihnen hatte mit dem Gedanken gespielt, Ferdinand anzuborgen, und nun war ihnen der Trunkenbold zuvorgekommen. Die Stimmung sank. Sie hob sich erst wieder, als Vetter Heinz den Tisch umwarf, auf dem die Schnapsflaschen standen, und in die Scherben fiel.

Einige Gäste verspürten Hunger und gingen in die Küche, an den Vorratsschrank. Die Haushälterin wies die Eindringlinge hinaus, es kam zu einem bösen Streit. Alle waren beleidigt, alle schrien durcheinander; Onkel Valentin hieß Ferdinand einen Geizhals, bei dem man sich nicht satt essen dürfe. Als die Haushälterin das hörte, brach sie in Tränen aus und kündigte.

«Ja, laß sie nur gehen, die widerliche Person!» rief Onkel Valentin. Ferdinand erschrak. Er schätzte seine Haushälterin über alles und konnte sich das tägliche Leben ohne sie nicht vorstellen.

«Wähle, Ferdinand!» schrie Onkel Valentin. «Wähle zwischen ihr und uns!»

Das war ein unbedachtes Wort, denn nun hatte Ferdinands Geduld ein Ende. «Ich entscheide mich», sprach er mit fester Stimme, «für meine Haushälterin.»

«Gut!» rief Onkel Valentin. «Dann gehen wir!»

Und sie gingen tatsächlich, das Haus leerte sich im Nu. Niemand reichte dem Gastgeber die Hand.

Obwohl es in den Räumen schlimm aussah, waren sie Ferdinand noch nie so heimelig erschienen wie jetzt. Er begann, die Aschenbecher zu leeren.

Da klingelte es. «O Gott!» murmelte Ferdinand. «Sie haben sich anders besonnen, sie kehren zurück!» Er öffnete die Haustür.

Draußen stand die Frau, die er liebte. «Mir ist eingefallen», sprach sie, «daß du heute Geburtstag hast.» Eintretend reichte sie ihm ein kleines Päckchen. Als er das Papier auseinanderriß, kam ein Tabaksbeutel aus Leder zum Vorschein.

Bruder Hans

Als mein Bruder eine Frau nahm, meldete die Heiratsanzeige, er heiße mit Vornamen Hans. Er heißt aber Joachim. Als ich in den Ehestand trat, geschah das gleiche: die Anzeige gab mir den Vornamen Hans, obwohl ich Stefan heiße. Ärgerlich ging ich in die Druckerei und fragte den Setzer, warum er so liederlich arbeite. Der Mann kramte den Zettel heraus, den ich tags zuvor bei der Druckerei abgegeben hatte; man las ganz deutlich: Stefan.

«Sonderbar», sagte der Setzer und kratzte sich an der Backe. «Ich möchte schwören, daß hier gestern ‹Hans› zu lesen stand. Vielleicht steht es auch eigentlich da.»

«Eigentlich?» fragte ich. «Was soll das heißen?»

Der Setzer fuhr mit dem Daumen über den Vornamen, als wolle er ihn wegwischen oder verwandeln; natürlich gelang es ihm nicht. «Entschuldigen Sie», sagte er. «Ich habe mich vertan.»

In den Jahren darauf kamen Briefe, die an Hans Therbusch gerichtet waren. Therbusch hießen wir alle, aber niemand trug den Vornamen Hans; auch unser Vater, der im selben Haus wohnte, trug ihn nicht. Da wir ordentliche Leute sind, gaben wir dem Postboten die Briefe ungeöffnet wieder mit; wir merkten uns die Namen der Absender nicht. Ach, hätten wir bloß die Briefe behalten und gelesen und bei den Absendern nachgefragt, wer Hans Therbusch sei! Später waren wir durchaus bereit, das Unschickliche zu tun, doch da kamen solche Briefe nicht mehr.

Ich kannte den Stammbaum meiner Familie recht gut und wußte, daß der Vorname Hans häufig war. Noch unser Urgroßvater hatte so geheißen; seither trugen wir hübschere Namen. Indem ich grübelte, wie der zudringliche Hans sich erkläre, kam mir der Verdacht, es handle sich um ein lediges Kind, das uns verschwiegen und irgendwo auf dem Lande heimlich aufgezogen worden sei. Am Ende hatte unser Halbbruder selbst jene Briefe abgesandt, damit die Familie sich seiner erinnere und ihn bei sich aufnehme.

Ich besprach mich mit meinem Bruder. Dabei stellte sich heraus, daß ihm Ähnliches durch den Sinn gegangen war. An einem Sonntagvormittag, gleich nach dem Kirchgang, stiegen wir in die Mansardenwohnung unserer Eltern hinauf. Derweil mein Bruder Joachim die Mutter unter einem Vorwand in die Küche lockte, trug ich dem Vater in aller Ehrerbietung und sehr behutsam vor, was uns so inständig bewegte.

Der alte Mann schüttelte den Kopf. «Unsinn, mein Junge!» sagte er. «Es gibt keinen Hans in unserer Familie, und erst recht keinen verleugneten Hans. Schlagt euch das aus dem Kopf!» Er sagte es, aber sein Tonfall überzeugte mich nicht. Mir war, als sei der Vater im Innern erschrocken und habe, um dies zu verbergen, so ungewohnt forsch gesprochen. Nie zuvor hatte er «mein Junge» zu mir gesagt; warum tat er es nun?

Ich berichtete meinem Bruder, wie die Unterredung abgelaufen sei. Er wiederum wußte mitzuteilen, die Mutter habe in der Küche unruhig zum Nebenzimmer hingehorcht, als ahne sie, daß da drüben ein heikler Gegenstand verhandelt werde. Diese Beobachtung wog jedoch nicht viel, denn unsere Mutter war eine neugierige Frau. Sie hatte ihr Leben lang wissen wollen, was im Nebenzimmer gesprochen wurde, und oft genug das Ohr ans Schlüsselloch gepreßt. Nein, des Vaters forscher Tonfall und das unruhige Hinhorchen der Mutter waren verdächtig nur durch den Verdacht, den wir Brüder mitgebracht hatten. Es lag kein Sinn darin, die ungenauen Erkundungen fortzusetzen, und so beschlossen wir, daß zwischen uns von Hans nie mehr die Rede sein solle.

Wir beschlossen es, doch Bruder Hans ließ uns nicht in Frieden. Meine Frau und ich träumten fast in jeder Nacht von ihm, und da wir nicht übereingekommen waren, zu schweigen, tauschten wir morgens unsere Träume aus – in der Hoffnung, mit ihrer Hilfe ein Konterfei des unsichtbaren Mannes zu gewinnen. Ebendas aber erwies sich als schwierig, denn Bruder Hans änderte immerfort sein Aussehen, er war in unseren Träumen abwechselnd ein kräftiger, blonder Mann, ein hagerer Greis, ein schwarzer Kater, ein Pferd, ein Räuchermännlein aus Holz oder eine Matrone mit dunklem Bartflaum. Man erhielt kein rechtes Bild von ihm.

Ich zweifelte nicht, daß meine Eltern, mein Bruder und seine Frau gleichfalls von Bruder Hans träumten. Wiewohl sie darüber schwiegen, merkte man es ihnen an. Zudem stellte ich sie auf die Probe. Damals traf ich mich einmal in der Woche mit meinem Schulfreund Hans T. Ich nutzte dies, indem ich im Familienkreis unvermittelt den Schulfreund erwähnte, und zwar so, daß der erste Satz nicht gleich erkennen ließ, von welchem Hans ich sprach. Sobald der Vorname fiel, zuckten alle mit den Wimpern; da wußte ich, womit sie sich insgeheim befaßten.

Daran fand ich nichts Besonderes. Erstaunt war ich erst, als sich herausstellte, daß unsere Kinder – meine eigenen und die meines Bruders Joachim – untereinander freiweg von Onkel Hans redeten, wie wenn er zum Hausstand gehöre. Befragte man sie, wo Onkel Hans wohne und wie er aussehe, wurden sie unsicher. Sie blickten verlegen fort, doch nicht wie Kinder, die man des Flunkerns überführt, sondern als ob sie sich an unser Statt des unziemlichen Verhörs schämten. Eine Zeitlang brachten die Kinder ein kleines, scheues Mädchen zum Spielen mit ins Haus. Ich fragte meinen Neffen, einen Sechsjährigen, wie des Mädchens Vater heiße, und er antwortete: «Ich glaube, er heißt Hans.» Der Junge merkte aber gleich, daß ich stutzte, und setzte flink hinzu: «Er heißt mit *Nachnamen* Hans – Herr Hans heißt er.» Am nächsten Tag blieb das Mädchen fort und ließ sich hinfort nie wieder sehen. War eine leibhaftige Nichte in unserem Haus gewesen? Ich wußte es nicht, ich wußte es wirklich nicht, doch kam es mir hinterher vor, als habe das Kind unseren Kindern geähnelt.

Jetzt, nachdem so viel Zeit vergangen ist, will ich offen bekennen, was damals keiner von uns zugegeben hätte. Wir träumten nicht nur des Nachts von Bruder Hans, wir dachten auch tagsüber unaufhörlich an ihn und bezogen ihn in unser Leben ein. Die Eltern pflegten mit ihm innigeren Verkehr als mit uns. Gewiß, er war nicht sichtbar und greifbar wie wir; doch was hatten die alten Leute schon von verheirateten Söhnen, die ihnen allenfalls ein halbes Auge, ein halbes Ohr liehen und sich im übrigen nur um ihre eigene Familie kümmerten? Obwohl die Sippe Therbusch einträchtig im selben Hause wohnte, hatten wir Brüder die Eltern regelrecht verlassen. Darum war Bruder Hans ihr ganzer Trost; wann immer sie ihn beschworen, ließ er sie seine Nähe spüren.

Doch irrten die Alten, wenn sie vermeinten, Hans gehöre ihnen ungeteilt. Auch wir Brüder, die wir in der Welt etwas galten – auch wir waren nichts ohne ihn. In seiner stummen Gegenwart fühlten wir uns geborgen, und sobald es etwas Wichtiges zu entscheiden gab, wandten wir uns an ihn. Seine Antworten hörten wir nicht, wir mußten sie erraten; aber wir wußten, ob wir sie richtig erraten hatten oder nicht. Unsere Frauen hingegen gaben vor, Bruder Hans rede vernehmlich zu ihnen, und die Kinder unterhielten sich ständig mit jenem, den sie Onkel Hans nannten.

Mit der Zeit hörten wir Brüder ebenfalls seine Stimme. Wir hörten sie nicht wie etwas, das aus dem Raum ans Ohr dringt, sondern wie Klänge, die ein Musiker vernimmt, wenn er Noten liest; in uns hörten wir ihn. Man glaube nicht, daß er oft zu uns sprach und alles besser wußte als wir, oder gar, daß er sich zum Richter über uns erhob; das hätten wir nicht ertragen. O nein, er redete selten und wenig und bedächtig, mitunter sogar stockend, als sei er seiner Sache nicht ganz sicher. Im allgemeinen riet er zum Guten, zum Versöhnlichen, doch nicht immer und nicht um jeden Preis. Er wußte, daß unserer Natur da Grenzen gesetzt sind. Ohne geradezu den Mittelweg einzuschlagen, war er für Zugeständnisse und Vergleiche durchaus zu haben. Er war menschlich; deshalb mochten wir ihn.

Ohne jede Absprache kam es dahin, daß wir ihm das einzige Gastzimmer des Hauses als Wohnstatt zuwiesen. Logiergäste nahmen wir fortan nicht mehr auf, unsere Freunde mußten im Hotel übernachten. Sein Bett war stets sauber aufbereitet. Die

Blumen in den Vasen wechselten, sobald ihre Frische vergangen war; übrigens hielten sie sich in seinem Zimmer besonders lange. Zu Weihnachten standen auf dem Tisch Geschenke. Aber auch am dreizehnten Juli standen sie da, weil dieser Tag aus Gründen, die niemand zu benennen wußte, als sein Geburtstag galt. Meist blieben die Geschenke lange Zeit stehen. Wiewohl unberührt oder nur vom Stubenmädchen abgestaubt, erweckten sie dennoch den Eindruck, als habe sich jemand an ihnen erfreut. So pfleglich, wie die angewelkten Blumen weggeschafft wurden, verschwanden nach einiger Zeit auch die Geschenke. Besorgte dies in aller Heimlichkeit die Familie oder holte Bruder Hans sich die Gaben? Es war nicht herauszufinden, weil jeder von uns seinen Umgang mit ihm vor den Anderen verbarg.

Die Eltern trieben es noch wunderlicher als wir. Längst stand an ihrem Eßtisch ein bekränzter Stuhl, auf dem niemand sitzen durfte; unschwer erriet man, wem er zugedacht war. Wenn wir sonntags den Eltern unsere Aufwartung machten, sprachen sie nie von Bruder Hans; um so nachdrücklicher schwiegen sie über ihn. Als sie, hochbetagt, kurz nacheinander starben, fand sich in ihrem Testament ein Legat für «unseren Sohn Hans, der uns durch freundliche Zusprache und geduldige Liebe die letzten Lebensjahre verschönt hat». Das Legat wartet noch heute auf Einen, der es in Anspruch nimmt.

Was ich erzähle, liegt viele Jahre zurück. Mein Bruder und ich nähern uns den Fünfzigern, die Kinder verlassen nächstens die Schule. Es hat sich manches begeben in unserer Familie, doch haftet allem, was sich begeben hat, etwas Zufälliges an; ebensogut hätte es anders verlaufen können. Das allein Sinnvolle war der Umgang mit Bruder Hans.

Unser Verhältnis zu ihm, gleichmäßig im großen Ganzen, wechselte bisweilen – es pendelte sacht um den Ruhepunkt. Es gab Zeiten, in denen wir uns an ihm ärgerten und nicht auf seinen Rat hörten. Schwieg er, gekränkt oder betrübt, wurden wir unruhig und atmeten erst auf, wenn er wieder zu uns gesprochen hatte. Meine Schwägerin erzählte eines Tages, er sei ihr erschienen, und sie beschrieb ihn genau, nach Weiberart. Aber wir glaubten ihren Worten nicht und einigten uns darauf, es sei besser, wenn er so ungesehen bleibe, wie er es bisher gewesen war. Mein ältester Sohn gefiel sich plötzlich darin, das Dasein unseres Hausgenossen zu leugnen. Zwei Wochen später berichtete er erschrocken, Onkel Hans habe vor ihm all seine Leugnungen spöttisch wiederholt, Satz um Satz, wie ein Protokoll.

In manchen Monaten sprachen wir viel von ihm, in anderen Monaten verboten wir es uns. Aber wir lebten immer mit ihm.

So war es bis vor einem halben Jahr. Seither, seit jener Sturmnacht hören und spüren wir Bruder Hans nicht mehr. Damals brauste ein Orkan, der die Bäume wie Gerten niederbog. Er fegte Schindeln vom Dach, zerschlug das Fenster des Gastzimmers und blies die Geschenke vom Tisch. In den Tagen danach hing ein süßlicher Geruch im Gastzimmer; alle Blumen, die man dort aufstellte, verwelkten rasch.

Obwohl wir so tun, als habe sich nichts geändert, und es vermeiden, über Bruder Hans zu reden, wissen wir nur allzugut, daß er von uns gegangen ist. Was werden wir tun ohne ihn, der unsere Mitte war?

Ist die schwarze Köchin da?

Herr Purdan, sechsundvierzig Jahre alt und leidlich begütert, war ein Feinschmecker. Für eine erlesene Mahlzeit hätte er ohne weiteres seine Seele verpfändet, zumal er nicht daran glaubte, daß sie den Leib überlebe. Er selbst kochte nicht übel, doch zog er es vor, genußvoll zu verzehren, was eine kundige Hand zubereitet hatte. Wo aber fand sich die Köchin, die hohen Ansprüchen wirklich Genüge tat? Eine um die andere nahm sich seiner Küche an, und keine stellte ihn zufrieden. «Wackeres Handwerk», meinte er, «aber auch nicht mehr. Ich brauche eine Künstlerin.»

Er hatte Glück. Die Köchin des Barons Gumpolding überwarf sich mit ihrem Herrn, weil diesem die Bemerkung entschlüpft war, der Kapaun in Chablis habe ein wenig zu sehr nach Muskat geschmeckt. Als Herr Purdan von dem Vorfall hörte, ließ er sogleich die Köchin wissen, wie begierig er auf ihre Dienste sei. In ihrem Ärger ging sie auf das flinke Angebot ein und kündigte dem Baron. Für Herrn Purdan begann eine herrliche Zeit. Sooft er sich zu Tisch setzte, durfte er gewiß sein, daß sein Gaumen verwöhnt werde, und am Ende des Tages wußte er manchmal nicht, welches Gericht ihm nun besser geschmeckt habe: mittags der Fasan mit Sellerie oder abends die chilenische Aalsuppe.

Bisher hatte Herr Purdan die Mahlzeiten allein eingenommen. Er hielt auf Abstand und mochte niemanden um sich haben, der Küchendunst im Haar trug. Die neue Köchin war jedoch so adrett, daß er sie an seinen Tisch lud. Beim Tische blieb es nicht, bald teilte er auch das Bett mit ihr, der Einfachheit halber und um sie inniger ans Haus zu binden. Seine Rechnung ging aber nicht auf. Die Köchin fand, sie biete Herrn Purdan zumindest so viel wie eine gute Hausfrau, und lag ihm in den Ohren, er solle sie heiraten. Als er sich dazu nicht verstand, als er sie mit windigen Ausflüchten hinhielt, spielte sie ihren Trumpf aus – sie kündigte ihm. Da gab er nach und machte sie zu seiner Frau. Er liebte sie nicht im geringsten, doch er konnte ohne ihre Kochkunst nicht leben.

Einmal im Monat verließ Frau Purdan abends das Haus und begab sich zum Baron Gumpolding, um dort, wie sie sagte, nach dem Rechten zu schauen. «Ich dachte, du bist böse mit ihm?» hatte Herr Purdan erstaunt gefragt, als sie zum ersten Mal aufbrach, und sie hatte geantwortet: «Das ist vorbei. Der alte Herr freut sich, wenn ich ihn besuche.» Herr Purdan wandte nichts dagegen ein. Es war ihm sogar lieb, daß er eine Verbindung zu dem Baron unterhielt, denn im ganzen Lande verstand von gutem Essen niemand so viel wie er.

Eines Abends blieb Frau Purdan so lange fort, daß ihr Mann, des Wartens müde, sich zu Bett legte. Kurz nach Mitternacht wurde er aus dem Schlaf geläutet. Als er die Haustür öffnete, trugen zwei Männer die Leiche seiner Frau an ihm vorbei und betteten sie im Wohnzimmer auf ein Sofa. Der ältere von ihnen, ein Fuhrmann, dem es oblag, in der Woche den Müllwagen und bei Begräbnissen den Leichenwagen zu fahren, ergriff Herrn Purdans Hand und sprach ihm Beileid aus. Auf die erschrockene Frage des Hausherrn, was seiner Frau denn zugestoßen sei, gab der Fuhrmann zur Antwort: «Der Arzt kommt gleich», und verschwand mitsamt seinem Gehilfen.

In der Tat erschien bald darauf ein Arzt. Nachdem auch er Herrn Purdan seines Mitgefühls versichert hatte, untersuchte er flüchtig die Leiche und schrieb einen Totenschein aus. «Herzschlag?» erkundigte sich Herr Purdan. Der Arzt nickte; er legte den Totenschein auf den Tisch und machte Miene, sich zu verabschieden.

Doch Herr Purdan, mißtrauisch geworden, ließ ihn so leicht nicht ziehen. Da er wußte, daß der Arzt ein Vertrauter des Barons war, nötigte er ihn in einen Stuhl, gab ihm zu trinken, zu rauchen und bedrängte ihn mit immer neuen, immer engeren Fragen, bis schließlich die Wahrheit zu Tage kam.

Es war eine erstaunliche Geschichte. Baron Gumpolding

hatte eine Negerin ausfindig gemacht, die so wunderbar kochte, wie es selbst die feinsten Feinschmecker nicht für möglich gehalten hätten. Freilich knüpfte sie an ihr Amt eine arge Bedingung: daß es ihr verstattet sei, einmal im Monat einen Gast zu vergiften. Man sollte meinen, die tödliche und den Gästen freimütig mitgeteilte Gefahr habe Jeden abgeschreckt, an solchen Gelagen teilzunehmen; es traf nicht zu. Wer jemals von den Speisen der schwarzen Köchin gekostet hatte, fand den Preis, der unter Umständen zu erlegen war, zwar stattlich, doch nicht zu hoch. Es war da wohl zweierlei Lust im Spiel: die Genußsucht überfeinerter Gaumen und der Kitzel, einer Mahlzeit wegen das Leben zu verwirken.

Frau Purdan hatte also gewußt, was ihr drohte, als sie sich auf das waghalsige Unternehmen einließ. Deshalb fand Herr Purdan nichts dabei, daß sie ihre Zeche hatte bezahlen müssen. Zugleich packte ihn wilde Begierde, teilzuhaben an einem Unternehmen, bei dem man Kopf und Kragen riskierte. Er ließ den Arzt nicht eher frei, bis dieser ihm zugesichert hatte, er werde sich beim Baron Gumpolding für ihn verwenden.

Herr Purdan brauchte nicht lange zu warten. Drei Wochen später erhielt er eine Einladung, und am Abend darauf trat er unter die Schar der Gäste, die in der Halle des Schlosses Gumpolding versammelt waren.

«Da scheint mir», rief eine gewaltige Stimme, «unser neuer Gast angekommen zu sein!» Der Baron, groß, dick, hochmütig, schüttelte Herrn Purdan die Hand. «Mein Beileid zu dem schweren Verlust. Doch der Mensch ist sterblich, leider – damit muß man sich abfinden. Und nun, meine Herren, zu Tisch!»

Der Baron schritt auf den Eßsaal zu, die Gäste folgten ihm. An der Tür boten Diener goldene Schalen an, in denen Loszettel lagen. Jeder Gast nahm ein Los, entfaltete es, las die Nummer ab und setzte sich auf den Stuhl, der seine Nummer trug.

Noch während der Vorspeise, die köstlich war, flüsterte der Nachbar zur Rechten Herrn Purdan zu: «Früher geschah es immer beim Nachtisch. Doch das war nicht gut, Jeder grauste sich vor dem Nachtisch, und manch Einer brachte ihn kaum herunter.» Herr Purdan nickte und nahm rasch einen Schluck Wein.

«Jetzt kann es bei jedem Gericht passieren», fuhr sein Nachbar fort. «Es ist besser, weil es ungewisser ist. Übrigens: Vorspeise und Suppe darf man sorglos verzehren – so früh schlägt die schwarze Köchin nicht zu.» Nun trank auch er einen Schluck Wein und sagte: «Es passiert übrigens nicht bei jeder Mahlzeit. Mitunter ist sie milde gestimmt und verzichtet.»

Nach der Vorspeise gab es eine Suppe aus Crevetten, Morcheln und Kräutern; noch nie hatte Herr Purdan etwas so Herrliches gelöffelt. Danach reichten die Diener Steinbutt mit Stachelbeersauce und, nicht minder schmackhaft, Huhn auf afrikanische Art. Als das Hauptgericht erschien, ein schlichtes Kalbsfilet, hob der Baron sein Glas gegen Herrn Purdan: «Prost! Und daß Sie mir nicht wieder meine Köchin wegschnappen!»

Herr Purdan wollte antworten: «Eher ist zu befürchten, daß sie mich wegschnappt –» da zeigte sich die Negerin im Saal. Es war eine schlanke und recht hübsche Negerin; so hübsch war sie, daß man ihr große Kochkünste nicht zugetraut hätte. Sie ließ ihre Augen von einem Gast zum anderen gleiten und neigte vor jedem den Kopf.

Der Baron schlug mit der Gabel an sein Glas: «Das Lied, meine Herren – das Lied!» Und dann sangen die Gäste wahrhaftig den alten Kinderreim: «Ist die schwarze Köchin da? Ja! Ja! Ja! Da steht sie ja, da steht sie ja, da steht die schwarze Köchin da! Zisch! Zisch! Zisch!» Lächelnd hörte sich die Negerin den kindischen Gesang an, und als er geendet hatte, verließ sie mit weichen, wiegenden Schritten den Raum. Das Mahl nahm seinen Fortgang.

Beim übernächsten Gericht – es gab Zitronencreme – sackte ein Gast plötzlich vornüber; sein Gesicht drückte sich in den Teller, sein Löffel fiel klirrend zu Boden. Eilends liefen drei Diener herbei. Zwei trugen den Toten hinaus, der dritte schaffte seinen Stuhl beiseite und räumte den hinterlassenen Teller, das Besteck, die Gläser und die Serviette weg. Der Arzt erhob sich und ging nach draußen; es war dem Armen nicht vergönnt, die Mahlzeit zu beschließen.

«Prost!» rief der Baron und hob sein Glas. «Er war ein lieber Mensch, wir denken gern an ihn zurück.» Die Gäste tranken einander zu und aßen weiter, ein wenig beklommen, aber auch erleichtert, denn nun drohte ihnen ja keine Gefahr mehr. Ihre Kehlen waren trocken geworden, und um dem abzuhelfen, tranken sie an diesem Abend so viel, daß zu später Stunde die Diener jeden einzelnen behutsam durch die Halle und den Garten auf die Straße geleiten mußten.

Das nächste Festessen verlief glimpflich, niemand kam dabei ums Leben. Zwar verspürte Landgerichtsrat M. plötzlich Beschwerden in der Magengegend und glaubte seine letzte Stunde gekommen, doch der Arzt erkannte rasch die harmlose Natur des Übels. Es war nur ein kleiner Krampf, vielleicht durch Unruhe verursacht, und einige Baldriantropfen brachten Linderung. Vollzählig gingen die Gäste nach Hause.

Ereignisreich war das Mahl im Monat darauf. Nach ihrer Gepflogenheit zeigte sich die schwarze Köchin schon vor dem Hauptgericht. Als sie die Gäste reihum anblickte und dabei auch Herrn Purdan ins Auge faßte, befiel diesen das böse Gefühl, ihm sei das Urteil gesprochen. Die Negerin aber hatte einen Silberblick, es war nie genau auszumachen, wohin sie schaute, und so kam es, daß Herrn Purdans Nachbar zur Rechten, ein älterer Fabrikant, die gleiche Befürchtung empfand. Als man das Lied abgesungen hatte und die schwarze Köchin gegangen war, bat er Herrn Purdan unter dem Vorwand, er verspüre Zugluft, seinen Platz mit ihm zu tauschen.

«Das ist nicht statthaft!» rief der Baron.

«Ich bitte um Nachsicht», sprach der Fabrikant. «Ich bin ein alter Mann und leide an Rheumatismus.»

«Gut, gut – meinetwegen», brummte der Baron. Der Fabrikant und Herr Purdan tauschten die Plätze, und Beide taten es gern.

Als der nächste Gang kam, Rebhuhn auf Sauerkraut, erwies es sich, daß der Fabrikant keinen guten Tausch gemacht hatte. Schon nach dem dritten Bissen hielt er jäh inne und glitt von seinem Stuhl; er wurde sogleich hinausgetragen. Ein Weilchen danach erschien, von allen unbemerkt, in der Tür die Negerin. Sie stellte sich auf die Zehenspitzen und lugte zu Herrn Purdan herüber, wohl um festzustellen, wo dieser nun eigentlich sitze. Dann verschwand sie wieder.

Zum Nachtisch gab es Eis, und Eis aß Herr Purdan nie, weil er davon Zahnschmerzen bekam. Er ließ also seine Portion stehen.

«Das ist gegen die Regel!» sagte der Baron. «Unsere Statuten schreiben vor, daß kein Gericht verschmäht werden darf. Warum essen Sie Ihr Eis nicht?»

«Es bereitet mir Zahnschmerzen», erwiderte Herr Purdan. «Ich kann nicht einsehen, warum ich mich mutwillig quälen soll.»

Derweil der Baron zornig schwieg, suchten die Gäste Herrn Purdan zu bereden, daß er es über sich bringe, dem Zahnschmerz zum Trotz das Eis zu essen; doch er tat es nicht. Da erhob sich ein Gast und kippte, aus Mitleid oder aus Verdruß, Herrn Purdans Eis in eine große, leere Vase.

«Feine Manieren!» knurrte der Baron.

Kurz darauf trat die Negerin abermals in die Tür und schaute Herrn Purdan lange und eindringlich an. Er erwiderte ihren Blick, und indem er sich mit ihr einließ, verspürte er eine kuriose Empfindung. Es war ihm plötzlich einerlei, ob die schwarze Köchin ihm den Tod bringe oder nicht. Vielleicht, dachte er, vielleicht ist der Tod das Köstlichste, was einem überhaupt gereicht werden kann – der letzte, der feinste Leckerbissen.

Als er sich fand, war die schwarze Köchin fort. Sie kam aber gleich wieder zum Vorschein, und alle sahen, daß sie in der Hand ein Glas Wein trug.

Langsam, Schritt um Schritt, ging sie auf Herrn Purdan zu und kredenzte ihm das Glas. Herr Purdan zögerte.

«Nun trinken Sie schon!» rief der Baron. «Einer schönen Frau schlägt man nichts ab.»

Obwohl Herr Purdan wußte, daß es sein Ende sei, nahm er das Glas und führte es zum Munde. Atemlos schauten die Gäste zu. In dem Augenblick, da Herr Purdan das Glas an die Lippen setzte, zersprang es, und der Wein ergoß sich auf den Boden.

«Schweinerei!» schrie der Baron. «Mit Ihnen hat man wirklich nur Ärger!»

Die Negerin blickte Herrn Purdan entsetzt an und stürzte davon. Der Baron erhob sich. «Ich schlage vor», sprach er finster, «daß wir die Mahlzeit abbrechen, denn sie nimmt ja doch keinen ordnungsgemäßen Verlauf.» Und so geschah es. Verlegen, enttäuscht, bestürzt, machten die Gäste sich auf den Heimweg.

Als Herr Purdan zu Hause ankam, wartete vor seiner Tür die Negerin. «Du sollst», sprach sie, «fortan mein Herr sein, denn du stehst unter hohem Schutz.» Herrn Purdan war das recht; und so blieb sie bei ihm und kochte für ihn.

Den Schaden hatte wieder einmal der Baron. Es dauerte lange, bis er eine gute Köchin fand.

Meine Diebe

Vor etwa vier Jahren erwarb ich das alte, geräumige Haus samt dem großen Garten. Obgleich der Kaufpreis gering war, neidete mir niemand den Besitz, weil er für verrottet galt; er war es wohl auch. Das Haus befand sich in einem schlechten Zustand, es hatte Risse, es nährte den Schwamm, und was sich Garten nannte, glich eher einer Wildnis. Für mich aber war es dennoch ein vorteilhafter Handel, denn ich hatte etwas Unsichtbares und Köstliches mitgekauft: die Stille. So herrlich weit dehnte sich der Besitz, daß kein Laut von draußen zu mir drang – nicht einmal Hundegebell. Des Gartens hohe Mauer, die Bäume, die Büsche, sie hielten mitsammen allen Lärm ab und gaben mir den Frieden, dessen ich bedarf, um zu arbeiten.

Ich übe meinen Beruf daheim aus und verdiene nicht schlecht. Eigentlich liegt es an mir, ob ich wenig verdiene oder viel. Durch Fleiß könnte ich meine Einkünfte verdoppeln, doch schätze ich die Muße höher ein als die Arbeit. Das Haus und den Garten herrichten zu lassen, hätte ich ohnehin nicht vermocht, auch bei allergrößtem Fleiß nicht; man weiß ja, wie das ins Geld geht. Zudem habe ich alternde Häuser gern, und der wilde Garten gefiel mir. Ich war zufrieden, weil ich einsam war.

Manchmal, nachts, kam es mir freilich vor, als trieben sich Leute im Garten herum. Ich sah sie nicht, ich hörte sie nicht; aber ich spürte sie, und oft genug bewiesen Spuren im Gras, daß ich richtig vermutet hatte. Wer immer es sein mochte, der da heimlich mein Grundstück betrat, Liebespaare, streunende Burschen oder alte Vagabunden: es störte mich, daß man mir auf den Leib rückte. Gewiß, ich hätte mir einen Hund anschaffen können, einen großen, schnellen, bissigen, damit er die unerbetenen Gäste vertreibe und sie für immer abschrecke, doch ich mag Hunde nicht. Lieber als einen Hund ertrug ich die Leute im Garten.

Eines Morgens vermißte ich meine Brieftasche. Umsonst suchte ich sie in allen Jacken, auf allen Tischen und Stühlen; sie kam nicht zum Vorschein. Zwei Tage später fand ich sie, geplündert und von Tau durchweicht, draußen unter einer Rotbuche. Da fiel mir ein, daß ich schon öfters Geld vermißt hatte, Scheine, die ich als Lesezeichen in ein Buch gesteckt, oder Münzen, die am Abend zuvor auf dem Schreibtisch lagen. Auch in der Vorratskammer, so wollte es mir nachträglich scheinen, war Manches abhanden gekommen.

Diebe stiegen also nachts ins Haus, tasteten sich durch die Zimmer, lautlos, hinhorchend auf meinen Atem, hochzufrieden, wenn ich schnarchte, und bestahlen mich in aller Ruhe. Nun, das behagte mir nicht, weniger der Verluste halber, die sie mir zufügten, als wegen ihres dreisten Eindringens. Daß sie mir nahe kamen, war mir zuwider. Was aber konnte ich tun? Türen und Fenster zu verriegeln, ist nicht meine Art, nicht einmal auf Reisen, im Hotel. Ich schlafe so tief, daß ein Dieb es sich sparen kann, auf den Zehenspitzen zu gehen.

Da ich keine Abhilfe fand, tat ich das Einzige, was gegen verdrießliche Zustände hilft: ich gewöhnte mich an die Diebe.

Die Diebe wiederum gewöhnten sich daran, daß ich mich an sie gewöhnte. Als sie merkten, daß ich die Einbußen nachsichtig ertrug, daß ich die Polizei nicht zu Hilfe rief, auch mein Geld nicht verbarg oder wegschloß, nahmen sie an, ich billige ihre Übergriffe und sei bereit, sie alle ein wenig mitzuversorgen. Ich sage: sie alle, denn mir kam vor, als seien ihrer viele am Werk. Einer nahm nur Geldscheine und legte später, als verbliebenen Rest, ein paar Münzen auf den Tisch. Ein Anderer nahm nur Silbergeld, ein Dritter begnügte sich mit Kupfer, doch hatte ich ihn im Verdacht, daß er sich in der Speisekammer umtat. Ein Vierter berührte überhaupt kein Geld, trug dafür aber meine Anzüge, und ein Fünfter stahl die Blumen im Garten.

Auch ihn ließ ich gewähren. Als er mir aber eines Tages meine Lieblinge abschnitt, die Rosen, zürnte ich ihm. Der Zufall wollte es, daß ich am selben Tag über den Blumenmarkt ging und dort einen Mann stehen sah, der offensichtlich meine Rosen verhökerte. Ich sah ihm fest ins Auge, und er errötete; da wußte ich, daß ich mich nicht getäuscht hatte. Zuhause heftete ich einen Bogen Papier an die Wand und schrieb darauf mit großen Buchstaben: «*Nicht* anzutasten sind: meine Zeit, die Stille, das Schreibzeug, das Papier, die Schere, die Taschenuhr, die Lesebrille, der Schlafrock und die Rosen.»

Daß ich dies tat, war vielleicht nicht besonders klug. Indem ich den Dieben Einiges verbot, erlaubte ich ihnen gleichsam alles übrige; sie durften annehmen, ich halte mich hinfort für ihren Partner. Wie dem auch sei, sie befolgten nicht nur meine Wünsche, sondern brachten mir gelegentlich sogar Papier, Tinte und Bleistifte ins Haus. Doch fuhren sie fort, sich zu nehmen, was ihnen nach ihrer Meinung zustand.

Durch die Verbotstafel ermuntert, ließen die Diebe auf Zetteln kurze Nachrichten zurück; sie wollten wohl mit mir ins Gespräch kommen. Freilich waren es meist Beschwerden. «Die karierte Hose ist mir zu eng. Läßt sie sich nicht weiter machen?» schrieb der Mann, der meine Anzüge trug, und der Küchendieb meldete: «Vermisse die scharf gewürzte Landleberwurst.» Ein anderes Mal las ich: «Es waren nur zwei Groschen da. Das reicht nicht zum Leben.» Als der Geldscheindieb eines Tages ziemlich viel davongetragen hatte, schrieb er: «Habe abgestaubt, drei Fenster geputzt und das Ofenrohr gerichtet.»

Man erkennt unschwer, daß die Diebe auch bei Tage kamen, wenn ich in der Stadt war. Im Garten verborgen, sahen sie mich fortgehen, und nachts konnten sie durchs Fenster gemächlich beobachten, wann ich mich schlafen legte. Mitunter erwachte ich davon, daß einer an einen Stuhl stieß oder etwas umwarf. Ich aber ließ mir nichts anmerken, ich drehte mich im Bett um und schlief weiter. Ich trug kein Verlangen danach, mit den Dieben zu reden.

Dies nämlich war es, was mir die Diebe erträglich machte: daß ich Umgang mit ihnen pflog, ohne sie sehen oder sprechen zu müssen. Die Diebe waren da und doch nicht da; sie hielten

Abstand, und das tat mir wohl. Gewiß, ich zahlte dafür, doch fand ich den Preis nicht zu hoch. Da ich keine Familie hatte, konnte ich Einiges hergeben, und sobald man mich ein bißchen zu arg schröpfte, ließ sich das Fehlende durch vermehrte Arbeit wieder einholen. Diebe sind ja arme Teufel, sie können meist nichts Rechtes, sie verstehen sich nur aufs Stehlen – oder sie tun zumindest so, als ob es ihnen an anderen Fertigkeiten gänzlich mangle. Man muß ihnen ein wenig freie Hand lassen.

Manch einer möchte vermuten, mein lässiges, fast schon gastgeberisches Verhältnis zu den Dieben sei einem Gefühl der Schuld entsprungen, oder aber, es habe mir widernatürliche Lust gewährt, bestohlen zu werden. Beides traf nicht zu. Ich war nicht vermögend, ich verzehrte kein Erbe, das mir tückisch zuraunte, Besitz sei Diebstahl. O nein, ich verdiente ja meinen Unterhalt selbst, mit Kopf und Hand, ich ließ nur davontragen, was ich herangeschafft hatte. Und um auch auf das Zweite zu kommen: wäre ich einer von jenen, die am eigenen Schaden Genuß empfinden, so hätte ich mir sicherlich sehr viel mehr Diebe gewünscht, als ich ihrer besaß. Ich aber hielt im Gegenteil darauf, daß die Diebstähle ein vernünftiges Maß nicht überschritten, und die Diebe zügelten sich. Wir spielten miteinander, die Diebe und ich – das war alles.

Eines Vormittags bemerkte ich, daß sich wieder jemand über die Rosen hergemacht hatte. Zornig ging ich auf den Markt und musterte die Ware des Mannes, der Blumen aus meinem Garten stahl; ich fand jedoch bei ihm keine Rosen. Der Mann hingegen schien zu wissen, was mich verdroß. Er zuckte die Achseln und gab mir – so ausdrucksvoll ist des Menschen Antlitz – durch Miene und Blick zu verstehen, daß er das Geschehene aufklären könne, wenn er nur reden dürfe. Ich aber mochte mein Gesetz nicht durchbrechen; ich wandte mich ab und ging in die Stadt. Als ich abends nach Hause kam, fand ich einen Zettel, auf dem zu lesen stand: «*Wir* waren es nicht.»

Wir, das hieß: meine Diebe, das war die unredliche und dennoch ordnungsgewohnte Schar, die meine Duldung genoß. So besagte der Zettel also, daß Fremde hinzugekommen waren, die sich an unsere Regel nicht hielten. Warum, fragte ich mich, prügelten meine Diebe die Störenfriede nicht hinaus? Warum verteidigten sie nicht ein Eigentum, an dem sie so herzhaft teilhatten? Ich begriff sie nicht. Wenn die Zahl der Diebe stieg, mußte es ja zu einem bösen Ende kommen, denn ich war nicht gewillt, für die Schmarotzer mehr zu tun, als ich ohnedies schon tat.

Am nächsten Vormittag fehlten wieder Rosen. Enttäuscht und voller Grimm, beschloß ich, mich in der Nacht auf die Lauer zu legen. Zorn rumorte in mir, meine Gedanken teilten Prügel aus.

Ich arbeitete länger als sonst und trank viel Kaffee, denn mich erwartete eine Nacht ohne Schlaf. Gegen vier Uhr zog ich meine Pelzjacke über, nahm einen derben Stock und betrat den Garten. Hoch stand das nie geschnittene Gras, der Farn wucherte, Unkraut machte sich breit. Ein Versteck zu finden, war leicht; überall bot Gebüsch und Strauchwerk sich an. Ich wählte einen Ort, der mir geeignet schien, und behielt die Rosen im Auge. Eine Viertelstunde darauf drangen die Diebe in mein Haus, der eine durch die Tür, der andere durchs Fenster, ein jeder nach seiner Art. Sie wollten mir dartun, daß sie mich auf eigenen Wegen wußten und daß es zwischen ihnen und mir beim Alten geblieben sei. Indem sie Vertrauen zeigten, baten sie um mein Vertrauen. Ich sah sie durch die erleuchteten Zimmer gehen, ich sah sie nehmen, was sie nehmen durften.

Anderthalb Stunden wohl hatte ich gewartet, als ich plötzlich etwas vernahm. Ich blickte schärfer ins Dunkel und entdeckte eine Gestalt, die sich bei den Rosen zu schaffen machte. Mit schnellen, leisen Sprüngen war ich bei ihr – und erschrak. Genau genommen, erschraken wir beide, die Frau, weil sie sich jäh ertappt sah, und ich, weil die Frau schön war.

«Es ist Diebstahl», sagte die Fremde. «Ich will es nicht beschönigen. Doch ich konnte nicht widerstehen, ich mußte zu meinen Rosen.»

«Zu *Ihren* Rosen?» fragte ich.

Die Frau nickte. «So nenne ich sie, wenngleich mit geringem Anspruch. Ich habe sie gepflanzt, als der Park noch uns gehörte, als er noch ein richtiger Park war, doppelt so groß wie heute.»

«Sind Sie hier aufgewachsen?»

«Ja – in dem Haus, das Sie jetzt bewohnen. Ich war lange im Ausland, und meine Eltern hielten vor mir geheim, daß sie verkaufen mußten, zuerst den halben Park, dann das übrige. Ich erfuhr es erst, als ich vor zwei Wochen zurückkam.»

War es eine Anklage? Doch wohl kaum – die Frau mußte ja wissen, daß ich den Besitz ehrlich erworben hatte, wenn auch günstig, weil er vorher von Hand zu Hand gegangen war. Dennoch kam ich mir vor wie ein Dieb. Weshalb aber eigentlich? Weil ich billig gekauft hatte? Das war Glück, und Glück ist Verdienst, es fällt nicht Jedem zu. Unsinn! hörte ich es in mir sagen. Jeder hat Anrecht auf Glück, vor allem diese schöne Frau, und Besitz ist Diebstahl! Als du den Park kauftest, hast du ihn ihr gestohlen. Meine Gedanken verwirrten sich.

«Auch Ihnen sind die Rosen das Liebste?» fragte ich, um etwas zu sagen.

«Ja», erwiderte sie. «Da treffen wir uns.»

Ein anderer Partner, ein alter Mann zum Beispiel, hätte es mir nicht erschwert, die sittliche Rechnung durchzudenken und zu beweisen, daß er keine Forderung an mich habe. Die Frau aber brachte mich durcheinander, weil sie schön war. Dieb! summten meine Gedanken. Du hast ihr den Park gestohlen, du mußt ihn ihr wiedergeben!

Soso, ich mußte. Um es kurz zu machen: ich habe es getan, ich *habe* ihr den Park zurückgegeben und das Haus dazu, indem ich sie heiratete.

Den Dieben aber – meinen armen Dieben – schlug die Stunde, denn meine Frau litt es nicht, daß sie bei uns einstiegen und dieses oder jenes mitnahmen; sie konnte das alles selbst gebrauchen. Was aus den Dieben geworden ist, weiß ich nicht zu sagen. Bisweilen erwache ich nachts von einem Geräusch und meine, es sei ein Dieb im Zimmer. Es ist aber niemand bei mir als meine Frau.

Nach Hause

Wie jedermann weiß, gibt es schlechte Tage. Da gelingt einem nichts, da mißrät einem alles, und es ist geradezu eine Gnade, wenn man ohne Einbußen oder Leibesschäden einen solchen Tag übersteht. Leute, denen es an Spürsinn mangelt, bemerken die ersten Warnzeichen nicht, sie stolpern dumpf in ihr Unglück. Wer klug ist, verhält sich anders. Sobald er merkt, was die Stunde geschlagen hat, unterläßt er jegliches Handeln und sieht sich vor. Am besten geht er sogleich nach Hause, behutsam, Fuß vor Fuß, und legt sich ins Bett. Dort ist er einigermaßen sicher.

Im Lande Paturien geschah es nun, daß plötzlich alle Einwohner von dem Wahn befallen wurden, es gebe nur noch schlechte Tage. Um sich nicht unnütz in Gefahr zu bringen, rührten sie keine Hand mehr; sie unterließen selbst die notwendigsten Verrichtungen und gingen nach Hause, wofern sie sich nicht ohnedies dort befanden. Die Meisten legten sich ins Bett oder auf den Teppich, Andere saßen furchtsam umher und horchten auf leise Geräusche. Nur ganz Beherzte schritten von Zimmer zu Zimmer, doch mieden sie das glatte Parkett, die Nähe der Fenster und die Möbelkanten. Durch ihr Gehabe erschreckt, begannen die Kinder zu weinen. Sie verstummten jedoch bald, denn die Angst der Erwachsenen ergriff auch sie.

Ja, alle hatten Angst: vor einem Unglück, das ihnen drohte, und voreinander. Gab es nicht Blitze ohne warnenden Donner? Stürzten nicht bisweilen Häuser ein? War es denn ausgemacht, daß die Pest wirklich ausgestorben sei? Die Metzger hatten Angst vor dem Messer und vor dem Vieh, die Briefträger vor den Treppen, die Lehrer und die Eltern vor den Kindern, die Kinder vor ihren Spielsachen. Die Gelehrten fürchteten sich vor den Büchern, die Fischer vor dem Meer, die Kaufleute vor dem Büro, die Frauen vor ihren Männern und die Männer vor ihren Frauen.

Am Tag darauf nahm die Angst noch zu. Die Leute verriegelten ihre Wohnungen und schlossen die Fensterläden. Sie verbargen sich in Schränken, in Kisten, in Koffern, unter dem Tisch. Manche ließen sich in Tücher einnähen oder besorgten es selbst. Wer sich zum Keller hinunter traute, grub ein Loch in den Kohlenhaufen, stieg hinein und bedeckte sich bis zur Brust mit Kohlen.

Als am Nachmittag ein Wagen durch die Hauptstadt rumpelte, vermeinten alle, nun breche das Unheil herein. Der Fuhrmann, ein Fremder aus dem Nachbarland, verstand nicht, warum die Straßen so öde, die Häuser so fest verschlossen waren. Allmählich aber spürte er die Angst ringsum. Er hielt, stieg ab, band sein Pferd an einen Laternenpfahl und schlüpfte in einen Erdschacht, den man tags zuvor ausgehoben hatte.

Gegen Abend kam das Gerücht auf, nur das große Zuchthaus vor der Stadt biete Sicherheit, und wer davon erfuhr, eilte hin. Unterwegs suchte ein jeder die Anderen zu überholen, denn obwohl das Zuchthaus groß war, konnte es doch niemals eine so gewaltige Schar in sich aufnehmen. Der Verwalter des Zuchthauses erschrak, als er den Heerhaufen anstürmen sah. Hastig gab er Befehl, die Pforten des Hauses noch fester zu schließen als sonst, doch da hatte man sie schon aufgebrochen, und die Menschen drängten sich in die Gänge, in die Zellen, um sich ein Plätzchen zu sichern. Es verging keine Viertelstunde, da war das Zuchthaus überfüllt.

Jetzt begriff der Verwalter, daß die Eindringlinge ihm nicht ans Leben wollten, sondern, im Gegenteil, bei ihm Schutz suchten. Wie aber sollte er den Tausenden, die draußen standen und vor Angst vergingen – wie sollte er ihnen Unterkunft bieten? Er wußte sich keinen Rat, und es war auch nicht nötig, denn inzwischen hatten die Flüchtlinge herausgefunden, was zu tun sei. Sie schafften Ziegelsteine und Balken herbei, rührten Mörtel an und machten sich ans Bauen. Niemand schloß sich aus, jeder gab sein Bestes her; es hieß nämlich, wer sich besonders hervortue, dürfe sofort eine Zelle beziehen.

Da das Zuchthaus auf einer Anhöhe lag und keinen Nachbarn hatte, ließ es sich beliebig erweitern. Rascher, als je eine Festungsmauer oder ein Deich entstanden ist, schossen allerorts die Bauten empor; sie schmiegten sich an das Zuchthaus wie Jungtiere an die Mutter. Kaum waren sie fertig, wurden sie auch schon bezogen. Da jede Gruppe nach einem anderen Plan vorging (und nicht immer nach dem besten), fielen die Gebäude recht verschieden aus. Im großen Ganzen aber glich das Gebirge aus Ziegelstein, das sich da auftürmte, einem riesenhaften Kloster – oder einem Zuchthaus.

Noch ehe drei Wochen um waren, hatte auch der Letzte seine Zelle erhalten. Alle Einwohner des Landes befanden sich in Sicherheit, dazu einige Landesfremde, die auf der Durchreise das besessene Treiben der Paturier beobachtet und sich von ihm hatten anstecken lassen. Die vielen Menschen zu beköstigen, war keine leichte Aufgabe, zumal keiner von ihnen seine Zelle und erst recht nicht das Zuchthaus verlassen mochte. Schließlich ordnete der Verwalter an, daß man täglich fünfzehn Mann auslose, die weggeschickt wurden, um Schlachtvieh, Kartoffeln und Gemüse herbeizuschaffen.

Eben dies war es, was die Ängstlinge wollten: daß Einer ihnen befehle. Zu gehorchen, Zucht zu halten, Weisungen auszuführen, waren sie gern bereit. Sie hatten nur Angst, aus eigenem Antrieb etwas zu tun, weil sie es für gefährlich hielten, und sie wußten auch gar nicht, was sie hätten tun sollen. Darum waren sie von Herzen froh, daß der Verwalter über sie herrschte.

Dieser hingegen fand keine Freude an seinem Amt. Bevor die Horde eingedrungen war, hatte das Zuchthaus siebenundzwanzig Häftlinge, neun Wärter und zwei Köche beherbergt. Jetzt gehorchten dem Verwalter viele tausend Menschen, und das überstieg seine Kräfte, denn er fürchtete sich vor ihnen.

Die Flüchtlinge merkten, daß der Verwalter seine Bürde unwillig trug. Aus Angst, er könnte sie verlassen, strömten sie auf den Hof des Zuchthauses und schrien so lange, bis er ans Fenster trat. Als sie ihn erblickten, riefen sie: «Du sollst unser König sein!» Abermals erschrak der Verwalter – ärger noch als beim ersten Mal. Damals hatte er einen schlimmen Tod befürchtet.

etzt drohte ihm eine Pein ohne Ende. Er räusperte sich, fand mühsam seine Stimme und rief hinunter: «Seid vernünftig! Das Zuchthaus ist eure Heimstatt nicht – geht nach Hause!»

Bestürzt vernahmen die Menschen im Hof die Botschaft. Wohin sollten sie denn gehen – wohin nur? Wo war ihr Zuhause, wenn nicht an diesem Ort und hinter diesen Mauern?

Viele brachen in Wehklagen aus. Andere schrien: «Wir gehen nicht, wir bleiben! Nur hier sind wir geborgen.»

Als ob sie das Paradies verlassen müßten, dachte der Verwalter, und da ihm nichts Besseres einfiel, rief er ihnen zu: «Geht zu Bett! Ich tu's auch.»

Die Menge verlief sich. Der Verwalter aber legte sich nicht schlafen, er unternahm, was er schon lange geplant hatte. Kurz vor Mitternacht ging er zu den siebenundzwanzig Sträflingen und beriet sich mit ihnen. Da ihnen sein Vorhaben gefiel, weil es Spaß und Umtrieb versprach, sagten sie ihm Beistand zu.

Siebenundzwanzig: das sind neun Trupps zu drei Mann. Jeder Mann bekam eine Fackel, und dann gingen die Trupps daran, die Gebäude auszuräuchern. Sie legten überall kleine Brände an, umsichtig, damit keine Gefahr entstehe, und sobald es ordentlich qualmte, brüllten sie: «Feuer! Rette sich, wer kann!» Die Flüchtlinge fuhren aus dem Schlaf, stürzten in die rauchigen Gänge und suchten Rettung. Einige kehrten freilich draußen wieder um, sie wollten zurück in ihr Schlupfloch. Man mußte sie mit Gewalt daran hindern.

So geschickt lenkte der Verwalter seine Helfer, daß niemand zu Schaden kam, niemand die Brandstiftung entdeckte. Haus um Haus wurde ausgeräuchert, die Menge floh von Hof zu Hof, von drinnen nach draußen, und schließlich stand sie auf freiem Feld. Als man um kein Menschenleben mehr bangen mußte, kam ein Wind auf, der die träge züngelnden Flammen heftig entfachte. Die Gebäude brannten aus, nur ihre Mauern blieben übrig.

Jetzt wußten die Flüchtlinge erst recht nicht, was sie beginnen sollten. Fürs erste kehrten sie zurück in ihre Häuser, in ihre Wohnungen, aber sie fühlten sich dort nicht heimisch. Ihre Angst war freilich geringer als zuvor, denn sie wähnten, dem

Flammentod knapp entronnen zu sein, und meinten, das Ärgste liege hinter ihnen.

Ihren Wohnungen entfremdet, sannen sie darüber nach, wo denn ihr eigentliches Zuhause sei. Sie besuchten die Eltern, die Schulfreunde und die Geliebten von einst, sie quälten sich und Jene mit nutzlosen Gesprächen; eine Zuflucht fanden sie nicht. Wie denn auch, da doch die Besuchten selbst auf der Suche waren? Viele wandten sich Orten zu, an die sie sich gern oder schamhaft oder ängstlich erinnerten. Sie gingen in die Kirche, in den Wald, an vertraute Gärten und Teiche, auf den Friedhof, in gewisse Kneipen und Freudenhäuser, doch nirgends war ihnen richtig wohl, nirgends fanden sie den tröstenden Hort.

Man sollte meinen, zumindest die Alten hätten sich daheim einzurichten vermocht; es war nicht so. Ein uralter Mann, der wie die Anderen wieder in sein eigenes Haus gezogen war, ging jede Nacht auf Wanderschaft, weil er nach Hause wollte; er mußte stets aufs neue aufgespürt und zurückgebracht werden. Es half nichts, daß man ihm den Kaufbrief vorwies. «Jaja» murmelte er, «ich sehe es ja, es ist mein Haus, und ich bin hier wirklich zu Hause.» Gleich drauf warf er den Kopf zurück, schloß die Augen und sprach: «Ich will nach Hause.»

In ihrer Not erinnerten die Paturier sich des Verwalters, der sie ums Haar zum König gemacht hätten, und sandten eine Abordnung zu ihm hin. Der Verwalter hauste in einem kleinen häßlichen Schuppen, denn alle anderen Gebäude waren ja ausgebrannt. Wenn er aus dem Fenster blickte, sah er nichts als Brandstätten, und das vergrämte sein Gemüt. Zudem rechnete er damit, daß man ihn zur Verantwortung ziehen werde, weil die Häftlinge entlaufen waren.

Als die Abordnung ihn befragte, was man tun solle, um nach Hause zu finden, rief er ärgerlich: «Es gibt kein Zuhause!» und schlug die Tür hinter sich zu.

Die Abordnung brachte des Verwalters Worte in die Stadt. Eigentlich hätte der bittere Bescheid die Paturier vollends entmutigen müssen. Es kam jedoch anders, weil man den tiefsten Punkt der Verzweiflung längst erreicht hatte; das Blättchen mußte sich wenden, und es wendete sich.

«Wieso gibt es kein Zuhause?» sprachen die Paturier. «Wir wohnen doch ganz leidlich, wir haben gute Mitbürger, und wir sind wackere Leute. Im Lande Paturien lebt man nicht übel.» Kurzum, sie tasteten sich, halb aus Widerspruch, halb aus Lebenslust, in ihr altes Dasein zurück. Zwei Monate danach war alles, wie es einst gewesen war.

Nur das Zuchthaus wurde nicht wieder aufgebaut, und es war verpönt, von ihm zu reden; niemand mochte daran erinnert werden, daß er einst dort Schutz gesucht hatte. Den Verwalter, einen untüchtigen Beamten, schob man eines Tages über die Grenze ab.

Der friedliche Herzog

Die Herzogtümer Alfa und Tapiolo hatten einander seit je bekriegt, doch nie so nachdrücklich, daß es zu einer Entscheidung gekommen wäre. Es blieb bei kleinen Kämpfen, die nicht viel Opfer forderten – kaum mehr, als ein Turnier es tut. Im Tal von Selassa aber geschah etwas, das alles änderte. Was dort als Gefecht begann, weitete unversehens zur Schlacht sich aus; wer Waffen trug, wollte dabei sein, und so maßen die beiden Länder wirklich ihre Kräfte. Vermutlich war der Herzog von Tapiolo der bessere Feldherr; es kann aber auch sein, daß er einfach Glück hatte oder daß seine Soldaten sich tapferer schlugen. Jedenfalls siegte er, nahm den Herzog von Alfa gefangen und besetzte sein Land.

Der Herzog von Alfa war es froh, daß er nicht mehr zu regieren brauchte. Da saß er, aller Mühsal enthoben, in einem Turmzimmer des Schlosses von Tapiolo und hatte endlich die Muße, die er sich immer ersehnt. Ein Wärter hielt ihm die Welt vom Leibe, eine Magd brachte das Essen. Wenn man von dem Gitter absah, war der Blick aus dem Fenster schön, und am Morgen durfte der Gefangene ein Stündchen im Garten spazierengehen. Was wollte er mehr?

Er wollte nicht mehr, es genügte ihm. Er las viel, schrieb seine Gedanken nieder, wiewohl sie es nicht verdienten, hielt sich vier Singvögel, preßte Blumen, die er im Garten gepflückt hatte, studierte die Sterne und sagte das Wetter voraus. Obgleich der Wärter seine Künste gering einschätzte, hörte er sich die Voraussagen höflich an und tat hinterher, als hätten sie aufs Haar gestimmt. Er war ein freundlicher Mann.

Zu seiner Familie sehnte der Herzog von Alfa sich nicht hin. Die ungeliebte Frau hatten seine Eltern für ihn ausgesucht, und an den Kindern, die hochmütig waren und aufsässig, fand er wenig Gefallen. Als er erfuhr, daß die Seinen, vom Sieger geschont, in einem Forsthaus wohnten und nichts entbehrten außer der Freiheit, dünkten sie ihm gut untergebracht. Lieber, als daß er sie um sich hatte, erinnerte er sich ihrer, wenn auch nicht gern. In sein Land zog es ihn nicht zurück; es war ein Land wie jedes andere, und die Leute darin hatten anderen Leuten nichts voraus. Mochten seine Untertanen sich doch an den neuen Herrn gewöhnen, zu ihrem und seinem Frieden.

Wenn der Herzog von Alfa abends aus seiner wohlig geheizten Stube in den Schloßhof blickte und drunten den Herzog von Tapiolo einreiten sah: bleich, durchfroren, das Antlitz voller Sorgen, neidete er die Macht ihm nicht. «Armer Kerl», dachte er. «Nun hat er sich auch noch meine Last aufgebürdet!»

Die Monate gingen dahin, und der Gefangene befand sich wohl – bis zu dem Tag, da der Gärtner, mit dem er öfters plauschte, ihm rasch einen Brief zusteckte. Dem Herzog ahnte nichts Gutes. Er blieb länger im Garten als sonst, unbegierig auf jegliche Nachricht. Doch was half ihm das Zögern? In seine Stube zurückgekehrt, öffnete er den Brief und las ihn. Er kam, wie erwartet, von einigen Männern, die sich seine Getreuen nannten, obwohl er sie bei sich ihres Eides längst entbunden hatte. Das Volk, schrieben sie, stehe zu seinem Herrscher und wünsche ihn zurück. Erscheine er, werde man den Thronräuber im Nu verjagen.

«Wozu wühlen sie, die Ratten?» dachte der Herzog verdrossen. «Es ist doch gleich, wer das Land regiert, und wenn mich nicht alles täuscht, macht der Herzog von Tapiolo es besser – zumindest bemüht er sich mehr als ich. Sie sollten ihm lieber gehorchen.»

Fortan mied er den Gärtner und beachtete seine stummen Zeichen nicht. Doch der Bursche war hartnäckig, war geschickt wie ein Taschenspieler. Er wußte es so einzurichten, daß er den Herzog im Vorbeigehen streifte, und wenn dieser zu Hause seine Joppe auszog, fand er jedes Mal in der Tasche einen Brief. Immer dringlicher wurden die Nachrichten, immer genauer die Angaben, wie eine Flucht zu bewerkstelligen sei.

Als selbst der Herzog einsah, die lästige Treue verdiene Antwort, zwang er sich zu einem Brief und warf ihn am nächsten Morgen dem Gärtner zu. Er sei krank, schrieb er, und schlecht zu Fuß. Zudem binde ihn sein Ehrenwort, keine Flucht zu unternehmen.

Es stimmte nicht, niemand hatte ihm ein Versprechen abgefordert. Die Getreuen wußten es; ihr nächster Brief wischte des Herzogs Einwände achtlos beiseite. Die Stunde sei reif, hieß es, das Volk erwarte den Herzog, und es sei seine Pflicht, zu fliehen. Am Tage darauf werde er, während der Gärtner sich mit dem Wärter befasse, bei der kleinen Gartenpforte ein angepflocktes Pferd finden und auf ihm davonreiten. Unterwegs erhalte er Schutz und Beistand.

Daß man ihn an seine Pflicht mahnte, verstörte den Herzog, denn er wußte, daß es zu Recht geschah. Er sah keinen Ausweg, jedenfalls keinen, der einem Edelmann anstand, und ein solcher war er nun einmal. «So sei es denn!» sagte er betrübt. «Zu schön war es hier, um lang zu dauern.»

Am folgenden Morgen begab sich alles so, wie es geplant war. Der Gärtner stülpte dem Wärter einen Sack aus Filz über den Leib und warf ihn zu Boden. Derweil er ihn fesselte, lief der Herzog zur Gartenpforte, bestieg das Pferd und preschte davon. Kurz darauf floh auch der Gärtner und schlug sich, zu Fuß, in den Wald.

Der Wärter fand, man habe sein freundliches Verhalten übel belohnt. Er brauchte eine halbe Stunde, bis er der Stricke ledig war; der Gärtner verstand sich aufs Knoten – er war Seemann gewesen, bevor er den Gärtner spielte. Als der Wärter sich befreit hatte, nahm er den Sack samt den Stricken unter den Arm, faßte Mut und begab sich zum Herzog von Tapiolo. Finster hörte dieser seine Meldung an, denn er hatte schlechte Nachrichten aus dem eroberten Land. «Ihm nach!» schrie er. «Nimm dir ein Pferd und schaff ihn zurück!»

Der Wärter lief zu den Ställen. Der Herzog befahl seine besten Leute herbei, weihte sie ein und schickte auch sie hinter dem Flüchtling her, mit dem Rat, sich ohne ihn nicht wieder zu zeigen. Als die Männer davonstürzten, ging ihm auf, daß er sich eilends in die unterworfene Hauptstadt begeben müsse, ehe der Herzog von Alfa dort ankam; er machte sich auf den Weg. Alles geschah so rasch, daß niemand im Schloß erfuhr, was hinter dem eiligen Aufbruch stand.

Der Herzog von Alfa war inzwischen nicht weit gekommen. Anfangs ritt er Galopp, wie es einem Flüchtling ziemt. Dann aber hielt er einen leichten Trab für ausreichend, und nicht lange danach ließ er das Pferd im Schritt gehen, damit er besser nachdenken konnte. «Edelmann!» dachte er. «Will das heißen, daß man sein Leben so führen muß, wie man es eigentlich nicht möchte? Ach was, ich pfeife auf meinen Stand, ich bleibe dort, wo es mir behagt.»

Er wandte sein Pferd und ritt zurück, knapp an Jenen vorbei, die ihn suchten. Bei der Gartenpforte sprang er ab, scheuchte das Pferd in den Wald und stieg in sein Turmzimmer hinauf. Er kam zur rechten Zeit – die Magd brachte gerade das Essen.

«Herrlich!» dachte er. «Und getreulich obendrein. Man kann doch nicht einfach verlassen, was man begonnen hat: das Herbarium, das Studium der Sterne und des Wetters, die Aufzeichnungen. Auch das sind Pflichten.»

So nahm er denn, mit einer geringen Unterbrechung, sein ruhiges Leben wieder auf. Den Wärter vermißte man hinfort im Schloß, gewiß, doch fand man nichts dabei. Man erzählte sich, der Herzog sei ein Gefangener auf Ehrenwort und bedürfe der Aufsicht nicht.

Und was war aus seinen Verfolgern geworden? Nun, daß sie ihn nicht gefunden hatten und nicht finden konnten, wissen wir ja. Sie streiften, einzeln oder paarweise, in beiden Ländern umher, vor allem im Herzogtum Tapiolo, und suchten und suchten und suchten. Alle drei Tage, so war es ausgemacht, trafen sie einander in einer abgelegenen Schenke, voller Hoffnung, Einer von ihnen habe die Spur des Flüchtlings entdeckt. Doch damit war es nichts, und weil sie mit leeren Händen nicht zurückkehren durften, betranken sie sich aus lauter Mißmut bis in den Morgen hinein. Am nächsten Tag zogen sie weiter, nun erst recht mißmutig und ganz ohne Hoffnung.

Der Herzog von Tapiolo wagte es nicht, des Feindes Residenz zu verlassen, denn nur dort, in der volkreichen und lebhaften Stadt, konnte ein Aufstand losbrechen. Sein Argwohn machte ihn strenger, als es geraten schien. Er mehrte die Truppen, erließ für den Abend ein Ausgehverbot und wies seine Häscher an, jeden Verdächtigen einzukerkern. Wäre er seiner Sache sicher gewesen und milde dazu, hätte man ihn wahrscheinlich geduldet, um der Ruhe willen. So aber brachte er die Städter gegen sich auf.

Daß er von den ausgesandten Leuten nichts hörte, machte ihn unruhig. Schon sah er sie, die Verräter, sich auf des Gegners Seite schlagen. Er schickte neue Leute aus, sie zu suchen, und war töricht genug, auch ihnen zu sagen, sie sollten unverrichteter Dinge nicht zurückkehren; so blieben sie fort, wie die Ersten. Wie rasch wäre er die Sorgen losgeworden, wenn er sich auf einen Tag in sein Schloß begeben oder von dort Nachrichten erhalten hätte! Er hatte jedoch keine Familie, die ihn heimzog, und der Hausvogt war nicht gehalten, ihm zu schreiben – ganz davon abgesehen, daß er nicht schreiben konnte.

Vollends ratlos waren die Verschworenen. Sie konnten sich nicht erklären, warum der Herzog von Alfa nicht zu ihnen stieß, zumal sie durch den Gärtner wußten, wie gut die Flucht gelungen war. Als man, nach Wochen, in den Wäldern ein verwildertes Pferd auffing und es als jenes erkannte, welches den Herzog getragen, nahmen sie es für gewiß, daß dieser sich zu Tode gestürzt habe.

So sprengten sie denn aus, der Herzog von Alfa sei auf der Flucht umgekommen, und wandten sich der Frau zu, die sie für seine Witwe hielten. Bei ihr fanden sie Gehör. Das eintönige Leben im Forsthaus behagte ihr nicht, sie wollte ihren ältesten Sohn auf dem Thron sehen, sie wollte durch ihn das Land regieren. Geschickter, als ihr Mann es unternommen hätte, betrieb sie den Umsturz, und er gelang. Wenn ein ganzes Volk sich erhebt, in allen Städten und Dörfern, zur selben Stunde, kommt auf jeden Feind eine Handvoll entschlossener Männer; ihrer kann er sich nicht erwehren. Fünf Stunden nach Beginn des Aufstandes war das Land befreit, und der Herzog von Tapiolo saß im Kerker.

Die Kunde erreichte den Herzog von Alfa, als er gerade auf das Mittagessen wartete; die Magd brachte sie ihm, zusammen mit einem Hasenbraten. «Verflucht!» rief er und achtete des leckeren Gerichtes nicht. «Verflucht sei der Ehrgeiz meiner Frau! Verflucht der gelungene Aufstand!» Er hatte es nicht schwer, die Magd zu bereden, denn sie war ihm schon lange zugetan. Hastig, als sei die Hölle hinter ihnen her, packten die Beiden ihre Bündel und machten sich davon.

Die Herzogin von Alfa und Tapiolo war überaus erstaunt, als sie vernahm, wo ihr Mann sich aufgehalten hatte. Wiewohl ihre Späher Monate lang nach dem Herzog suchten, fanden sie ihn nicht – wozu freilich bemerkt werden muß, daß man ihnen nicht eingeschärft hatte, sie sollten ihr Äußerstes tun.

Eugen

Sooft Herr Kierau morgens in den Spiegel sah, mißfiel ihm sein Anblick. Trübe Augen, Tränensäcke, stumpfes Haar, schlaffe Haut: das war die Rechnung für den vergangenen Abend. Betrüblich war auch, daß er sich nicht entsinnen konnte, was er in später Stunde gesagt und getan hatte. Es war alles weggewischt, als sei zu dieser Zeit gar nichts geschehen. Hatte er Freunde bewirtet, erzählten sie hinterher, er, der Bedächtige, habe Witz versprüht und sie köstlich erheitert. Das hörte Herr Kierau nicht ungern, doch es wäre ihm lieber gewesen, er hätte sich seiner witzigen Worte erinnert, um nachzuprüfen, ob sie auch bei Tage noch witzig blieben. Ebendies aber war ihm verwehrt.

Wenn Herr Kierau abends allein vor sich hin trank, machte er bisweilen Notizen. Am Tag darauf fand er sie meistens sprunghaft oder platt, doch nie unverständlich. Seit etwa drei Wochen aber kamen sie ihm sonderbar vor, und seit einigen Tagen begriff er sie überhaupt nicht mehr. Da stand, beispielsweise, zu lesen: «Menschenfresserei wünschenswert, vielleicht sogar nötig. Geranien sind zu verbieten, Astern auch. Tanz, Tanz aber distelhaft.» Oder: «Schlüssel aus Leichtmetall öffnen kein Schloß. Gehen Sie nur hinein, das Haus ist stabil! Überall Nebel, und in der Tasche Sandkörner. Meine Tante Isabell.» Oder: «Der achte Stock tiefer als der siebente – das ist immer so. Warum stottern Zwerge? Luft voller Hornissen, dazwischen Glaskugeln. Kein gutes Zeichen.»

Daß Herr Kierau seine Aufzeichnungen nicht mehr verstand, beunruhigte ihn sehr. «Wie, zum Teufel, ist das möglich?» dachte er. «Ich habe es doch selbst geschrieben, gestern abend zwischen zehn und zwölf.» Aber so sehr er sich auch mühte: der Sinn seiner wunderlichen Sätze ging ihm nicht auf.

Es kam noch ärger. Der trunkene Herr Kierau nahm andere Gewohnheiten an als der nüchterne. Er holte sich aus der Kneipe süßlich schmeckende Zigaretten, die dieser verabscheute, und trank auf den Wein noch zwei Flaschen Bier. Er hatte auch einen anderen Geschmack. Wenn der nüchterne Herr Kierau morgens durch seine Wohnung ging, fand er die Möbel umgestellt, die Bilder umgehängt, und im Papierkorb lagen Bücher, die er besonders schätzte.

Nun bestand kein Zweifel mehr: sein nächtliches Ich war ein Anderer als er. Herr Kierau sah das ein und nannte den Anderen, um sich gegen ihn abzugrenzen, Eugen. Damit billigte er ihm eine gewisse Selbständigkeit zu, doch dies hieß beileibe nicht, daß er sich aller Ansprüche auf ihn begab. Er, Heinrich Kierau, blieb der Herr – freilich ein nachsichtiger Herr, der täglich die Möbel, die Bilder, die Bücher wieder an ihren Platz brachte.

Wenn Herr Kierau abends zu trinken begann, gegen neun Uhr, glich er durchaus sich selbst: ein rechtschaffener, wortkarger Mann, dem selten etwas Besonderes einfiel. Ein Stündchen später aber gab es Herrn Kierau nicht mehr. Er war abhanden gekommen, und an seiner Statt saß dort Eugen, der an Einfällen keinen Mangel litt. Umsonst versuchte Herr Kierau, den Augenblick des Übergangs wahrzunehmen. Es gelang ihm ebensowenig, wie es einem gelingt, jene Sekunde zu erhaschen, in der man einschläft. Eine Zeitlang meinte Herr Kierau, es helfe ihm, wenn er den Wein mit Wasser verdünne. Er hatte jedoch Eugen nicht bedacht, der in ihm schon lauerte und schneller war als er. Während Herrn Kieraus rechte Hand unlustig nach dem Glas mit dem wäßrigen Wein faßte, schoß seine Linke, von Eugen geführt, auf die Flasche zu und hob sie an den Mund. Schon der erste Schluck spülte Herrn Kierau fort, und der Abend gehörte Eugen.

Nie wird man ergründen, warum Eugen Spaß daran fand, einem Mann zu schaden, von dem er in so mancher Hinsicht abhängig war; es stak wohl in seinem Wesen. Nachts störte er durch laute Verrichtungen den Schlaf der Hausbewohner. Er wechselte am Klingelbrett die Namenschildchen aus oder brachte Schildchen mit unflätigen Namen an. Er schüttete Sägemehl in die Briefkästen oder packte die Fußmatten in die Mülltonnen. Er beschmierte das Treppengeländer mit Kunsthonig oder stellte auf den Stufen die Beute seiner nächtlichen Streifzüge zur Schau: Aschenbecher, Bierfilze, abgeschraubte Emailschilder, Gummibälle, Rosensträucher und kleinere Automaten. Die Mieter fanden bald heraus, wer der Übeltäter war, und schauten weg, wenn Herr Kierau sie grüßte. Vom Hausverwalter kam ein drohender Brief.

Dieser Brief regte Eugen an, sich der Post zu bedienen. Leute, die Herrn Kierau bisher für höflich, ja, ehrerbietig hielten, empfingen dreiste Briefe – oder späte Anrufe, die ihnen mißfielen. Stolz auf sein Werk, brachte Eugen die Briefe noch rasch zum Postkasten, bevor er sich schlafen legte. Einige davon bekam Herr Kierau dennoch zu sehen; die Empfänger sandten sie ihm wortlos zurück. Um es kurz zu machen: Personen von Stand verschlossen Herrn Kierau fortan ihr Haus; zwei unter ihnen, die Eugen ernstlich gekränkt hatte, erhoben Klage. Zudem verlor Herr Kierau seine Stellung und mußte froh sein, daß er eine andere fand, wenngleich sie geringer entlohnt wurde.

Zu seinem fünfzigsten Geburtstag lud Herr Kierau die besten Freunde ein: eben jene, die Eugens Witz immer so dankbar belachten. Eugen gefiel sich jedoch darin, sie reihum zu verstimmen; nichts, was kränken konnte, blieb ungesagt. Kurz nach Mitternacht besaß Herr Kierau keine Freunde mehr. Die Gäste brachen einmütig auf, in geschlossener Schar polterten sie schimpfend die Treppe hinab.

Als Herr Kierau erfuhr, was sich an seinem Geburtstag ereignet hatte, befiel ihn zornige Trauer. Wie aber sollte er ein Geschöpf zur Rede stellen, das er nie zu Gesicht bekam? Eugen und er, sie glichen den Figuren eines Wetterhäuschens: war die eine sichtbar, sah man die andere nicht. «Was denkt er sich eigentlich!» grollte Herr Kierau. «Er ist doch nichts ohne mich. Besorgte ich nicht die Getränke, bliebe er wesenlos. Ich könnte ihn einfach vernichten, indem ich nicht mehr trinke.» Aber gerade dies konnte Herr Kierau nicht, weil er so gerne trank.

Herr Kierau entschloß sich, an Eugen zu schreiben. Anknüpfungspunkte gab es genug, dafür sorgten Eugens Notizen, die er sorgfältig aufbewahrte. Der erste Brief lautete:

«Lieber Eugen! Deine Aufzeichnungen sagen mir, daß die kleine Reiterfigur auf dem Schrank Dich ängstigt. Du starrst sie stundenlang an, Du findest, daß sie sich ständig verändert, Du hast Furcht vor ihr. Nun, ich halte dies für eine Folge Deiner Trunksucht. Du solltest Dich mäßigen und vor allem das törichte Biertrinken unterlassen, welches mir so übel bekommt. Eher hättest Du Anlaß, unseren Ruin zu fürchten. Deine nächtlichen Narreteien treiben uns nämlich in den Abgrund.»

Eugen antwortete noch am selben Abend: «Sehr geehrter Herr Kierau! Obwohl Sie mich in Ihrem Brief duzen, als sei ich ein Verwandter oder ein Knecht, bediene ich mich der höflicheren Anrede. Was die Porzellanfigur angeht, die Sie in Ihrem Unverstand für einen Reiter halten, so habe ich Sie nicht gebeten, die Natur meiner Irritation zu ergründen, und schon gar nicht, mir Ratschläge zu geben. Ich wiederum kann Ihre Befürchtungen nicht teilen, denn mir gebricht es nicht an Mitteln. Ich lege dreihundert Mark auf den Tisch, als Ausgleich für die von Ihnen bezahlten Weinrechnungen.»

Und wirklich: da lagen, spöttisch ausgefächert, drei nagelneue Hundertmarkscheine. Wo hatte Eugen sie her? «Sicher lebt er von Erpressungen», dachte Herr Kierau betrübt. «Oder er schreibt unzüchtige Bücher. Schmutzig ist das Geld bestimmt.» Dennoch steckte Herr Kierau es in die Brieftasche; seine großen Auslagen ließen ihm keine andere Wahl.

Der Briefwechsel, gereizt und nicht immer höflich, ging weiter. Am meisten verdroß es Herrn Kierau, daß Eugen mit grüner Tinte schrieb, obwohl er wußte, wie sehr sie ihm, seinem Herrn, widerstand. Bei der einen Spende blieb es nicht, Herr Kierau fand öfters Banknoten auf dem Tisch. Mitunter waren sie spielerisch gefaltet und geknifft: dann spreizte sich da eine Rosette, ein Lamm oder ein Schiffchen.

Eugens Hochmut kannte kein Maß. «Ich weiß alles!» schrieb er einmal. «Fragen Sie mich, ich bleibe keine Antwort schuldig.» Herr Kierau ging auf das Spiel ein. Als er von Eugen wissen wollte, was Duft sei, erhielt er die Auskunft: «Eine Schwebung gasoider Zismen», und als er sich erkundigte, wer rechtens Inhaber der Wohnung sei, er oder Eugen, hieß es: «Ich, weil ich die Porzellanfigur ergründe. Übrigens mache ich in der Sache große Fortschritte.»

Mit solchem Unsinn war nicht viel anzufangen, und so gab Herr Kierau das Fragen auf, zumal er argwöhnte, daß Eugen sich nur über ihn lustig machen wollte. Die Notizen jedoch, die Jener abends aufs Papier warf, beschäftigten ihn unablässig. Er las sie, verglich sie untereinander, bereit, ja, begierig, in eine Gedankenwelt einzudringen, die vermutlich viel unterhaltsamer war als seine eigene. Doch es gelang ihm nicht.

Herr Kierau befand sich in der Lage eines Staates, der weitab eine Kolonie gegründet hat und mitansehen muß, wie sie immer größer, immer reicher und unabhängiger wird, während er selbst verarmt. So gut er es konnte, sann er darüber nach, wie das Entgleitende, halb schon Verlorene noch zu halten sei. «Vielleicht», dachte er, «sollte ich schon bei Tage trinken. Vielleicht komme ich dadurch Eugen näher. Freilich muß ich darauf achten, daß ich des Guten nicht zuviel tue, denn sonst verliere ich mich noch mehr an ihn, und das wäre ein schlechtes Geschäft.»

Dies war, um es genau zu sagen, der letzte Gedanke, der in Herrn Kieraus Hirn entstand. Er trank nun also getrost bei Tage, anfangs gleich nach dem Mittagessen, später schon nach dem Frühstück. Er tat es vorsichtig, hinhaltend, alle Stunde nur ein Glas, und hatte wirklich die Empfindung, daß er sich Eugen nähere. Das angenehme Gefühl nahm zu, als er die Zeitspanne für ein Glas Wein auf eine halbe Stunde herabsetzte. Und als er sie gar auf zehn, auf fünf Minuten kürzte, gaben ihm Eugens Notizen keine Rätsel mehr auf; er begriff sie so gut, als hätte er sie selbst verfaßt. Zu fragen blieb nur, *wer* sie begriff, denn Herr Kierau und Eugen waren eins geworden.

Ein verächtlicher Blick

Das Telefon summte, der Polizeipräsident nahm den Hörer auf. «Ja?»

«Hier spricht Wachtmeister Kerzig. Soeben hat ein Passant mich verächtlich angeschaut.»

«Vielleicht irren Sie», gab der Polizeipräsident zu bedenken. «Fast Jeder, der einem Polizisten begegnet, hat ein schlechtes Gewissen und blickt an ihm vorbei. Das nimmt sich dann wie Geringschätzung aus.»

«Nein», sprach der Wachtmeister. «So war es nicht. Er hat mich verächtlich gemustert, von der Mütze bis zu den Stiefeln.»

«Warum haben Sie ihn nicht verhaftet?»

«Ich war zu bestürzt. Als ich die Kränkung erkannte, war der Mann verschwunden.»

«Würden Sie ihn wiedererkennen?»

«Gewiß. Er trägt einen roten Bart.»

«Wie fühlen Sie sich?»

«Ziemlich elend.»

«Halten Sie durch, ich lasse Sie ablösen.»

Der Polizeipräsident schaltete das Mikrofon ein. Er entsandte einen Krankenwagen in Kerzigs Revier und ordnete an, daß man alle rotbärtigen Bürger verhafte.

Die Funkstreifen waren gerade im Einsatz, als der Befehl sie erreichte. Zwei von ihnen probierten aus, welcher Wagen der schnellere sei, zwei andere feierten in einer Kneipe den Geburtstag des Wirtes, drei halfen einem Kameraden beim Umzug, und die übrigen machten Einkäufe. Kaum aber hatten sie vernommen, um was es ging, preschten sie mit ihren Wagen in den Kern der Stadt.

Sie riegelten Straßen ab, eine um die andere, und kämmten

sie durch. Sie liefen in die Geschäfte, in die Gaststätten, in die Häuser, und wo sie einen Rotbart aufspürten, zerrten sie ihn fort. Überall stockte der Verkehr. Das Geheul der Sirenen erschreckte die Bevölkerung, und es liefen Gerüchte um, die Hetzjagd gelte einem Massenmörder.

Wenige Stunden nach Beginn des Kesseltreibens war die Beute ansehnlich; achtundfünfzig rotbärtige Männer hatte man ins Polizeipräsidium gebracht. Auf zwei Krankenwärter gestützt, schritt Wachtmeister Kerzig die Verdächtigen ab, doch den Täter erkannte er nicht wieder. Der Polizeipräsident schob es auf Kerzigs Zustand und befahl, daß man die Häftlinge verhöre. «Wenn sie», meinte er, «in dieser Sache unschuldig sind, haben sie bestimmt etwas anderes auf dem Kerbholz. Verhöre sind immer ergiebig.»

Ja, das waren sie wohl, jedenfalls in jener Stadt. Man glaube jedoch nicht, daß die Verhörten mißhandelt wurden; so grob ging es nicht zu, die Methoden waren feiner. Seit langer Zeit hatte die Geheimpolizei durch unauffälliges Befragen der Verwandten und Feinde jedes Bürgers eine Kartei angelegt, aus der man erfuhr, was ihm besonders widerstand: das Rattern von Stemmbohrern, grelles Licht, Karbolgeruch, nordische Volkslieder, der Anblick enthäuteter Ratten, schlüpfrige Witze, Hundegebell, Berührung mit Fliegenleim, und so fort. Gründlich angewandt, taten die Mittel meist ihre Wirkung: sie entpreßten den Befragten Geständnisse, echte und falsche, wie es gerade kam, und die Polizei frohlockte. Solches stand nun den achtundfünfzig Männern bevor.

Der Mann, dem die Jagd galt, befand sich längst wieder in seiner Wohnung. Als die Polizisten bei ihm läuteten, hörte er es nicht, weil er Wasser in die Badewanne strömen ließ. Wohl aber hörte er, nachdem das Bad bereitet war, den Postboten klingeln und empfing von ihm ein Telegramm. Die Nachricht war erfreulich, man bot ihm einen guten Posten im Ausland an – freilich unter der Bedingung, daß er sofort abreise.

«Gut», sagte der Mann. «Gut. Jetzt sind zwei Dinge zu tun: der Bart muß verschwinden, denn ich bin ihn leid, und ein Paß muß her, denn ich habe keinen.»

Er nahm sein Bad, genüßlich, und kleidete sich wieder an.
Dem Festtag zu Ehren, wählte er eine besonders hübsche Krawatte. Er ließ sich durchs Telefon sagen, zu welcher Stunde er
auf ein Flugzeug rechnen könne. Er verließ das Haus, durchschritt einige Straßen, in die wieder Ruhe eingekehrt war, und
trat bei einem Friseur ein. Als dieser sein Werk verrichtet hatte, begab der Mann sich ins Polizeipräsidium, denn nur dort,
das wußte er, war in sehr kurzer Frist ein Paß zu erlangen.

Hier ist nachzuholen, daß der Mann den Polizisten in der Tat
geringschätzig angeschaut hatte – deshalb nämlich, weil Kerzig
seinem Vetter Egon ungemein glich. Für diesen Vetter, der
nichts taugte und ihm Geld schuldete, empfand der Mann Ver-
achtung, und die war nun, als er Kerzig gewahrte, ungewollt in
seinen Blick hineingeraten. Kerzig hatte also richtig beobachtet, gegen seine Meldung konnte man nichts einwenden.

Ein Zufall wollte es, daß der Mann beim Eintritt ins Polizeipräsidium erneut dem Polizisten begegnete, der ihn an Vetter
Egon erinnerte. Dieses Mal aber wandte er, um den Anderen
nicht zu kränken, seine Augen rasch von ihm ab. Hinzu kam,
daß es dem Armen offenbar nicht gut ging; zwei Wärter geleiteten ihn zu einem Krankenwagen.

So einfach, wie der Mann es gewähnt, ließ sich die Sache mit
dem Paß nicht an. Es half ihm nichts, daß er mancherlei Papiere bei sich führte, daß er das Telegramm vorwies: die vermesse-
ne Hast des Unternehmens erschreckte den Paßbeamten.

«Ein Paß», erklärte er, «ist ein wichtiges Dokument. Ihn
auszufertigen, verlangt Zeit.»

Der Mann nickte. «So mag es in der Regel sein. Aber jede
Regel hat Ausnahmen.»

«Ich kann den Fall nicht entscheiden», sagte der Beamte.
«Das kann nur der Polizeipräsident.»

«Dann soll er es tun.»

Der Beamte kramte die Papiere zusammen und erhob sich.
«Kommen Sie mit», sprach er. «Wir gehen den kürzesten Weg
– durch die Amtszimmer.»

Sie durchquerten drei oder vier Räume, in denen lauter rotbärtige Männer saßen. «Drollig», dachte der Mann. «Ich wuß-

te nicht, daß es ihrer so viele gibt. Und nun gehöre ich nicht mehr dazu.»

Wie so mancher Despot, gab der Polizeipräsident sich gern weltmännisch. Nachdem der Beamte ihn unterrichtet hatte, entließ er ihn und hieß den Besucher Platz nehmen. Diesem fiel es nicht leicht, ein Lächeln aufzubringen, denn der Polizeipräsident ähnelte seinem Vetter Arthur, den er gleichfalls nicht mochte. Doch die Muskeln, die ein Lächeln bewirken, taten brav ihre Pflicht – es ging ja um den Paß.

«Kleine Beamte», sprach der Polizeipräsident, «sind ängstlich und meiden jede Entscheidung. Selbstverständlich bekommen Sie den Paß, sofort, auf der Stelle. Ihre Berufung nach Istanbul ist eine Ehre für unsere Stadt. Ich gratuliere.» Er drückte einen Stempel in den Paß und unterschrieb.

Lässig, als sei es ein beliebiges Heftchen, reichte er seinem Besucher das Dokument. «Sie tragen da», sprach er, «eine besonders hübsche Krawatte. Ein Stadtplan – nicht wahr?»

«Ja», erwiderte der Mann. «Es ist der Stadtplan von Istanbul.»

«Reizender Einfall. Und nun –» der Polizeipräsident stand auf und reichte dem Mann die Hand – «wünsche ich Ihnen eine gute Reise.» Er geleitete den Besucher zur Tür, winkte ihm freundlich nach und begab sich in die Räume, wo man die Häftlinge vernahm.

Ihre Pein zu kürzen, hatten die Bedauernswerten manches Delikt eingestanden, nur jenes nicht, dessen man sie bezichtigte. «Weitermachen!» befahl der Polizeipräsident und ging zum Mittagessen.

Bei seiner Rückkehr fand er eine Meldung vor. Ein Friseur hatte ausgesagt, er habe am Vormittag einen Kunden auf dessen Wunsch seines roten Bartes entledigt. Den Mann selbst könne er nicht beschreiben, doch erinnere er sich eines auffälligen Kleidungsstückes: einer Krawatte mit einem Stadtplan.

«Ich Esel!» schrie der Polizeipräsident. Er eilte die Treppe hinunter, zwei Stufen mit jedem Satz. Im Hof stand wartend sein Wagen. «Zum Flugplatz!» rief er dem Fahrer zu und warf sich auf den Rücksitz.

...andant: Dr. P. Grob	An den
	Präsidenten der Polizei-
...henstraße 29, Zürich 4	kommandantenkonferenz;
...dresse:	an die
...ch 370, 8021 Zürich	Herren Polizeikommandanten
...n 051 / 292211	der Kantone: Schwyz, Uri, Zug,
	Freiburg, Appenzell JRh, Ob-
	und Nidwalden, Wallis.

...chen   Unser Zeichen   Rückfrage Ø

Gr/el   Zürich, den   7. März 1972

...geehrter Herr Präsident,
...geehrte Herren Polizeikommandanten,

...atten Sie mir, dass ich Ihre Aufmerksamkeit auf Folgendes lenke.
...existiert ein Lehrmittel betitelt: "Welt im Wort", herausgegeben
...der Interkantonalen Lehrmittelkonferenz, gedacht für Stufe Se-
...larschule. Das Verbandblatt "Der Polizeibeamte" hat in der Dezem-
...nummer 1971 daraus das Lesestück "Ein verächtlicher Blick", von
...: Kusenberg, publiziert und mit Recht kommentiert. Ich lege Ihnen
...Exemplar des "Polizeibeamten" bei.

...Kanton Zürich wurde die Erziehungsdirektion auf dieses Elaborat,
...unseren Berufsstand in übelster Weise in Misskredit bringt, auf-
...ksam gemacht. Im Erziehungsrat wurde die Angelegenheit besprochen.
...Erziehungsrat fand es richtig, den Schulgemeinden mitzuteilen,
...s bei Anschaffungen desselben keine Subventionen aus der Staats-
...se ausgerichtet würden.

...se Haltung unseres Erziehungsrates erfüllt uns mit grosser Dank-
...keit. Wir sind überzeugt, dass wir die Durchdringung der Lehr-
...tel mit zersetzendem Stoff auf alle wirksame Arten bekämpfen
...sen. Auch Ihr Kanton beteiligt sich an der Interkantonalen Lehr-
...telkonferenz. Deshalb liegt es mir daran, Sie zu orientieren
...Sie zu ermuntern bei Ihren zuständigen Behörden eventuell in
...cher Weise vorzugehen. Ein solches solidarisches Verhalten könnte
...tuell bei der Interkantonalen Lehrmittelkonferenz und vor allem
...m beim Verlag, der seine Geschäfte bachab gehen sieht, den nö-
...en Eindruck hinterlassen.

                    Mit kameradschaftlichen Grüssen

                                        (Dr. P. Grob)

...lage erwähnt

217

Der Fahrer tat, was er vermochte. Er überfuhr zwei Hunde, zwei Tauben und eine Katze, er schrammte eine Straßenbahn, beschädigte einen Handwagen mit Altpapier und erschreckte Hunderte von Passanten. Als er sein Ziel erreichte, erhob sich weit draußen, auf die Sekunde pünktlich, das Flugzeug nach Istanbul von der Rollbahn.

Herr über Nichts

Herr Endrian war wohlhabend, hatte jedoch die Empfindung, daß sein Besitz ihm nicht gehöre. Merkwürdig war das, denn er dankte sein Fortkommen keinem Erbteil; was er besaß, hatte er selbst verdient. Dennoch fand er, ihm gehöre nichts. Betrat er sein Haus, so war ihm, als sei es das Haus eines Anderen. Arbeitete er im Garten, abends, zur Entspannung, tat er es für den Herrn des Gartens, nicht für sich. Wen aber sah Endrian (den Titel «Herr» müssen wir ihm wohl nehmen) für den Eigner seiner Habe an? Ja, das wußte er eben nicht. Im Selbstgespräch meinte er, es müsse «so etwas wie ein Vater» sein, und auch das war merkwürdig, denn er hatte sich mit seinem Vater gut verstanden.

Wir kommen der Sache vielleicht näher, wenn wir annehmen, Endrian habe seinen Besitz als ein Lehen betrachtet, das jederzeit wieder zurückgefordert werden konnte. So aber denken Viele und meinen damit das menschliche Dasein schlechthin. Trotzdem richten sie sich bequem darin ein und sagen «mein Haus», «mein Geld», ja, sogar «meine Frau», obwohl die ihnen wirklich nicht gehört. Ebendies aber: Herr zu sein, wenn auch auf Abruf, brachte Endrian nicht fertig. Nichts gehörte ihm, nichts.

Nie ist ein Lehen sorglicher verwaltet worden. Den Bestand zu erhalten, genügte Endrian nicht; er mehrte ihn unablässig und rechnete täglich damit, daß man noch am selben Abend Rechenschaft von ihm verlange. Zeigte sich irgendwo Abnutzung oder wurde gar etwas beschädigt, mußte es sogleich erneuert oder instand gesetzt werden. Endrian bezahlte den Handwerkern das Doppelte, auch das Dreifache, wenn sie prompt herbeieilten, und natürlich kamen sie, wenngleich sie ihn für verrückt hielten.

In seiner Fabrik (er hatte eine Weberei) und zu Hause galt Endrian nicht viel. Ein Jeder merkte, daß er sich nicht für den Herrn hielt, und so empfing er nur halbe Achtung und halben Gehorsam. In der Fabrik ging es noch an, da bestimmte der Arbeitsplan die Zucht. Zu Hause aber war es schlimm. Seine Frau behandelte ihn so geringschätzig, als habe sie einen Geliebten, der den Ehemann überstrahle – und dabei hatte sie gar keinen. Seine Kinder, ein Sohn und eine Tochter, verweigerten ihm jeden Gehorsam; nicht einmal sein Hund, ein schläfriger Boxer, gehorchte ihm. Für die Familie wie fürs Hauspersonal war Endrian nur ein Verdiener, der das Geld heranschaffte. Niemand grüßte ihn zuerst, niemand wußte ihm Dank, und er verlangte ihn auch nicht.

Wir müssen uns widersprechen. Es gab eben doch ein paar Dinge, die Endrian als seinen Besitz ansah; freilich hatten sie kaum einen Wert. Da war zunächst jener einst dunkelblaue, nun aber längst ausgeblichene Drillichanzug. Endrian hatte ihn getragen, als er bei einem Schlosser lernte, und trug ihn noch immer, wenn er im Garten arbeitete. Das alte Zeug sollte ihn wohl an seine Anfänge erinnern; vielleicht glaubte er auch, es bringe ihm Glück. Ähnlich verhielt es sich mit einigen armseligen Möbeln, die auf dem Speicher standen; um nichts in der Welt durften sie weggeschenkt oder zerhackt werden. Es waren, man errät es leicht, Endrians erste eigene Möbel.

Mit dem Drillichanzug und dem Gerümpel verglichen, nahm sich ein Drittes schon ansehnlicher aus. Es war ein kleines, altes Gärtnerhäuschen, das in einem Winkel des Gartens stand, beim Mistbeet, wo die Kürbisse wucherten. Es steckte voller Geräte, voller Werkzeug, und roch nach Torfmull, Tomaten und feuchtem Ton. Außer dem Werkraum enthielt es eine winzige Koje mit einer Liegestatt. Diese Hütte nun betrachtete Endrian als seinen Besitz. Er hielt sich gern in ihr auf, bastelte vor sich hin, nächtigte auch gelegentlich in der Koje, ohne daß seine Frau ihn vermißte, und bedauerte nur, daß das Häuschen im Garten des Anderen stand. Doch was machte es aus? Hier war er daheim, hier fühlte er sich wohl.

Wie wir hörten, war Endrian allzeit darauf gefaßt, daß man

von ihm Rechenschaft über den Stand des Besitzes fordere. Eines Abends überkam ihn das Gefühl, die Prüfung stehe unmittelbar bevor. Dieses Gefühl nahm zu und wurde am fünften Tag bestätigt. Eine Stunde nach dem Abendbrot, gegen neun Uhr, saß Endrian im Wohnzimmer und las die Zeitung; da läutete die Hausglocke. Weil seine Familie sich nicht regte und das Personal Feierabend hatte, ging Endrian an die Haustür und öffnete. Draußen stand ein dreißigjähriger Mann, der aussah wie jeder Passant. Trotzdem fühlte Endrian, daß die Stunde gekommen sei.

Der Mann grüßte knapp, trat ein und hängte seinen Hut an den Haken. Endrian geleitete ihn eifrig ins Arbeitszimmer, rückte den Stuhl vom Schreibtisch und bot seinen eigenen Platz an. Der Fremde setzte sich hin, als komme ihm das zu. Und nun erwies es sich, wie vorzüglich Endrian den Augenblick vorbereitet hatte. Aus einem großen Schrank, den er mit Schwung aufriß, glitten durch seine Hände alle nötigen Unterlagen auf den Schreibtisch: Pläne, Bilanzen, Aufstellungen, Grundrisse und Fotografien. Das floß und floß in musterhafter Folge, es ward nicht eine Minute vertan. Der Fremde, geübt in solchen Dingen, las alles durch und nickte immer wieder beifällig. Er schien es zu schätzen, daß er Zeit sparte.

«In bester Ordnung!» sagte er. «Die Fabrik brauche ich nicht zu besichtigen.»

«Warum nicht?» fragte Endrian, der auch sie gern hergezeigt hätte.

«Wir sind genau unterrichtet», erwiderte der Fremde. «Wir haben da einen Vertrauensmann. Und nun will ich, der Form halber, noch rasch durch das Haus gehen.»

Das tat er, sehr selbstsicher, gefolgt von Endrian, der unterwegs Wunderliches erlebte. Als der Fremde in das Zimmer der Kinder trat, liefen sie auf ihn zu und küßten ihm die Hände. Im Flur begegnete man dem Hund, der nie gehorchte. «Setz dich und gib Pfötchen!» befahl der Fremde, und das Tier gehorchte sofort. Auch das Schlafzimmer von Endrians Frau betraten die Beiden. Die Frau lag – es geschah sonst nie – nackt auf ihrem Bett und warf dem Besucher einen buhlerischen Blick zu. Dieser betrachtete sie kurz, aber sehr genau. «Gut», sagte er. «Danke.»

Damit war der Rundgang zu Ende. Der Fremde ließ sich von Endrian an die Haustür bringen, nahm seinen Hut vom Haken, wünschte einen guten Abend und ging. Er reichte Endrian nicht die Hand, und dieser hatte es auch gar nicht erwartet.

Endrian begab sich in sein Arbeitszimmer. Er holte eine Flasche Kognak aus dem Schrank, schenkte ein und setzte sich an den Schreibtisch. Er war zufrieden, daß die Prüfung so gut abgelaufen war, aber es enttäuschte ihn, daß nicht der Eigentümer ihn besucht hatte. Der Fremde, er wußte es, war nur ein Verwalter, ein Kontrolleur; deshalb hatte er «wir» gesagt und nicht «ich». War denn er, Endrian, so gering, daß der Eigentümer es nicht für wert hielt, sich ihm zu zeigen? Er empfand Kummer, als er zu Bett ging, und entschlummerte mit dem Wunsch, die Begegnung möge sich eines Tages doch ereignen.

Lange brauchte er nicht zu warten. Zwei Wochen danach fuhr er in Urlaub, an den Ort, den er immer aufsuchte. Vormittags und nachmittags machte er weite Spaziergänge, weil sein Arzt es so wollte. Bei einem solchen Spaziergang erblickte er ein kleines Bauernhaus, das er noch nie gesehen hatte; es mußte aber wohl immer schon dort gestanden haben, denn es war das jüngste nicht. Plötzlich hörte Endrian sich bei seinem Namen gerufen und bemerkte erst jetzt in dem Vorgarten, zwischen den Blumen, einen alten Mann, der ihn heranwinkte. Im Anblick des Alten, der rote Backen hatte und einen weißen Spitzbart trug, ging es Endrian auf, daß er vor dem Besitzer seiner Habe stand. «Den Jahren nach», dachte er, «könnte es mein Vater sein. Aber ich empfinde ihn wie einen Großvater, und das ist besser. Es ist viel besser.» Nun begriff er auch, daß seine ungenaue Beschreibung «so etwas wie ein Vater» eigentlich einen Großvater gemeint hatte.

Sie traten in die Stube, und der Alte machte es kurz; er bot Endrian nicht einmal einen Stuhl an. «Hinfort», sprach er, «gehört dir alles, was ohnedies auf deinen Namen geht. Freu dich daran. Verbrenn die alten Lumpen und die schäbigen Möbel; das ist Aberglaube, das muß fort. Arbeite viel im Garten, schneide vor allem die Hecken, sie haben es nötig.» Er machte eine Pause. «Deine Frau», fuhr er fort, «hat eine gute Gestalt, mein Verwalter spricht noch heute davon. Das ist viel wert. Übrigens arbeitet auch er im Garten, dort drüben.» Endrian blickte dem zeigenden Finger nach und erkannte den Besucher von neulich, der ein Beet umgrub. «Und nun», sprach der Alte, «geh deiner Wege.» Auch er reichte Endrian nicht die Hand. Dieser verneigte sich vor ihm und schritt davon.

Im Gasthof kannte niemand das Bauernhaus, obwohl Endrian es genau beschrieb. Er hätte abends oder am nächsten Tag noch einmal vorbeispazieren können, um festzustellen, ob das Haus noch dort stand; aber er unterließ es. Statt dessen brach er den Urlaub ab und kehrte heim. Er zerhackte die alten Möbel, schichtete aus ihren Trümmern einen Scheiterhaufen und zündete ihn an. Als das Feuer loderte, warf er den Drillichanzug hinein. Da spürte er, daß all sein Besitz ihm nun wirklich gehörte.

Drei Tage lang erfreute sich Herr Endrian (so müssen wir ihn jetzt wieder nennen) an dem neuen Zustand. Seine Frau war zärtlich zu ihm, die Kinder folgten aufs Wort, der Hund folgte auch, und in der Fabrik dienerten Alle vor dem Fabrikanten. Abends machte Herr Endrian sich über die Hecken her. Am dritten Abend verletzte er sich an einem Dorn und bekam eine Blutvergiftung. Der Arzt wollte ihn ins Krankenhaus schaffen, aber Herr Endrian bestand darauf, daß man ihn ins Gärtnerhäuschen brachte, und dort starb er am Morgen des fünften Tages.

Kein Tag wie jeder andere

Als Herr Gronau, noch im Morgenrock, noch vor dem Frühstück, aus einem Fenster seines stattlichen Hauses blickte, sah er am Himmel zwei Sonnen statt einer einzigen Sonne. Die Entfernung zwischen den beiden Sonnen war nicht groß, und sie hatten fast die Hälfte ihres Anstiegs hinter sich, denn Herr Gronau war kein Frühaufsteher. «Ob es den Tag heller macht?» fragte er sich. «Jedenfalls wird man umdenken müssen.»

Er bereitete sich in der Küche das Frühstück, unwillig, weil er nicht gern den eigenen Diener machte. Er stellte das Nötigste auf ein Tablett und trug es ins Speisezimmer. Dort, am Eßtisch, saß ein Mann, den er nicht kannte, und las in einer Zeitung. Da Herr Gronau vor dem Frühstück nie zu sprechen pflegte, auch mit seinen Mätressen nicht, setzte er sich gleichfalls an den Tisch und nahm den ersten Imbiß ein. Bevor er damit zu Ende war, faltete der Fremde die Zeitung zusammen und steckte sie in eine Jackentasche. Einen Augenblick lang sah es so aus, als wollte er an Herrn Gronau das Wort richten. Doch er unterließ es; Tür für Tür hinter sich zuknallend, verließ er das Haus.

Nach dem Frühstück begab sich Herr Gronau unter die Dusche. Diese stieß, wie sonst, ihre dünnen, harten Strahlen aus, aber das Wasser fühlte sich anders an: prickelnder. Herr Gronau hielt es für Selterswasser. Er kostete eine Handvoll davon, dann noch eine. Was da aus der Dusche kam, schmeckte unverkennbar nach Sekt. «Das Wasserwerk», dachte Herr Gronau, «scheint heute spendabel zu sein. Vielleicht feiert es ein Jubiläum.»

Den Weg zum Schlafzimmer nahm er diesmal durchs Arbeitszimmer. Dort lag auf dem Teppich ein Mann wie tot hingestreckt; die Blutlache neben seinem Körper war schon verkrustet. Der Anblick mißfiel Herrn Gronau. Er ging zum Telefon, rief bei der Polizei an und sagte: «In meinem Haus liegt eine Leiche.»

«Sind Sie der Täter?» fragte der Beamte.

«Nein, ich bin der Hausherr. Ich möchte die Leiche los sein.»

«Das ist begreiflich», sagte der Beamte und ließ sich Herrn Gronaus Adresse geben. «Wir kommen sofort.»

Als Herr Gronau sich ankleiden wollte, bemerkte er ärgerlich, daß all seine Hosen ein langes und ein kurzes Bein hatten, wie für Einbeinige. Rasch entschlossen, zog er zwei Hosen übereinander an. Er sah jetzt ein bißchen sonderbar aus, mit seiner zweifarbenen Hose, aber er fühlte sich bedeckt, und das war die Hauptsache. «Bei den Landsknechten», brummte er, «war das Mode. Warum soll man es nicht wieder aufnehmen?»

Da man nie weiß, ob die Polizei kommt oder nicht und wie lange sie am Tatort blieb, rief Herr Gronau bei der Firma an, in der er arbeitete. «Hier Gronau», sagte er. «Ich fühle mich unpäßlich, es könnte eine Darmverschlingung sein. Bitte rechnen Sie heute nicht mit mir.»

«Wir rechnen überhaupt nicht mit Ihnen», erwiderte die Telefonistin, «weil bei uns kein Herr Gronau tätig ist.»

«Dann sind Sie schlecht unterrichtet. Ich leite eine Abteilung.»

«Davon weiß ich nichts. Sie können also unbesorgt zu Hause bleiben. Guten Tag.»

Herr Gronau legte den Hörer auf. Zwei Minuten später schrillte das Telefon, und als Herr Gronau den Hörer ans Ohr hob, meldete sich abermals die Telefonistin, «Soeben höre ich, daß nächstens ein Lehrling namens Gronau bei uns eingestellt wird. Sind Sie es?»

«Heißt er Robert Gronau?»

«Nein, Archibald Gronau, achtzehn Jahre alt.»

«Das bin ich nicht. Ich heiße Robert Gronau und bin sechsundvierzig Jahre alt.»

«Lehrlinge dieses Alters stellen wir nicht ein. Guten Tag.»

Unruhig ging Herr Gronau durch sein Haus. Er mied das Arbeitszimmer. Er fand, daß es ratsam sei, sich zu rasieren. Die

Polizei, das wußte er, hält unrasierte Männer immer für verdächtig; sie sieht in der Unterlassung dieser Pflicht ein Merkmal der Verderbnis.

Der Gang durchs Haus verwirrte Herrn Gronau noch mehr. Er bemerkte, daß die Tapeten tiefe Risse hatten, aus denen kleine Pflanzen sprossen, hängende Gewächse, wie man sie in südlichen Ländern findet. Er öffnete auf gut Glück eine Tür und betrat einen Raum, den er nicht kannte. Mitten im Raum stand eine Sänfte; in der Sänfte saß ein hübsches Mädchen, das vor sich hin trällerte und ihn anlächelte. Er wollte etwas sagen, etwas Höfliches, Galantes, aber das Mädchen legte den Zeigefinger an den Mund, und so schwieg er.

Indem er aufs Fenster zuging, spürte er, daß die Bodendielen elastisch waren. Er hüpfte und wurde hochgeschnellt wie auf einem Trampolin. Als er es zu weit trieb, stieß er mit dem Kopf an die Zimmerdecke und gab einen Wehlaut von sich. Die Hübsche lachte. Er hatte sie ein bißchen belustigen wollen, und nun lachte sie ihn aus.

Vorsichtig, Fuß vor Fuß schiebend, näherte er sich dem Fenster und blickte in den Garten. Die beiden Sonnen waren nicht zu sehen, aber dafür gab es andere Seltsamkeiten. Wo sonst Birken schimmerten, standen riesige Schachtelhalme, fünf bis sechs Meter hoch. «Wie im Paläozoikum», dachte Herr Gronau. «Entwickelt die Vegetation sich zurück?» Doch das war nicht alles. Das Erdbeerbeet trug Aprikosen, es sah aus, als habe jemand Ostereier ausgelegt. An den Aprikosenbäumen hingen Trauben, an den Stachelbeersträuchern Bananen. Nur ein Affenbrotbaum, der vorher noch nie im Garten gestanden hatte, bot die Früchte, die man von ihm erwartete. Herr Gronau schüttelte den Kopf, wohl mehr aus Gewohnheit, denn nichts erstaunte ihn mehr.

Vom Fenster sich abwendend, wollte er dem Mädchen nun doch etwas Liebenswürdiges sagen, da klingelte es. Aha, die Polizei! Er eilte zur Haustür, öffnete sie und stand vor einem Mann, der ihn bös anblickte. «Ihr Hund hat mich gebissen! Ich verlange Schmerzensgeld.» Der Mann zog das linke Hosenbein hoch und wies auf seine blutende Wunde.

«Ich besitze gar keinen Hund», erwiderte Herr Gronau. «Hunde sind mir ein Greuel.»

«Das wird sich zeigen», sagte der Mann. Er schritt auf einen Schrank zu, der in der Diele stand, und riß die Tür auf. Vier kläffende Köter sprangen heraus, einer häßlicher als der andere, und schossen durch die offene Haustür ins Freie.

«Na also», sagte der Mann. «Wenn Sie kein Wundpflaster herausrücken, melde ich Sie bei der Polizei.»

«Sie können gleich hierbleiben. Ich erwarte die Polizei.»

«Kann ich mir denken – bei solchen Bestien.» Er räusperte sich. «Haben Sie etwas zu trinken?»

«Was Sie wollen. Sekt?»

«Den können Sie in die Badewanne schütten. Geben Sie mir Gin mit Rum.»

In diesem Augenblick hielt vor dem Haus ein großer Wagen, ein Eintonner. Drei oder vier kräftige Männer stiegen aus, kamen herzu, überschritten die Türschwelle, und einer von ihnen sagte: «Wir kommen vom Wasserwerk, Herr Gronau. Sie haben uns herbestellt. Wo fehlt es?»

«Ich habe nicht das Wasserwerk angerufen, sondern die Polizei.»

«Glauben Sie ihm nichts», sagte der Mann, den es nach Gin mit Rum gelüstete. «Er spricht kein wahres Wort.»

«Wir wollen hier nicht herumstehen», sagte Herr Gronau. «Kommen Sie ins Wohnzimmer und stärken Sie sich.»

Das geschah. Herr Gronau stellte das größte Glas, das er besaß, vor den Mann mit der Bißwunde und füllte es halb mit Rum, halb mit Gin. «Bedienen Sie sich», sagte er, «sooft Sie mögen.» Er nahm eine Karaffe, ging ins Bad, füllte sie, kam zurück und schenkte den Männern vom Wasserwerk ein. «Nun, was trinken Sie da?»

«Sekt», sagte einer. «Dünnbier», meinten die anderen.

«Es ist eine Mischung aus beiden», erklärte Herr Gronau. «Sie ist köstlich, ich wollte, ich hätte sie erfunden.» Er holte eifrig drei weitere Karaffen und brachte sie randvoll auf den Tisch. Plötzlich fiel ihm ein, daß der Lenker des Wagens noch immer im Führerhaus saß. Er ging hinaus und redete den Mann an: «Wir sind, würde ich denken, etwa von gleicher Statur. Verkaufen Sie mir Ihre Hose, ich zahle Ihnen einen guten Preis. Oder lassen Sie uns die Hosen tauschen, natürlich nicht unentgeltlich.»

«Ich denke nicht daran», erwiderte der Fahrer. «Ich bin kein Clown.»

«Ich auch nicht. Aber meine Hose sieht man und Ihre nicht, weil Sie im Führerhaus sitzen. Ich erwarte die Polizei und möchte keinen schlechten Eindruck machen.»

«Den machen Sie ohnehin, denn Sie sind nicht rasiert.»

Ein zweifarbiger Wagen glitt heran und hielt. Es war die Polizei, es war sogar die Mordkommission. Fünf Beamte mit steinernen Gesichtern stiegen aus und musterten mißtrauisch zuerst Herrn Gronaus unrasierte Wangen, dann seine Hose.

«Sind Sie der Hausherr?»

«Jawohl.»

«Dann zeigen Sie uns bitte die Leiche.»

Herr Gronau führte die Beamten in sein Arbeitszimmer. Doch da lag kein Toter mehr, und wo sich vorhin eine Blutlache befunden hatte, war jetzt ein grüner Fleck.

Herr Gronau blickte kläglich drein. «Ich begreife das nicht. Die Leiche ist fort, und die Blutlache auch. Geblieben ist nur dieser grüne Fleck. Seit wann ist Blut grün?»

«Was haben Sie gegen Grün?» sagte der Kommissar. «Wir werden einen Rundgang durch das Haus machen.» Das taten sie dann, gründlich.

Im Zimmer mit der Sänfte gab es für die Polizisten eine große und für Herrn Gronau eine kleine Überraschung. Die junge Person, die noch immer in der Sänfte saß, hatte sich ihrer Kleider entledigt. Sie war nackt, soweit man es durch die beiden Fenster der Sänfte sehen konnte, sie lächelte die Männer zutraulich an.

«Ihre Freundin?» fragte der Kommissar, nicht ohne Anerkennung. «Weiter!»

Herr Gronau führte die Polizisten in den einzigen Raum, den man noch nicht besichtigt hatte, ins Wohnzimmer. Dort waren die Männer vom Wasserwerk guter Dinge und sangen.

«Soso», sagte der Kommissar. «Sauferei im Mordhaus.»

«Mordhaus?» fragte Herr Gronau. «Es ist ja niemand ernordet worden. Nur mein Teppich hat einen grünen Fleck abgekriegt. Wollen Sie etwas trinken?»

«Gern», sagte der Kommissar. «Damit meine Gedanken sich klären.»

«Was soll es sein?»

«Rum mit Gin.»

Herr Gronau ging zu dem Mann mit der Bißwunde, der schlafend auf einem Stuhl saß. Viel hatte er nicht getrunken, für den Kommissar blieb genug. Auch die anderen Polizisten lehnten ein Glas nicht ab und tranken im Stehen. «Sekt», sagten die einen. «Dünnbier», die anderen. Nun zeigte sich im Türrahmen der Fahrer mit finsterer Miene. Die Leute vom Wasserwerk sprangen hastig auf und verließen den Raum. Als entstehe ein Sog, eilten die Polizisten hinter ihnen her. Gleich danach preschten zwei Wagen davon.

Herr Gronau rief seinen Arzt an. Als dieser sich meldete, knurrig wie immer, sagte Herr Gronau: «Herr Doktor, ich glaube, ich werde verrückt – oder ich bin es schon.»

«Es ist der schlechteste Zustand nicht», meinte der Arzt. «Was haben Sie bei sich beobachtet?»

Herr Gronau gab eine Schilderung. Er nahm an, der Arzt werde sie mit Besorgnis aufnehmen, doch er wurde enttäuscht.

«Ich wollte», sagte der Arzt, «mir stieße dergleichen zu. Das ist doch alles recht amüsant, verglichen mit dem eintönigen Leben, das ich führe. Wie ist Ihnen denn dabei zumute?»

«Sonderbar. Aber ich kann nicht sagen, daß ich mich übel befinde.»

«Nur zu!» sagte der Arzt mißgünstig. «Gehaben Sie sich wohl und rufen Sie bitte nicht wieder an.»

Herr Gronau blickte zum Fenster hinaus. Die eine Sonne war rötlich geworden, die andere bläulich. Die Welt draußen wirkte violett oder lila, je nachdem, ob sich Wolken vor die eine oder die andere Sonne schoben. Lange stand Herr Gronau am Fenster. Als es dunkelte, flossen die beiden Sonnen ineinander, es sah aus, als verschlinge die eine die andere – aber welche verschlang welche? «Die Zeit saust», dachte Herr Gronau, «Eben war es noch Vormittag, und nun ist es schon Abend.»

Er wurde plötzlich müde, er wollte ein wenig ruhen. Doch als er das Schlafzimmer betrat, lag in seinem Bett, vertrackt umschlungen, ein Liebespaar. Die beiden jungen Leute starrten den Hausherrn gereizt an. «Sie stören», sagte das Mädchen, und es war das Mädchen aus der Sänfte. «Gehen Sie!»

Herr Gronau ergriff unterwegs eine Flasche Schnaps, begab sich in das neue Zimmer und setzte sich in die Sänfte. Er mochte die Flasche halb geleert haben, da erschienen zwei Lakaien und trugen die Sänfte fort. Dies war das letzte, was Herr Gronau noch wahrnahm.

Am nächsten Morgen erwachte er in seinem Bett. Als er durchs Haus taumelte, im Zickzack von Wand zu Wand, bemerkte er nichts Ungewöhnliches. Jedes Ding stand an seinem Ort, und das Wasser aus der Dusche schmeckte wie Wasser.

Anhang

Ich besitze nur zwei Fähigkeiten: ich kann ein wenig schreiben und ich kann mit den Ohren wackeln. Da das Ohrenwackeln nichts einbringt, habe ich mich aufs Schreiben verlegt. Sobald eine Arbeit fertig ist, trinke ich eine Flasche Wein, zur Belohnung. Damit ich schneller an den Wein komme, werden meine Arbeiten immer kürzer. Man nennt das dann: Meister der kleinen Form.

Kurt Kusenberg, 1950

Familie, Kindheit und Jugend

Die Eltern Emmy und Karl Kusenberg in Tanger, um die Jahrhundertwende

Als Baby, 1905

Kurt mit seinen Eltern, 1905

*Kurt mit seinem jüngeren Bruder
Klaus in Lissabon, 1910*

Als kleiner Soldat, 1906

Die Brüder, 1914/15

Die Familie Kusenberg in Bühl, Anfang der zwanziger Jahre

234

Autobiographisches

Ich bin im Norden geboren, in Schweden, ganz zufällig, und habe ebenso zufällig meine Kindheit im Süden verbracht, in Portugal. Eine italienische und eine brasilianische Kinderzeitschrift, Filme aus der Frühzeit des Kintopps und Märchen, die eine alte Näherin uns Kindern erzählte – das alles wurde ein Fundus von Bildern, von Fabeln, aus dem ich heute noch lebe. Man wird ja nie aus seiner Kindheit ganz entlassen.

Nach dem Abitur besuchte ich eine Malschule und studierte Kunstgeschichte. Für meine Dissertation wählte ich mir ein Thema, das unbedingt Studien in Italien, Frankreich, England und Spanien verlangte; so kam ich ein bißchen in Europa herum. Zu Beginn meines Berufslebens bewies ich, daß ich im Kunsthandel nicht zu gebrauchen sei, und schrieb Kunstkritiken und Aufsätze für Zeitschriften und Zeitungen; dann wurde ich selber ein Zeitungsmann, acht Jahre lang. Im Spätsommer 1936 trank ich mit dem Maler Werner Gilles irgendwo an der Ostsee eine Flasche Schnaps und bekam von ihm ein Flaschenschiff geschenkt. Bald darauf schrieb ich die Erzählung «La Botella», die von einem Flaschenschiff handelt; seither habe ich immer Erzählungen geschrieben. Die Presse brachte meine Arbeiten, aber ein Verleger für sie fand sich zuerst nicht, denn Erzählungsbände sind nicht sehr beliebt – beim Publikum nicht und daher auch nicht bei den Verlegern, die ihre Hand am Puls des Publikums haben. Schließlich aber bewies der Rowohlt-Verlag Mut – oder er wollte öffentlich zeigen, daß sogar ein Erzählungsband ihm nichts anhaben konnte. Jedenfalls brachte er mein erstes Buch heraus, und seither sind wir einander treu geblieben.

Ich schreibe, seit ich mit sieben Jahren Schreiben gelernt habe, also seit 52 Jahren, und ich werde es kaum jemals aufgeben, weil ich Spaß daran habe und weil ich sonst nichts kann. Nur wenn man mich dafür bezahlte, daß ich das Schreiben unterließe, würde ich es vielleicht unterlassen. Im Herbst 1943 steckte man mich in eine Uniform; ich trug sie zwei Jahre lang, bis zur Kapitulation, und brachte es zum Gefreiten des zweiten Weltkrieges. Ich war ein friedlicher Soldat, den man in Frieden ließ; wo immer ich hinkam, wurde nicht geschossen. Am Brenner geriet ich in amerikanische Kriegsgefangenschaft und kam, wieder auf zwei Jahre, in ein Lager bei Neapel; nie hätte ich auf eigene Kosten Süditalien so lange genießen können. Als Soldat und als Gefangener schrieb ich nichts. Aber ich machte mir viele Notizen und entwarf eine ganze Reihe von Erzählungen. Ins Privatleben entlassen, widerstand ich der Versuchung, wieder Redakteur zu werden, und eröffnete eine eigene Schriftstellerei. Alles, was sich in den vier Jahren angestaut hatte, kam jetzt aufs Papier. Man sieht daraus, daß es gar keinen Zweck hat, Schriftsteller gefangen zu setzen oder sie sonstwie von der Arbeit abzuhalten – sie schreiben hinterher umso mehr.

Seit jener Zeit schreibe ich also wieder, alles Mögliche, aber ich lasse nur die Erzählungen gelten, und das sind seltene Vögel. Fünf, sechs Stück im Jahr – mehr werden es nicht, und so dauert es eben immer vier Jahre, bis ein neues Bändchen zustandekommt. Es geht mir wie dem englischen Schriftsteller Richard Hughes, der einmal sagte: «Ich brauche lange Zeit, weil ich kurze Bücher schreibe.»

Zwei Fragen werden immer wieder an mich gestellt. Die erste: Wie kommen Sie bloß auf diese sonderbaren Einfälle? Antwort: Die Einfälle kommen zu mir. Wer nicht sucht, der findet. Die zweite Frage: Wie ist diese oder jene Geschichte zu verstehen? Antwort: Gar nicht. Ich verstehe sie selber nicht. – Ein bekannter Romanschriftsteller, den ich einst in den Ferien an der Ostsee traf, warf mir ganz erbost vor, ich verwirre absichtlich den Leser, und das dürfe man nicht. Ich frage zurück: Wieso eigentlich nicht?

Klüger als mein Kollege war ein einfacher Soldat, der mir aus dem Felde schrieb: «Zuerst habe ich mich furchtbar geplagt, um hinter den Sinn Ihrer Erzählungen zu kommen, und nicht schlecht auf Sie geflucht. Aber eines Tages ging mir auf, daß man vielleicht gar nicht suchen soll, was hinter ihnen steckt, sondern sie ganz einfach betrachten und auf sich wirken lassen soll wie ein Bild oder eine Landschaft. Bei einer Landschaft fragt man ja auch nicht, was dahinter steckt.»

Daß die Leute in meinen Erzählungen unbedingt einen Sinn finden wollen, belustigt mich sehr. Warum gerade dort? Sie finden sich damit ab, daß die Politik sinnlos betrieben wird, daß unsinnige Verordnungen erscheinen, ja, daß ihr Leben nicht viel Sinn hat. Warum sollen dann meine Geschichten Sinn haben? Vor allem: sie wollen es ja ausdrücklich nicht, sie wollen den Unsinn, weil ihr Verfasser der Ansicht ist, daß der Unsinn auf den Menschen eine heilende und erlösende Wirkung ausübt.

Deshalb mag ich auch Symbolik nicht. Das Publikum hat Symbolik natürlich gern, weil es sieht und merkt: «Aha, das hat das zu bedeuten! Das ist tief, das ist schön.» Meiner Ansicht nach hat Symbolik in der Kunst nichts zu suchen. Kunst «bedeutet» nichts, Kunst ist ganz einfach das, was sie ist.

Die Schlüsse zu meinen Geschichten machen mir viel Kopfzerbrechen. Es gibt zu jeder Geschichte einen richtigen Schluß, aber man findet ihn nicht immer – auch ich finde ihn nicht immer. Wahrscheinlich müßte man, um ihn zu finden, ein Orakel befragen, etwa das chinesische Schicksalsspiel I-Ging. Neulich hat ein Schullehrer in der Eifel ein hübsches Experiment angestellt. Er war mit dem Schluß einer meiner Geschichten nicht einverstanden, und so las er seinen Quintanern die Geschichte zu drei Vierteln vor, brach ab und gab ihnen als Hausaufgabe auf, die Geschichte zu beenden. Diese Aufsätze hat er mir geschickt. Mehrere Schüler hatten einen Schluß erfunden, der etwa dem entsprach, was der Lehrer sich gedacht hatte. Aber zwei Schüler hatten meinen Schluß erfunden! Der richtige Schluß ist es freilich nicht, das weiß ich selber. Vielleicht findet ihn einer, wenn ich schon lange tot bin. Es hat ja Zeit – in der Kunst hat alles Zeit.

(1963)

Zeichnungen

Unruhiges Sylvester. Eine Neujahrsgeschichte, 1926/27

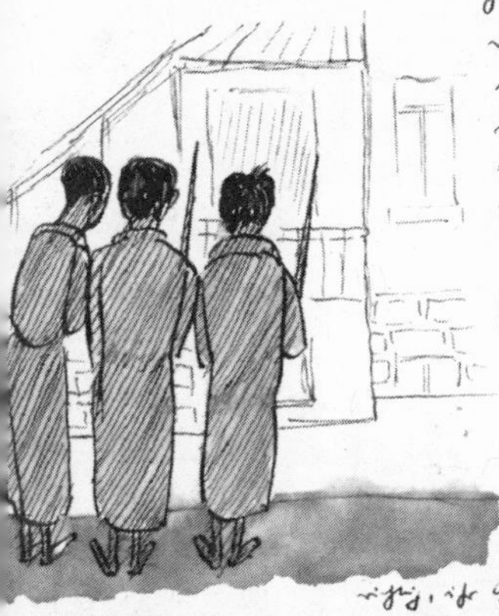

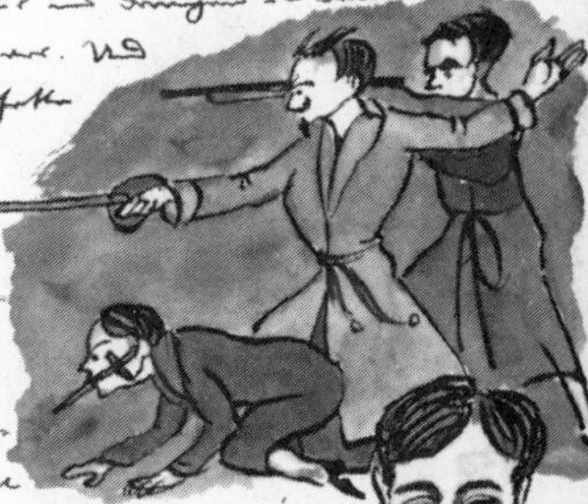

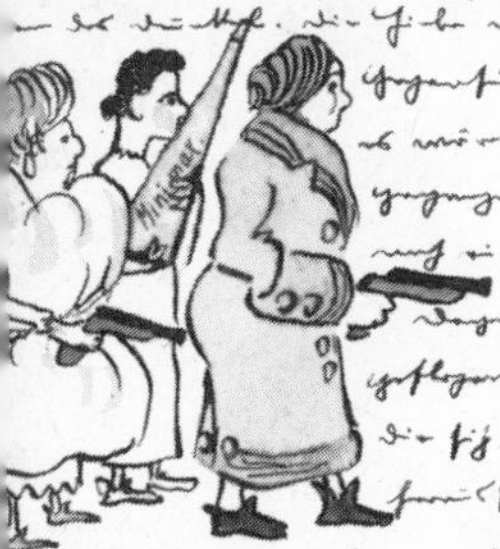

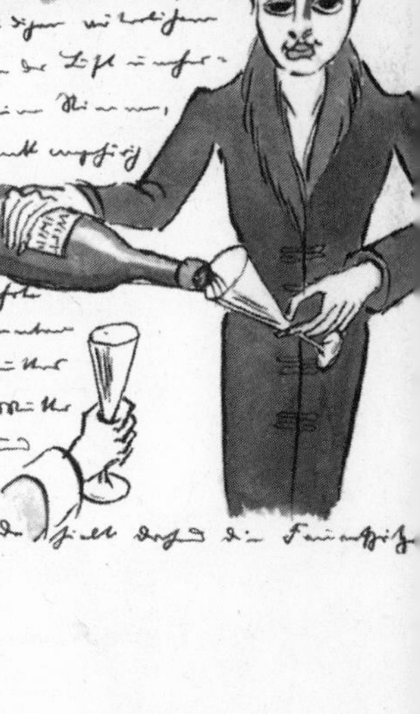

Das Familienmonument. Geburtstagsgabe für die Mutter, 1932

Selbstporträts aus der Studienzeit, zwanziger Jahre

Der Kunststudent

Der Dandy

Ich wäre gern ...

Ich wäre gern eine hübsche Witwe gewesen im alten Ägypten
Mit zweihundert Sklaven und dreizehn Gelypten
Oder ein Freund des Neffen des Erfinders der Taschenuhr,
Die morgens etwas nachgeht und abends etwas vur,
Oder ein Kannibale, der sich von Forschungsreisenden nährt,
Ohne selbst zu forschen, weil ungelährt,
Oder ein kleiner Seehund namens Oskar
Mit Kurs auf Island (oder Madagaskar)
Oder der Nebenfluss eines Nebenflusses in einer indischen
    Provinz
Oder ein Komet mit einem besonders langen Schwinz
Oder eine Wasserrose, an die tote Ophelia geschmiegt,
Von Shakespeare selber beschriftet: «Weh dem, der liegt!»
Oder eine Wasserhose unter Philipp dem Schönen von
    Burgund
Oder ein Windhosenmatz unter Richard Löwenherz von
    Engelund
Oder Miss Paris, Frankreichs schönste Frau,
Mit dem preisgekrönten Popau
Oder ein Pastetenbäcker, ein Meister in seinem Fach,
Der ohne Pfaue Pfauenpasteten buk, Tag für Tach,
Oder ein Kalb mit zwei Köpfen im badischen Städtchen
    Lauffen,
Den einen Kopf zum Trinken, den andern zum Sauffen,
Oder ein Siebenschläfer, der sieben Jahre schlief
Und dabei Gedichte machte – ganz intuitief,
Oder Cäsars Mundschenk oder ein Drache oder ein
    Ober-Eunuch
Oder ein Veilchen oder ein Hase oder Johann Sebastian Buch
Oder ein Milchstrassenkehrer oder ein sizilianischer
    Prinzgemahl
Oder sonst was Lebendes – was, ist mir ganz egahl,
Denn alles fliesst und verrinnt und vergeht
Entweder zu früh oder zu speht.

Berlin, 1929–1943

Ein seltenes Bild: Kurt Kusenberg in geselliger Runde, um 1930

Mit seiner ersten Frau Gretl Szelinski und Tochter Brigitte, 1941

Brief aus einer heftigen Gegend

Ich schreibe dir aus diesem fernen Land
Im Schatten eines Baums, der gestern noch nicht stand,
Denn hier wächst alles über Nacht.
Kaum keimt ein Plan, so ist er auch vollbracht.
Es geht in unsrer Gegend heftig zu.
Ich weiss nicht recht, ob du
Ertragen könntest, was das Klima einem abverlangt,
Und gebe zu, dass es selbst mir oft bangt.
Die Sonne brennt wie heisser Zorn,
Sie reift das Korn, versengt das Korn
Nach Laune. Ja, auf sie ist kein Verlass:
Heut spielt sie Liebe, morgen Hass.
Aus einem Nichts, aus einem Quell
Wird jäh ein Strom, der schnell
Das Land ringsum ersäuft
Und sich im Nu wieder verläuft.

Was du dir wünschst, es wird sofort Gestalt,
Die Wünsche haben wirkende Gewalt –
Nur böse Wünsche nicht. Und das ist gut,
Sonst schwömme man in einem Meer von Blut.
Blickst du ein Weib begehrlich an,
So bist du schon ihr Mann
Und dein Begehren zeugt ein Kind.
Ein jeder Mensch ist hier wie Wind,
Der Samen ausstreut, ohne lang zu fragen,
Ob sie wohl Wurzeln schlagen.
Blickst einen Stern du liebend an,
So strahlt er auf und ist dir untertan
Und lenkt nach Kräften dein Geschick.
Er überhäuft dich so mit Glück,
Dass du nach Luft ringst. – Komm doch einmal her
Und sei mein Gast. Es ist ein bisschen schwer,
Sich einzuleben. Aber wem's gelingt,
Dem springt das Herz, bis es zerspringt.

Als Kurt Kusenberg 1935 Zweiter Chefredakteur der Illustrierten «Koralle» wird, kommt es zur Zusammenarbeit mit Erich Ohser (e. o. plauen), aus der die weltberühmte Zeichenserie «Vater und Sohn» entsteht

Erich Ohser dankt für «den Platz an der Sonne»

«La Botella» – eine Erzählung,
Rowohlt und die Folgen, 1936–1940

ERNST JÜNGER

3.1.37.

Ueberlingen a.B.
Weinbergstraße 11

Sehr geehrter Herr Kusenberg !

Von meiner Südamerika-Reise zurückkehrend,finde ich Ihren Brief vom 11.November hier an meinem neuen Orte vor.Ihre kurze Geschichte von der Botella gefällt mir sehr gut.

Besteht eigentlich ein besonderer Grund,aus dem beide Abenteuer nicht ein und demselben Kapitän zustoßen ? Das würde die magische Analogie des kleinen Schiffchens in der Flasche und des großen in der Bucht noch stärker hervorheben. Vor allem gefiel mir die schöne Sparsamkeit, die dem letzten,beleuchtenden Satz auszeichnet.

Es wäre sehr schön,wenn es Ihnen gelänge,uns durch ein Bändchen ähnlicher Erzählungen zu erfreuen - man kann das allerdings kaum beabsichtigen,denn es muß der glückliche Zufall hinzukommen,der dem Erzähler solche organischen Figuren gleich Muscheln in die Hände spielt.

Ihr

Ernst Jünger

Brief von Ernst Jünger, 1937

Rowohlt Verlag GmbH
Stuttgart 9

NECKARSTRASSE 121/123 · BANK:
DEUTSCHE BANK, STUTTGART
(ABT. GYMNASIUMSTR.) · POST-
SCHECK: STUTTGART 4454, LEIP-
ZIG 13207. FERNSPRECHER 6246/49

Stuttgart, den 15. März 1940.
L/Mn.

Herrn
Dr. Kurt Kusenberg

Berlin-Wilmersdorf

Bonnerstr. 8.

Sehr verehrter Herr Dr. Kusenberg !

                        Dr.
Unser früherer Lektor, Herr/Frido Lampe hatte die Freundlich-
keit, uns Ihr Manuskript DER VERSCHWUNDENE KRABE mit Ihrem Einverständnis vorzulegen.

Wir haben uns sogleich mit diesem Buch beschäftigt und waren
von dem grössten Teil dieser "magischen Bagatellen", wie man sie
wohl mit allem literarischen Anspruch nennen dürfte, aufrichtig
entzückt.

Der Verlag wäre bereit, mit Ihnen darüber Vertrag zu schliessen,
wenn Sie sich damit einverstanden erklären können, dass einige
Geschichten fallen. In diesem Sinne hatten wir auch schon Herrn
Dr. Lampe geschrieben und ihn gebeten, Ihnen ähnliches anzu-
deuten.

Ich selbst werde im Laufe der kommenden Woche in Berlin sein und
würde es begrüssen, wenn wir eine Verabredung treffen könnten. Ich
darf Sie wohl dieserhalb im Deutschen Verlag anrufen oder gar
besuchen, da ich ohnehin dort sein werde. Vielleicht können wir
dann alles nähere und weitere besprechen. Herr Dr. Lampe liess
und wissen, dass Sie noch weitere Arbeitspläne haben, worauf wir
natürlich besonderen Wert legen. Wenn Sie mir dann darüber in
Berlin schon etwas erzählen könnten, wäre das sehr nett.

Inzwischen mit besten Grüssen

Ihr sehr ergebener

Brief von Heinrich Maria Ledig-Rowohlt, 1940

1940 erscheint Kusenbergs erster Erzählband «La Botella» bei Rowohlt; die Einbandzeichnung der Originalausgabe stammt von Alfred Kubin

Verlagswerbung

252

Mit dem Flaschenschiff, ca. 1940

«Ich war ein friedlicher Soldat», 1943–1947

Als Soldat, ca. 1943

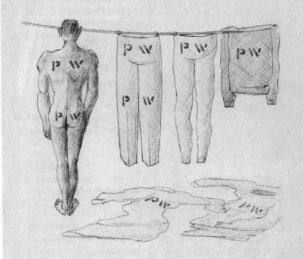

Prisoner of war: Zeichnung aus der Zeit der amerikanischen
Kriegsgefangenschaft, 1945–47

«Das wiedergekehrte Paradiesgärtlein»

Kurt Kusenberg, ca. 1956 in München

Beate Kusenberg, ca. 1956 in München

Das wiedergekehrte Paradiesgärtlein

In der kleinen Stadt, die ich mitbewohne, lassen die Bürger ihre Gartenzäune herrichten. Einige, denen es besonders gut geht, haben sogar den Steinmetz bemüht: eine neue Einfriedung aus Gestein umpanzert ihren Besitz. Diese frisch erstellten oder erneuerten Gehege kommen dem Straßenbild zugute, wohlgefällig ruht der Blick auf ihnen: aha — Ordnung, Aufbau, Optimismus. Es versteht sich, daß die Zäune keinen eigentlich praktischen Wert besitzen. Sie halten niemanden davon ab, das Grundstück zu betreten, denn man kann sie leicht überklettern. Sie sind eben nur fürs Auge da, für das des Besitzers und das der Passanten. Zu Anfang des letzten Krieges meinte ein französischer General, der Westwall sei eine eher symbolische als wirksame Verteidigungsanlage; später zeigte es sich, daß auch die Maginot-Linie nur symbolisch war. Zwei Symbole also, die einander knurrend gegenüberlagen, ohne je zu beißen.

Daß die erneuerten Gartenzäune etwas symbolisieren, steht außer Frage. Was aber? Nun, da gibt es mancherlei Vorschläge: zart aufkeimendes Zutrauen zur Besatzungsmacht oder zur Bundesrepublik, Schönheitssinn, Sicherheitsgefühl, Schaustellung, Selbstbestätigung, doch auch Abgrenzung gegen die Umwelt. My house, my castle — hier bin ich, draußen sind die anderen; dazu, eventuell, noch das bekannte Zitat aus dem bekannten Bühnenstück. Oder, ins Geistige, Indogermanische übertragen: Mitgart, die innere Welt, gegen Utgart, die reale Welt. Wie so häufig, erweisen sich geistige Instrumente als die feineren Sonden. Mit einem bißchen Symbolkunde und unter dem Patronat des Erzmagiers C. G. Jung rührt man an den Nerv der Dinge.

Der abgegrenzte, heilige, unverletzliche Bezirk ist ein uraltes Sinnbild, aus magischen Zeiten, als man gegen Gefahr von außen einen Bannkreis zog und alles, was er umschloß, für tabu erklärte. Vorstellung und „Wirklichkeit" waren damals, gottlob, nicht geschieden; es ging nicht um Abwehr von Feinden, sondern von Dämonen. Wir verstehen das heute wieder ganz gut, weil unser Weltbild magischer geworden ist; oder will jemand allen Ernstes behaupten, Dämonen seien nicht wirklich? Das umfriedete Gehege stand für Sammlung und Einkehr, es war ein Hort der Seele. Man findet es in der europäischen wie in der asiatischen Kunst als Paradiesgärtlein, als Rosenhag, als Liebesgarten — weltlich und geistlich, immer aber seelisch gemeint.

In der Fachsprache heißt dieses symbolische Gehege hortus oder temenos. Ein ummauerter Garten, ein umzäunter Hain, Wasser um eine Insel stellen die Umgrenzung her. Freud erklärt den temenos als Mutterschoß, in den die geängstigte Kreatur zurückzukehren trachtet. Jung ist behutsamer; er stellt lediglich, daß alle im hortus vorkommenden Symbole — das Gevi... der Springbrunnen, das Tor, der Lebensbaum — w... lich und erdhaft sind, der anima zugeordnet, der Se... So wäre denn also (nun kommt, nach langem Anl... der Sprung!) das Herrichten von Gartenzäunen in de... schen Kleinstädten nichts anderes als eine magi... Handlung, unbewußt vollzogen, zu dem Zweck, das ... für tabu zu erklären und die Dämonen der Zeit drau... zu halten — eine seelisch-weibliche, sich selber bew... rende Abwehr gegen alles und jeden.

Im Schatten der Atombombe ausgebessert und fri... gestrichen, muten die Gartenzaun im Jahre freilich rühren... die Katakomben der frühen Christen böten den besse... Schutz. Doch die Welt liebt das Spiel mit Figuren, wie Dinge aussehen und in Wirklichkeit — ja, in Wi... lichkeit — reine Symbole sind. Die Chinesische Ma... wird abgetragen, der Eiserne Vorhang wird verstä... Diesseits und jenseits von ihm liegen die feindlic... Burgen: Vatikan und Kreml, diesseits liegen außerd... umgrenzte Länder, umfriedete Provinzen, umzäu... Grundstücke, umpanzerte Herzen. Da sage einer, ... Historie sei nicht geistig! Angst macht den Mensch... geistig, und der Mensch macht die Historie.

Kurt Kusenberg

Hamburg, Rowohlt und
die Monographien, 1956–1983

*Von links nach rechts:
Kusenberg, Grassi, von
Rezzori, Ledig-Rowohlt,
Sieburg, Frisé –
anläßlich des «Tags des
Buches» bei Schrobsdorff,
Düsseldorf, am 26. 11. 1955*

*Mit seinem Verleger Heinrich
Maria Ledig-Rowohlt, Kassel
1956*

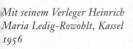

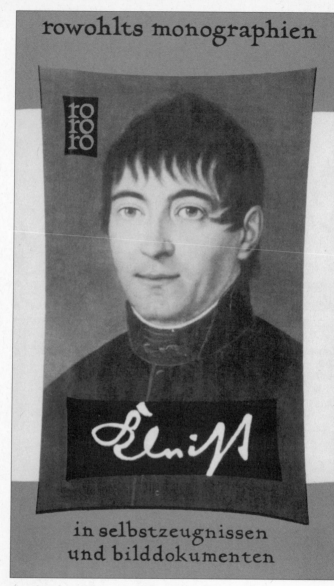

1958 erscheint die erste «rowohlts monographie» über Heinrich von Kleist; Umschlag der Erstausgabe

Arno Schmidt
(16)Darmstadt/Inselstr.42
den 4.2.1958

Sehr geehrter Herr Dr.Kusenberg !

Dank für Ihr Schreiben !

Leider kann ich den Auftrag nicht übernehmen : mein
Französisch ist so, daß ich die Sprache wohl ohne sonder-
liche Mühe lesen kann - wie ich denn gerade für eine Arbeit
die 3 alten Quartbände der 'Astronomie' des Jérôme de la
Lande, und mit Gemuß, durchschmökere - aber an die Übertra-
gung, zumal eines anspruchsvollen Stückes, möchte ich mich
nicht trauen. / Wenn Sie einmal etwas aus dem Englischen
haben, ist es ein Anderes; da bin ich leidlich sattelfest;
(und habe ja auch schon eine ganze Anzahl Bände verdeutscht:
4 für Rororo; 2 für Ullstein; usw.usw.). -

Nicht minder möchte ich Ihnen für den ermutigenden Zu-
spruch hinsichtlich meiner eigenen Bücher danken : wenn der
Verfasser der 'Ruhelosen Kugel', des 'Blauen Traums' oder
der 'Schlechten Schüler' mich für was Rechtes hält; dann
besteht zumindest die Möglichkeit, daß dem so ist. - (Die
schöne Formel vom 'Zwist unter Zauberern' habe ich, scham-
loserweise, sogar expropriiert : für ein 'Nachtprogramm',in
dem ich Hebbel und Stifter ihren fundamentalen Zank erneuern
ließ.) -

Ich verbleibe inzwischen,

mit freundlichem Gruß:

·(Arno Schmidt)

Brief von Arno Schmidt, 4. 2. 1958

Lieber Herr Rowohlt

Ich muss Ihnen doch einmal sagen,wie
sehr ich Ihre Reihe Monographieen
schätze,die Kusenberg betreut,ein
Mann an dessen Erzählungen ich oft
grosse Freude hatte.Wenn die Monographieen auch natürlich nicht alle
gleichwertig sein können (z.B. die
über Confucius ist eine der schwach-
en) so ist doch das Niveau der ganzen
Reihe ein erfreulich hohes und die saubere
Arbeit im Biographischen wie Bibliographischen höchst wohltuend.

Herzlich grüsst Sie Ihr

HERMANN HESSE
   MONTAGNOLA
BEI LUGANO (Schweiz)

Karte von Hermann Hesse, sechziger Jahre

Mit den Kindern Barbara und Sebastian

Der Sammler

Beate und Kurt Kusenberg bei der Arbeit, Hamburg 1964

Aarøsund

Am Meer

Wasser, noch winterkalt,
Wie das so strömt.
Gleitende Schichten.
Zittergerinnsel,
Nicht Silber, nicht Zinn.
Tückischer Sog,
Seicht erst, dann klaftertief.
Drunten ein Hockergrab, zum Meditieren.

Tang, Kroppzeug der See,
Mal glibbrig, mal raschelnd,
Säumt deinen Weg.
Sommer wird sein, verschämt, kleines Windchen.

Wie ist der Himmel so hoch,
Wie umflirrt dich sein Licht.
Kristallisches Glitzern im Sand.
Fahl dehnt das Ufer sich hin,
Läuft vor dir her,
Und du tappst ihm nach.

Als du verwesende Schwäne begrubst,
Dachtest du nicht an Dank.
Drüben war's, bei der sauren Wiese,
Wo der keifende Kiebitz
Herrisch umkreist sein Revier.
Wenn du dich näherst, ein Wanderer, still,
Jagt er im Sturzflug
An dir vorbei.
Wiwitt! Wiwitt!
Was soll es? Du gehst ja schon.

Das Ferienhaus an der Ostsee, in Aarøsund (Dänemark); sechziger Jahre

Der Hafen von Aarøsund, 1965

Eltern und Kinder am Meer

Die Kinder Barbara und Sebastian, Anfang der sechziger Jahre

Liebes Herz,
du schreibst so freundliche, liebe Briefe, und sie tun mir gut.
Ich empfinde wie du: wenn wir uns verstehen, bilden wir ein
Bündnis, das es mit der Welt aufnimmt. Man muss eben wechselweise einander helfen. Zu meinem Kummer war das in letzter Zeit etwas einseitig, es ging auf deine Kosten. Aber es wird
schon wieder werden mit mir; dann bin ich keine Last mehr.

Die Zwischenbilanz ist nicht schlecht. Soweit ich sehe, sind
die Depressionen weg, und kleine melancholische Anwandlungen kann man durchaus aufs Wetter schieben, das trübe ist. Seit
dem Tag unserer Ankunft (und vielleicht noch dem Tag darauf)
verhalten Thermometer und Barometer sich unfreundlich. Es
ist zu kühl, und es regnet immer wieder, vor allem nachts. Aber
im Garten steht kein See; wirklich, die 500 haben sich gelohnt.
Bei solch miesem Wetter wird jedem Urlauber mies zumute,
denn was da verregnet, sind ja seine Ferien.

Das Hebel-Manuskript ist fertig, die Seiten fürs Tagebuch
(es heisst jetzt «Immer unterwegs») sind es auch, ferner der
Entwurf einer Studie über den Magischen Menschen, Speidel
zugedacht, dann noch Briefe an Marc Chagall und Erika Ahlers. Irgendwas muss man tun, wenn es draussen drippelt, und
der Garten lockt dann nicht, denn man will nicht unter die
Brause: zur Arbeit auch noch nassen Hohn. [...]

Die Lektüre des Manuskripts ergab viele Bezüge. Der kleine
Hebel ist dem grossen Hebel doch sehr verwandt. Dank Johann
Peter und Hildegard wurde die Atmosphäre sehr badisch (nicht
badensisch). Es stellte sich sogar heraus, dass Hebel gern Ausflüge nach Bühlertal machte, der Heimat Hildegards, um dort
ein paar Viertele zu trinken. Und was dies angeht: ich saufe
nicht, sondern bescheide mich, obwohl das Bescheiden beschis-
sen ist. Über die Gespräche mit Hildegard (meine Eltern, das
Leben in Freiburg) später, mündlich.

Mein Bruder scheint sehr viel schwieriger zu sein als ich, sozusagen unerträglich. Oder bin ich das auch?

[...]

Wenn ich es mir genau überlege, habe ich die beste Frau der Welt – eben die, von der ein französischer Moralist sagt: Heirate nur eine Frau, die, wäre sie ein Mann, dein Freund sein könnte. Daraus erklärt sich Vieles, zum Beispiel meine absolute Liebe zu dir, die nie in Frage gestellt werden kann, und mein (leider) abnehmender Kontakt zu anderen Menschen. Ob du es magst oder nicht, bist du für mich der Mittelpunkt der Welt. Und obwohl ich dir lange nicht geschrieben habe, sehne ich mich immer nach dir. Ich kam mir so lästig, so unergiebig, so trostlos vor, wie ein Lepröser; eben darum habe ich nicht geschrieben. Zudem braucht man eine Weile, bis man einen üblen Zustand überwindet und alles ordnet, möglichst hart. Das ist inzwischen geschehen; die Kasse stimmt jetzt, nachdem ich Ballast abgeworfen habe. [...]

Die Gegend hier könnte so zauberhaft sein, wenn es nicht dauernd regnete. Die Leute merken nicht, *wo* sie zuhause sind, und auch ich, Aarøsund gewogen, brauche eine gewisse Anlaufszeit, bis es mir gelingt, das Festland und die Insel, das Meer, das Wäldchen, die Vögel zu mythologisieren, womit ich meine: ihr aller eigenes Wesen in mir herzustellen. Das ist kein artifizieller Prozess, sondern, im Gegenteil, eine Reduktion auf die Natur. Das kleine Radiogerät Philetta ist fast immer auf NWDR 3 geschaltet und spielt sehr oft, gottlob, herrliche Musik, alte und neue Meister; im Augenblick ist es englisches Barock. Das musikalische Programm richtet einer unserer Autoren ein, der wie die meisten von ihnen Wirth heisst.

4. 5. 72

Du denkst vielleicht, ich arbeite zuviel. Doch alles, was ich hier so tue, ist lustbetonte Arbeit, sogar J. P. Hebel; dass dieser so nebenbei fertig geworden ist, zählt gar nicht. Es war ein Vergnügen. Und die anderen Dinge, mit denen ich mich befasst habe, waren erst recht Privatspass. Es ist ein Unterschied, ob

Liebes Herz,

du schreibst so freundliche, liebe Briefe, und sie tun mir gut. Ich empfinde wie du: wenn wir uns verstehen, bilde wir ein Bündnis, das es mit der Welt aufnimmt. Man muß eben wechselweise einander helfen. In meinem Zimmer war die in letzter Zeit etwas einseitig, es ging auf deine Kosten. Aber es wird schon wieder werden mit uns; dann bin ich keine Last mehr.

Die Zwischenbilanz ist nicht schlecht. Soweit ich sehe, sind die Depressionen weg, und kleine melancholische Anwandlungen kann man ohnehin aufs Wetter schieben, das trübe ist. Seit dem Tag unserer Ankunft (und vielleicht noch den Tag darauf) verhalten sich Thermometer und Barometer sich unfreundlich. Es ist so kühl, und es regnet immer wieder, vor allem nachts. Aber im Garten steht kein See, wirklich, die 500 Mark sich gelohnt. Bei solch miesem Wetter wird jedem Urlauber mies zumute, denn was da verregnet, sind ja seine Ferien.

Das Hebel-Manuskript ist fertig, die Seiten fürs Tagebuch (so heißt jetzt „Immer unterwegs") sind es auch, ferner der Entwurf einer Studie über den Magischen Menschen, Speziell zugedacht, dann noch Briefe an Marc Chagall und Erika Ahlers. Irgendwas muss man tun, wenn es draußen tröpfelt, und der Garten lockt dann nicht, denn man will nicht unter die Bräune: Zur Arbeit auch noch nassen Hosen. Dennoch ist, mit Hildegards Hilfe, im Garten manches geschehen. Die von dir gewünschten Platten (allerdings aus Zement) liegen schon. Nach langer Wartezeit ist der Kies gekommen, den man leider eher Schotter nennen muss - so groß ist er. Doch ich konnte oder wollte dem Fahrer keine Abfuhr geben; man gewöhnt sich an den Kies, der keiner ist. Der Rasen ist gestochen, das Unkraut verschwunden. Nur das Schneiden der Hecke wollt uns noch, wir trauen uns nicht daran. Wenn ein bisschen Sonne käme, wäre es eine Ermutigung.

Die Lektüre des Manuskripts ergab viele Bezüge. Der kleine Hebel ist dem großen Hebel also sehr verwandt. Dank Johann Peter und Hildegard wurde die Atmosphäre sehr badisch (nicht badenisch). Es stellte sich sogar heraus, dass Hebel gern Ausflüge nach Brühlertal machte, die Heimat Hildegards, um dort ein paar Viertele zu trinken. Und was dich angeht: ich saufe nicht, sondern bescheide mich, obwohl das Bescheiden denkbar ist. Aber die Gespräche mit Hildegard (meine Eltern, das Leben in Freiburg) später, mündlich. Mein Bruder scheint sehr viel schwieriger zu sein als ich, so zu sagen unmöglich. Oder bin ich das auch?

man etwas termingerecht hinkriegen muss, oder ob man sich freiwillig etwas vornimmt.

Bei Hebel freute ich mich zu früh aufs Einpassen der Bilder. Ich hatte einen Missgriff getan und aus Versehen die Bildermappe Brahms mitgenommen. Die richtige Mappe liegt friedlich im Hamburger Frigidaire, aber du sollst sie mir nicht schicken. Ein paar Hundertmarkscheine brauche ich schon. Du kannst sie von meinem Sparbuch (bei der Neuspar) nehmen oder mir leihen. Ich will nämlich ein Ding kaufen, das dreimal soviel wert ist. Kein verkappter Eigenkauf, denn ich möchte es für mich, für unsere Wohnung nicht haben. Nein: Okkasion und Spekulation.

Noch einen Wunsch: schicke mir doch bitte das Gedicht über die Landspitze bei Aarøsund; ich möchte daran bosseln. Es liegt links auf meinem Schreibtisch, in einem Aktendeckel mit der Aufschrift Gedichte. Merkwürdig, dass die Strandlandschaft hier sich immer wieder ins Schreiben einschleicht. Bei dem Gedicht geschieht es zum fünften Mal. […]

Ja, und nun warte ich auf schönes Wetter und auf meine Schöne. Vielleicht kommt beides zusammen. Der Eremit, dem eine kleine Nonne[1] schmackhafte Kost bereitet, hätte eigentlich eine solche Belohnung verdient.

> Ganz viele Küsschen vom kleinen Belt
> und aus dem Haus Ved Faergegaarden 18
> schickt seiner geliebten, tüchtigen Frau
> der bärtige <u>Kurt</u>.

---

[1] gemeint ist hier Hildegard, die lange Zeit Haushälterin des Vaters Karl und dann des Bruders Klaus war

Mit seiner Tochter Barbara, Hamburg 1969

Meinem Verleger zum 70. Geburtstag

Lieber Ledig,
vor mehr als vierzig Jahren lernte man sich kennen,
(wie kommt die Zeit dazu, so eilig-frech zu rennen?)
Jahrzehnte sausten hin im rush, im Nu,
jetzt fragt man sich: wie war's denn eigentlich,
    wie ging es zu?
Freund Lampe brachte eines abends den Verleger an
und wies auf K.: «Das ist ein sonderbarer Mann.»
«Warum denn nicht?» sprach Ledig voll Vertraun.
«Wir brauchen immer einen Clown.
Es wird sofort Vertrag gemacht.»
Dann tranken wir die ganze Nacht
und auch die Nacht darauf.
So nahm das Unheil seinen Lauf.
Schauplatz: Berlin, im Jahre achtunddreißig.
Von nun an war ich ziemlich fleißig
und fertigte Literatur
rund um die Uhr.
Der zweite Weltkrieg trennte dann das Paar
und erst im Jahr
siebenundvierzig drückte der Spätheimkehrer
dem Frühheimkehrer
erneut die Hand.
Zu Stuttgart, im Schwabenland.
(L. hielt für K. ein Mädchen bereit.
Wie sich später erwies, eines auf Lebenszeit.)
Wieder trank man die ganze Nacht,
wieder wurde Vertrag gemacht,
diesmal ein anderer, für's französische Revier,
denn der Verlag brauchte Papier.
Und das gab's dort, wenn man Sartre und Camus
    verlegte.

Väterchen war es, der L. bewegte,
nach Hamburg zu ziehen.
(Willkommener Anlass, die Schwaben zu fliehen!)
Warum hat L. dann die K.s an die Elbe geholt?
Zum Spiel oder als Nachschub für's Imperium
   Rowohlt?
Nun, mit Spiel
war da nicht viel.
Hamburg: dreiundzwanzig Jahre mit und ohne
   Alsterblick
Ro-Roboterei, so wollte es das Geschick.
Zwei Siebziger blicken sich heute an
und finden: alles in allem war was dran,
am Büchermachen und Bücherschreiben.
Und so sollte es bleiben.

K. K.

Nekrolog auf einen Miniaturisten

Er schrieb kurze Geschichten und hielt sie für seine eigentliche Leistung; ob das stimmt, muß sich erst zeigen. Den Luxus, hin und wieder (genauer: recht selten) solche Miniaturen herzustellen, erkaufte er sich durch Brotarbeit, die freilich ebenfalls mit Literatur zu tun hatte. Er war Redakteur, Kritiker, Essayist, Lektor, Herausgeber. Im Alter schrieb er gern über Kunst. Seine Hörspiele taugen nicht viel.

Er war schweigsam, vor allem zuhause, wo die Familie ihm das Reden abnahm. Wenn sich allerdings das Nicht-Sprechen in ihm angestaut hatte, konnte es passieren, daß er plötzlich mitteilsam wurde – zur Unzeit und am falschen Ort; man hielt ihn dann für redselig.

Er wiederum hielt fast die gesamte Literatur für geschwätzig – sogar jene, die sich herb und knapp geriert. Romanciers waren ihm ein Rätsel. Romane mied er – so gut es ging.

Er war kein engagierter Schriftsteller. Das ist, wie jeder weiß, etwas sehr Schlimmes. Für den Fall, daß man ihm sein Manko vorwerfe, hielt er den Satz parat: «Mein Engagement ist die Sprache.» Leider hatte er nie Gelegenheit, diesen Satz an den Mann zu bringen.

Er sammelte Antiquitäten, am liebsten Volkskunst. Zu wertvollen Gemälden und Stilmöbeln langte es ohnehin nicht. Er hätte derlei Paradestücke auch nicht um sich ertragen; nur im Naiven, Namenlosen fand er die von ihm geschätzte Magie. Auch Spielsachen hatten es ihm angetan; wie man weiß, stilisieren sie die große Welt ins Kleine. Manche Leute behaupteten, Dinge seien ihm lieber gewesen als Menschen. Aber das ist eine Unterstellung.

War er religiös? Wir meinen, daß er es selbst nicht wußte. Er hing keiner Konfession an, der christlichen schon gar nicht. Vielleicht irritierte ihn einfach seine Kenntnis vieler Religionen; da stellt sich oft ein gewisser Relativismus ein. Es gibt Erzählungen von ihm, mit einer Vatergestalt, die Gott sein könnte. Sympathisch sind diese Gestalten nie. Den Gott des Alten Bundes bespöttelte er, und zu dem Mann aus Nazareth zog es ihn nicht hin. Er hielt es mit Konfuzius, der aus seiner Lehre keine Religion gemacht hat.

Über sein Verhältnis zum Alkohol wollen wir lieber nicht reden. Es war kein Verhältnis, sondern eine lebenslange Ehe. Mit dem Rauchen stand es nicht anders.

Sein Verhältnis zum Tode war geordnet, gelassen. Er rechnete täglich mit ihm, ließ sich aber dadurch in der Arbeit nicht stören. Wie alle Menschen, wünschte er sich ein schmerzloses, vielleicht sogar ein angenehmes Sterben. Über den Tod zu meditieren, lag ihm nicht.

Er war hochmütig, wußte es aber gut zu verbergen. Wenn ihm etwas mißfiel, nahm er hinfort davon keine Notiz. Er war nur hin und wieder übermütig – zum Leidwesen seiner Kinder, denen ein lustiger Vater lieber gewesen wäre.

Ängstlich war er nicht. Er fürchtete nur zweierlei: Gewitter und Zahnärzte. Doch auch die Zahnärzte fürchteten den schwierigen Patienten. Wenn er ins Behandlungszimmer kam, wurden sie bleich. Einer von ihnen hatte, solange er bohrte, ein Grummeln im Magen.

Obwohl genug Bosheit in ihm steckte, war er gutmütig. Mit diesem kleinen Blümchen wollen wir – nach so viel Disteln – die Akte über ihn schließen.

Nachtrag: das Beste an ihm war seine Frau.

Kurt Kusenberg, um 1980

Zeittafel

1904	Am 24. Juni 1904 wird Kurt Kusenberg als erster Sohn des Ingenieurs Karl Kusenberg und seiner Frau Emilie in Göteborg geboren
1906	Die Familie siedelt nach Lissabon um
1908	Geburt des Bruders Klaus
1911–1914	Besuch der Deutschen Bürgerschule in Lissabon
1914	Ausbruch der Revolution in Portugal
	Die Kusenbergs kehren nach Deutschland zurück
1914–1919	Trotz des Ersten Weltkriegs scheinbar ganz beschauliches Leben in Wiesbaden, dann in Bühl
	Der Vater bereist als Vertreter einer Textilmaschinenfabrik die ganze Welt und schickt amüsante Reiseberichte aus Amerika, Mexiko, Südostasien und China
1922–1928	KK will erst Maler werden, entschließt sich aber für ein Studium der Kunstgeschichte an den Universitäten München, Berlin und Freiburg
	In München zunächst Besuch der Kunst- und Gewerbeschule
	Studienreisen nach Italien, Spanien, England und Frankreich, vor allem Paris
1928	Doktorexamen an der Universität Freiburg; Thema der Dissertation ist der manieristische Maler El Rosso
1929–1930	Tätigkeit im Berliner Kunsthandel
1931–1934	Kunstkritiker, Feuilletonist und Mitarbeiter der «Vossischen Zeitung»
1931	Die Dissertation erscheint unter dem Titel *Le Rosso* bei Albin Michel, Paris
1934	Mitarbeiter des Ullstein-Verlages

Kein Parteimitglied

Heirat mit der sieben Jahre älteren Margarete «Gretl» Szelinski, die als «Halbjüdin» gilt

1935–1943 Stellvertretender Chefredakteur der Zeitschrift «Koralle»

Zusammenarbeit mit Erich Ohser (e. o. plauen), aus der die berühmte Zeichenserie «Vater und Sohn» entsteht

Beginn der Freundschaft mit Sebastian Haffner, Ledig-Rowohlt und der Malerin Bele Bachem

1936 Die ersten Erzählungen erscheinen in Zeitschriften

1940 Nach vielen Ablehnungen erscheint bei Rowohlt der erste Erzählband *La Botella*; die Einbandzeichnung ist von Alfred Kubin

1941 Geburt der Tochter Brigitte

1942 *Der blaue Traum* erscheint

1943 Einberufung zum Wehrdienst, als Kraftfahrer

1944 Kulturredakteur einer Soldatenzeitung

1945–1947 Bei Neapel in amerikanischer Kriegsgefangenschaft

Herausgabe einer Lagerzeitung, Vorträge und Sprachkurse für Mitgefangene

1947 Entlassung aus der Kriegsgefangenschaft

1947–1956 KK lebt in Bühl und in München

Freier Schriftsteller und Lektor des Rowohlt Verlages (Stuttgart)

Arbeit für Presse, Rundfunk, Film und Theater: Mitarbeiter der «Neuen Zeitung», später der «Süddeutschen Zeitung»

Drehbuch- und Hörspielautor, Dramaturg und Librettist

Nachdichtung der *Paroles* von Jacques Prévert

KK lernt die 23 Jahre jüngere Beate Möhring kennen, Studentin der Sprachwissenschaften und Volontärin im Rowohlt Verlag Stuttgart

1951 *Die Sonnenblumen* erscheint

1952	KK wird Mitglied des Pen-Zentrums der BRD
1953	Scheidung von Gretl Szelinski
1954	Heirat mit Beate Möhring
1955	Geburt der Tochter Barbara
	Wein auf Lebenszeit erscheint
	Das Kunstbuch *Mit Bildern leben* wird veröffentlicht
1956	Die Familie Kusenberg zieht nach Hamburg
1956–1983	Lektor und Herausgeber der Reihe «rowohlts monographien»
	Freier Schriftsteller und Journalist
1956	*Lob des Bettes* erscheint
1958	Geburt des Sohnes Sebastian
	Im März erscheint die erste Bildmonographie, über Heinrich von Kleist
1960	*Im falschen Zug* erscheint
1964	*Zwischen unten und oben* erscheint
1965	Die Anthologie *Der ehrbare Trinker* erscheint
1969	*Gesammelte Erzählungen* erscheint
	Gespräche ins Blaue, eine Sammlung kurzer Hörspiele (Stegreifstücke), die im Familienkreis entstanden ist und u. a. vom NDR gesendet wurde, erscheint
	Journalistische Arbeiten, Artikel und Essays
1971	*So ist das mit der Malerei* wird veröffentlicht
1974	*Heiter bis tückisch* erscheint
1975	KK erhält das Bundesverdienstkreuz I. Klasse
1978	Unauffälliger Rückzug vom Berufsleben – Beate Möhring übernimmt nach und nach die Herausgabe der Monographien, in Zusammenarbeit mit Klaus Schröter, der später alleiniger Herausgeber wird
1983	Im Alter von 79 Jahren stirbt KK am 3. Oktober 1983 in Hamburg

Zeugnisse

Friedrich Luft

Ich erzähle immer, wie mitten im letzten Kriege als ein Labsal und eine wunderbar unzeitgemäße Neuerscheinung sein erster Geschichtenband auf den Markt kam. Ich kaufte mir das Buch. Ich mußte im tiefverdunkelten, kalten, verspäteten, ständig hin- undhergeschobenen Zuge von Berlin nach München dienst- reisen.

Das Abteil war proppevoll. Ich kam unter den winzigen Lichtstrahl einer der geschwärzten Abteillampen zu sitzen und las Kusenberg, wohl mit sichtbarem Vergnügen. Die Leute ringsum wurden aufmerksam, Landser, Blitzmädchen, Bauern und zwei evakuierte Mütter mit Babies. Ob ich, was mich da so herzhaft amüsierte, nicht allen vorlesen wolle? – Und wie in Tausendundeine Nacht las ich Kusenberg vor. Die Leute gin- gen mit, lachten, lauschten und plagten mich, weiterzulesen, bis wir, mit sechs Stunden Verspätung, am Anhalterbahnhof, oder was davon noch stand, eintrafen.

Die Welt, 24. 6. 1969

Marcel Reich-Ranicki

Er hat nie einen Literaturpreis erhalten. Keine Akademie hat ihn zu ihrem Mitglied gewählt. Nie war seine Prosa Gegen- stand wissenschaftlicher Untersuchungen. Und doch gehört Kurt Kusenberg zu den originellsten deutschen Erzählern der letzten Jahrzehnte.

Frankfurter Allgemeine Zeitung, 3. 7. 1974

Sebastian Haffner

Gewiß war er nicht engagiert. Und zwar ganz absichtlich nicht. Er war nie ein ausgesprochener Linker. Er war gegen die Nazis, weil er ein anständiger Mensch war, aber nicht, weil er besonders links war oder besonders klare politische Gegenvorstellungen hatte. Er wäre auch als Bürger der DDR immer dagegen gewesen. Er war gegen Politik, die aus irgendwelchen Grundsätzen gemacht wurde.

Er hatte viel Sinn für die Absurdität der meisten Dinge. Er war nicht engagiert, das gehörte zu seinen liebenswürdigen Eigenschaften. Engagierte Leute sind meist ein bißchen unleidlich.

Aus einem Interview von Barbara Kusenberg, 1993

Inge Feltrinelli

Er war eine poetische Figur, er war eigentlich wie aus seinen Büchern. Und er war verhalten und schüchtern und etwas kauzig … es gibt eine ganze Menge Adjektive über ihn …

Ich habe das Verhältnis von Kurt und Beate Kusenberg bewundert, denn diese perfekte Symbiose sah man sehr wenig in diesem Nachkriegsdeutschland. Beate hatte diesen ungeheuer prägnanten scharfen Verstand, sie war ungeheuer realistisch und klar und konnte eben wundervoll scharf denken. Und das war ein großer Kontrast zu ihm, der etwas vage war, und melancholisch und eigentlich auch fast immer versuchte, in Bonmots zu sprechen oder in Metaphern oder in Allusionen … der einen ganz anderen Stil hatte.

Aus einem Interview von Barbara Kusenberg, 1993

Bibliographie (Auswahl)

1931 *Rosso Fiorentino*. Diss. phil. Freiburg 1928.
Straßburg: 1931 (Heitz). Franz. Ausgabe: *Le
Rosso*. Paris 1931 (Albin Michel).

1932 *A propos: Das komplizierte Dasein* (unter dem
Pseudonym Simplex). Berlin o. J. [1932]
(Weltkunst).

1940 *La Botella und andere seltsame Geschichten*.
Stuttgart, Berlin 1940 (Rowohlt).

1942 *Der blaue Traum und andere sonderbare Geschichten*.
Stuttgart, Berlin 1942 (Rowohlt).

1948 *Herr Crispin reitet aus und andere Erzählungen*.
Münster 1948 (Der Quell).

1949 *Das Krippenbüchlein*. Essays. Stuttgart 1949
(Hatje), St. Gallen 1949 (Zollikofer).

1950 Jacques Prévert. *Gedichte und Chansons*. Aus dem
Französischen von Kurt Kusenberg. Stuttgart,
Hamburg, Baden-Baden 1950 (Rowohlt).

1951 *Die Sonnenblumen und andere merkwürdige
Geschichten*. Hamburg 1951 (Rowohlt).

1954 *Mal was andres*. Auswahl seltsamer Geschichten.
Hamburg 1954 (Rowohlt)

1955 *Mit Bildern leben*. Essays. München 1955 (Piper).
Wein auf Lebenszeit und andere kuriose Geschichten.
Hamburg 1955 (Rowohlt).

1956 *Lob des Bettes*. Anthologie (erste Auflage unter
dem Pseudonym Hans Ohl). Hamburg 1956
(Rowohlt).

1958–1983 Herausgeber der Reihe «rowohlts
monographien».

1960	*Nicht zu glauben*. Auswahl kurioser Geschichten. Reinbek 1960 (Rowohlt).
	Im falschen Zug und andere wunderliche Geschichten. Reinbek 1960 (Rowohlt).
1962	Jacques Prévert. *Paroles*. Aus dem Französischen von Kurt Kusenberg. Reinbek 1962 (Rowohlt).
1964	*Zwischen unten und oben und andere Geschichten*. Reinbek 1964 (Rowohlt)
1965	*Der ehrbare Trinker*. Anthologie. Reinbek 1965 (Rowohlt).
1969	*Gesammelte Erzählungen*. Reinbek 1969 (Rowohlt).
	Gespräche ins Blaue. Ebenhausen 1969 (Langewiesche-Brandt).
1971	*So ist das mit der Malerei. Eine Galerie zuhause.* Hamburg 1971 (Hoffmann & Campe).
1972	*Zucker und Zimt. Gereimtheiten* (mit Carl Amery und Eugen Oker). Ebenhausen 1972 (Langewiesche-Brandt).
	Man kann nie wissen. Auswahl merkwürdiger Geschichten. Reinbek 1972 (Rowohlt).
1974	*Heiter bis tückisch*. 13 Geschichten. Reinbek 1974 (Rowohlt).
1984	*Ein schönes Hochzeitsfest*. 35 Erzählungen. Hg. und mit einem Nachwort von Joachim Schreck. Berlin (DDR) 1984 (Volk + Welt).

Quellennachweis der Abbildungen

Alle Fotografien und Zeichnungen stammen aus Kurt Kusenbergs Nachlaß und sind im Privatbesitz der Familie, sofern nicht anders angegeben

S. 7, 265, 267: © Gabriele Wisch du Vinage
S. 256–257: © Ruth Schramm
S. 263: © Alfred R. Meyer
(die Fotos entstanden für einen Bericht über Kurt Kusenberg, der 1964 in der Illustrierten *Kristall* erschienen ist)
S. 272: © Karin Vogel-Berensmann
S. 277: © Sebastian Kusenberg

Textquellennachweis

Alle Zitate und Texte im Anhang stammen aus Kurt Kusenbergs Nachlaß.
Bereits veröffentlicht wurden:

«Wie mit der Lupe»: *Warum ich schreibe. Selbstdarstellungen deutscher Autoren.* Hg. von Richard Salis. Tübingen, Horst Erdmann Verlag 1971. (Zitat S. 17)

«Nekrolog auf einen Miniaturisten»: *Vorletzte Worte. Schriftsteller schreiben ihren eigenen Nachruf.* Hg. von Karl Heinz Kramberg. Frankfurt, Bärmeier & Nikel 1970, und Berlin, Ullstein 1974. (S. 275)

Ein Gesamtverzeichnis der Reihe *rowohlts monographien* finden Sie in der *Rowohlt Revue*. Vierteljährlich neu. Kostenlos in Ihrer Buchhandlung.

Literatur

rowohlts monographien

rowohlts monographien

Ein Gesamtverzeichnis der Reihe *rowohlts monographien* finden Sie in der *Rowohlt Revue*. Vierteljährlich neu. Kostenlos in Ihrer Buchhandlung.